GrafiTäter & GrafiTote

Ard u.a.: Der Mörder kennt die Satzung nicht - Der Mörder würgt den Motor ab - Der Mörder bittet zum Diktat - Der Mörder kommt auf sanften Pfoten - Der Mörder kommt auf Krankenschein - Der Mörder bricht den Wanderstab - Der Mörder packt die Rute aus - Der Mörder schwänzt den Unterricht - Der Mörder zieht die Turnschuh an - Der Mörder bläst die Kerzen aus - Der Mörder ist immer der Gärtner • Die Meute von Hörde • Good bye, Brunhilde • *Leo P. Ard/Michael Illner:* Flotter Dreier - Gemischtes Doppel • *Leo P. Ard/Reinhard Junge:* Der Witwenschüttler - Meine Niere, deine Niere - Die Waffen des Ekels - Das Ekel schlägt zurück - Bonner Roulette • *Dorothee Becker:* Mord verjährt nicht - Der rankende Tod • *Jacques Berndorf:* Eifel-Feuer - Eifel-Schnee - Eifel-Filz - Eifel-Gold - Eifel-Blues • *Horst Bieber:* Kaiserhof • *Horst Eckert:* Bittere Delikatessen - Annas Erbe • *Anatol Feid:* Tote schweigen besser • *Christoph Güsken:* Bis dann, Schnüffler • *Harald Irnberger:* Das Schweigen der Kurschatten - Geil - Stimmbruch - Richtfest • *Andreas Izquierdo:* Das Doppeldings - Der Saumord • *Reinhard Junge/Leo P. Ard:* Das Ekel von Datteln • *Reinhard Junge:* Totes Kreuz - Klassenfahrt • *Jürgen Kehrer:* Bären und Bullen - Spinozas Rache - Schuß und Gegenschuß - Wilsberg und die Wiedertäufer - Kein Fall für Wilsberg - Killer nach Leipzig - Gottesgemüse - In alter Freundschaft - Und die Toten läßt man ruhen • *Agnes Kottmann:* Tote streiken nicht • *Leenders/Bay/Leenders:* Feine Milde - Jenseits von Uedem - Belsazars Ende - Königsschießen • *Fabian Lenk:* Brandaktuell • *Hartwig Liedtke:* Tod auf Rezept - Klinisch tot • *Reiner Nikula:* Laurins Garten - Tödliches Schach - Ein Stückchen Hirn • *Theo Pointner:* Scheinheilige Samariter - Tore, Punkte, Doppelmord • *Werner Schmitz:* Mord in Echt - Nahtlos braun - Dienst nach Vorschuß - Auf Teufel komm raus • *Gabriella Wollenhaupt:* Killt Grappa! - Grappa und der Wolf - Grappa fängt Feuer - Grappa dreht durch - Grappa macht Theater - Grappas Treibjagd - Grappas Versuchung

0696

Chemnitzer Str. 31, D-44139 Dortmund
Internet http://www.grafit.de
e-mail grafit@knipp.de

Umschlagfoto: Thomas Range
Belichtung: Knipp Medien und Kommunikation, Dortmund
Druck und Bindearbeiten: Fuldaer Verlagsanstalt
ISBN 3-89425-066-6
1. 2. 3. 4. 5./98 97 96

Gabriella Wollenhaupt

Killt Grappa!

Kriminalroman

grafit

Die Autorin:

Gabriella Wollenhaupt, Jahrgang 1952, arbeitet als Fernsehredakteurin in Dortmund.

Als Kriminalschriftstellerin debutierte sie im Frühjahr 1993 mit *Grappas Versuchung*. Es folgten *Grappas Treibjagd, Grappa macht Theater, Grappa dreht durch, Grappa fängt Feuer* und *Grappa und der Wolf*.

Die Personen:

(in alphabetischer Reihenfolge)

Else Ambrosius hat viel hinter sich

Ortwin Baißer nimmt nichts hin

Loki Detema ist nicht schön genug

Dr. Oktavio Grid hilft der Natur auf die Sprünge

Eva Grid lügt im falschen Moment

Maria Grappa glaubt nur das, was sie sieht

Peter Jansen hält alles zusammen

Pater Joseph hat Kontakt nach oben

Nikolaus Kodil liebt Verbotenes

Turkey ist hart drauf

Jaap Vermeulen ist der große Meister

Und bis zum fünfzehnten Tage enthalte er sich des Verkehrs mit der Ehefrau und, wenn es sich um eine Frau handelt, enthalte sie sich des Verkehrs mit dem Ehemann. Er esse ein ganzes Jahr lang kein am Sonntag gebackenes Brot, kein Fleisch eines am Sonntag geschlachteten Tieres und trinke kein warmes, am Sonntag gebrautes Bier. Und er esse und trinke nichts Warmes, solange er lebt.

Aus dem *Codex Vindobonensis Palatinus* im Jahr 1888 zur Heilung von Kranken und Besessenen.

Geld und Blut

Der Mord an Dr. Oktavio Grid hatte alle Aussichten, der Medienschlager des Jahres zu werden. Der Tote war ein gutaussehender Mann in den sogenannten mittleren Jahren, hatte ein heiteres, joviales Wesen und eine überaus charmante Art, sein Geld öffentlichkeitswirksam unter die Leute zu bringen.

Ich kannte den Mediziner nur von Fotos in einschlägigen Magazinen; die Kreise, in denen Grid verkehrte, waren mir fremd. Seine Frau, eine ehemals berühmte Zeitschriftenschönheit, hatte ihre Karriere aufgegeben, als der Märchenprinz im weißen Porsche erschien. Er hatte ein Faible für schnelle fahrbare Untersätze und schöne Frauen.

Grid wurde an einem lauen Herbstmorgen von einer Else A. gefunden. Nur mit viel Überredungskunst konnte ich den Staatsanwalt dazu bringen, die Identität der Frau ein wenig zu lüften. »Sie ist die Hausdame der Grids«, näselte der Chefermittler, »sie kam gegen 10 Uhr, öffnete das Schlafzimmer und sah die Schweinerei. Alles war voller Blut.«

Ich schluckte und ersparte mir weitere Fragen. Von Nik Kodil, einem Bekannten von der Mordkommission, würde ich Einzelheiten über die Tat erfahren. Eigentlich hasse ich Stories mit viel Blut, aber Job ist Job.

Der Staatsanwalt teilte mir den Termin der Pressekonferenz mit. Meine Uhr sagte mir, daß ich bereits in zwei Stunden los mußte. Ziemlich knapp, um vorher noch eigene Recherchen anzustellen.

»Was dagegen, wenn ich den Fall betreue?« fragte ich Peter Jansen, den Chef vom Dienst der Zeitung, bei der ich arbeite.

Er schüttelte den Kopf, ohne die Augen vom Bildschirm zu erheben. »Mach nur, Grappa«, murmelte er, »60 bis 100 Zeilen auf der Eins. Gibt die Polizei Bilder raus?«

»Kann ich mir nicht vorstellen«, antwortete ich, griff nach dem vollen Becher Kaffee, der links neben Jansen stand, und nahm einen Schluck. »Das tut gut!«

»Und warum glaubst du, daß es keine Fotos gibt?« blieb Jansen beim Thema.

»Das Schlafzimmer ist voller Blut. Das ist nix für unser biederes Blatt. *RTL* und *SAT 1* sind bestimmt schon da, um zu fensterln. Ich werde die Szenerie in meinem Artikel beschreiben. Nichts ist grauenvoller, als der Phantasie des Lesers Gelegenheit zu geben, sich frei zu entwickeln.«

»Und woher weißt du das schon wieder? Das mit dem Blut?«

»Vom Staatsanwalt«, erklärte ich.

»Ist das der junge Mann, der manchmal bei dir übernachtet?«

Überrascht schaute ich hoch. Ich hatte nie ein Wort erwähnt. »Nein«, antwortete ich wahrheitsgemäß.

Jansen grinste. »Entschuldige, ich hatte vergessen, daß du den Männern ein für allemal abgeschworen hast.«

»Du sagst es, Peter! Ich habe in den letzten Monaten nur eklige Machos kennengelernt. Aber ich werde es dich wissen lassen, falls ich meine Meinung ändere. Zufrieden?«

Jansens Grinsen hatte sich noch vertieft.

»Ich guck jetzt in unserem Fotoarchiv nach«, wechselte ich das Thema. »Dr. Grid war schließlich nicht irgendein Penner, sondern ein herausragender Vertreter des Bierstädter Geldadels. Mal schauen, was ich finde.«

Ich schlurfte den Flur entlang, um die düstere Kammer zu erreichen, in der Tausende von Schwarzweißfotos vor sich hin gilbten. Dort was zu finden erforderte kriminalistischen Spürsinn. Im Zeitalter der Computer war dieses Archiv eine anachronistische Lachnummer!

Die Tür knarrte, als ich sie aufstieß. Die Luft hier drinnen war eine Mischung aus Staub und den muffigscharfen Rückständen von Fotosäuren. Ich stürzte zu dem kleinen Fenster und riß es auf.

Wo sollte ich nachschauen? Unter »G« wie Grid, unter »Medizin« oder unter »Pferdesport«? Zuerst fand ich das

Sportarchiv. Galopprennen. Grid besaß ein Rennpferd, das ihm erkleckliche Summen ins Haus gestrampelt hatte. Da war das Foto nach dem letzten Sieg. Das Rennen war nach einer Benzinfirma benannt, Hengst Orlando hatte die 100.000 Schleifen Preisgeld ohne Mühe reingeholt. Der Vierbeiner hatte einen Kranz um den Hals, auf dem Pferd thronte der Jockey, und daneben strahlte Besitzer Dr. Oktavio Grid. Ein Schnappschuß aus dem prallen Leben eines reichen Mannes.

Ich blätterte weiter, doch da war nichts mehr. Erst im Personenarchiv wurde ich wieder fündig; ein sechsspaltiges Foto zeigte Grid und seine Frau. Die beiden hatten im Auftrag des Rotary-Clubs einen Scheck an eine Behinderteneinrichtung zu übergeben. Ich trat mit dem Bild in der Hand ans Sonnenlicht.

Grid war groß, nicht dick, sondern eher schwer. Sein Lachen war breit und offen, die gelichteten Haare lang und nach hinten gekämmt. Er war ein vitaler Mann, den bestimmt nichts erschüttern konnte. Wer immer ihn abgeschlachtet haben mag, dachte ich, muß eiserne Nerven und eine Menge Kraft gehabt haben.

Ich sah mir Eva Grid genauer an. Sie war ebenfalls groß, sehr schlank, wirkte zart und durchsichtig. Ihre Augen waren rund, ausdrucksvoll und geschickt geschminkt. Die Backenknochen waren mit Rouge betont, der Mund perfekt gestylt, die blonden Haare damenhaft nach oben gerafft und mit einem Seidentuch gebändigt. An den Handgelenken prangte jede Menge Schmuck. Ihr Lächeln war ein bißchen schmerzlich. Grid und seine Frau standen hinter einem Sofa, auf das drei Behinderte gesetzt worden waren. Der Direktor des Heims hatte sich neben dem Möbel plaziert, die Hände auf die Schultern seiner Patienten gelegt.

Kalte Wut stieg plötzlich in mir auf. Die Reichen und Schönen lassen die Brosamen von ihren reichgedeckten Tischen fallen und werden dafür noch gefeiert. Und wir Journalisten spielen brav mit.

Wenigstens hatte ich zwei brauchbare Bilder, mit denen ich meinen Artikel anreichern konnte. Die Behinderten im Vordergrund des Fotos würde ich herausschneiden. Ich schloß das Fenster, löschte das Licht und verließ den Raum.

»Grappa!« Es war Jansens Stimme, die über den Flur dröhnte. »Telefon!«

»Bin ja schon da«, rief ich und legte einen Zahn zu, »wer ist es?«

»Polizei!«

»Hier Grappa«, sagte ich ins Rohr, »was gibt's?«

»Hier ist Nik. Wie geht's dir?«

»So lala. Warum?«

»Der Abend mit dir war nett. Bearbeitest du den Mordfall Grid?«

»Warum willst du das wissen?« Mein Blick fiel auf Jansen, dessen Ohren immer größer wurden.

»Wir haben eine SoKo gebildet. Der Fall hat Vorrang. Ich bin dabei.«

»Ja und?«

»Ich kann dir helfen – wenn du mir hilfst.« Es klang nach einem verlockenden Angebot. Doch ich wollte es Nik Kodil nicht so leicht machen.

»Wir können ja irgendwann mal drüber reden«, sagte ich und gab mich uninteressiert, »wie kommst du zu einem solchen Angebot? Karriereabsichten?«

»Bild dir bloß nichts ein«, blaffte Kodil, »der Kontakt zur Presse ist nicht gerade karriereförderlich. Wir können es auch lassen, doch ich dachte ...«

»Sei nicht eingeschnappt, Süßer. Vielleicht kommen wir ins Geschäft. Wie wär's mit einem kleinen Vorgeschmack?«

»Von was?« Er war kein Schnellmerker.

»Informationen! Aber exklusiv!« flötete ich. »Also, ich höre!«

»Na gut«, seufzte er. »Grid ist nicht nur umgebracht, sondern auch verstümmelt worden. Rate mal, wo.«

»Nach der Dramatik in deiner Stimme kann es nur um das gehen, was Männer für ihre edelsten Teile halten«, schloß ich messerscharf.

»Genau!« Ich hörte Kodils Verblüffung.

»Ist das alles? In einer Stunde gibt die Staatsanwaltschaft eine Pressekonferenz. Da hätte ich's ohnehin erfahren.«

»Hättest du nicht.«

Ich pfiff durch die Zähne. »Dann wollen die also Fakten zurückhalten. Habt ihr schon eine Spur vom Täter?«

»Wie wär's mit heute abend?«

Diesmal begriff ich nicht gleich.

»Arbeitsessen«, setzte er nach, »diesmal bei mir. Welchen Wein?«

»Keinen. Ich brauche einen klaren Kopf.«

Wir verabredeten, daß ich ihn anrufen würde, wenn ich mit der Arbeit fertig sei.

»Nik? Nimm den Pinot grigio. Aber stell ihn schön kalt.«

Nachdenklich drückte ich den Hörer auf die Gabel. Dieser Mord schien sich zu einer außergewöhnlichen Sache zu entwickeln. Ich spürte eine innere Erregung.

»Junge Liebe, oder was?« riß mich Jansen aus meinen Gedanken. »Mußte es denn ausgerechnet ein Bulle sein? Es gibt doch so viele andere Männer auf der Welt. Bullen sind die geborenen Feinde von Journalisten, das weißt du doch. Aber vielleicht hat er ja Qualitäten, die diesen Makel wettmachen. Erzähl doch mal, Grappa!«

Ich streckte ihm den erhobenen Mittelfinger meiner Hand entgegen. Schweigend und hoch erhobenen Hauptes verließ ich den Raum. Spott konnte ich jetzt genauso wenig vertragen wie Diskussionen über mein Sexualleben.

Alles ganz normal

In dem Besprechungszimmer des Polizeipräsidiums tummelte sich bereits die Meute. Ich hatte unseren Fotografen Turkey im Schlepptau, einen Neuzugang im Personalbestand des *Bierstädter Tageblattes*. Seine Arbeit konnte ich noch nicht beurteilen. Fürs Ablichten von ein paar Köpfen wird's reichen, hoffte ich.

»Darf ich mal?« Mit dem Ellenbogen schob ich den Kameramann eines Privatsenders unsanft beiseite, um an meinen Platz zu gelangen. Immerhin waren wir Journalisten der örtlichen Tageszeitungen vor den Fuzzis von der Glotze in der Stadt gewesen, und wir dachten nicht daran, unsere Positionen kampflos aufzugeben. Die Kommerzsender kamen außerdem nur bei Straftaten, die von Blut und Sperma tropften.

Zum Glück wußte die Bierstädter Polizei zu schätzen, daß wir biedere Zeitungsmenschen auch über Taschendiebstähle, GdP-Versammlungen, Jubilarehrungen und den Polizeiball berichteten. Und seitdem unsere Zeitung die Serie *Der freundliche Polizist von nebenan* aus der Taufe gehoben hatte, wurden wir Schreiberlinge vom *Bierstädter Tageblatt* besonders gern gesehen.

»Machen Sie doch bitte Platz für Frau Grappa!« rief der Polizeipressesprecher quer über den Konferenztisch.

Ich lächelte huldvoll ins Rund und ließ mich in den Stuhl fallen. Turkey plazierte sich hinter mir, seine Geräte schußbereit.

»Wir haben es hier mit einem besonders brutalen Verbrechen zu tun«, konstatierte der Staatsanwalt für Kapitales. »Aber der Reihe nach. Dr. Oktavio Grid wurde heute früh von der Hausangestellten Else A. tot in seinem Schlafzimmer aufgefunden. Frau A. alarmierte über Notruf die Polizei, die Beamten stellten nach dem ersten Augenschein mehrere tiefe Stichwunden im Körper des Toten fest. Näheres können wir erst nach der Obduktion der Leiche sagen. Ich habe sie für heute nachmittag angeordnet. Und jetzt stellen Sie bitte Ihre Fragen, meine Damen und Herren.«

»Können Sie den Abend rekonstruieren?« fragte die Konkurrenz.

»Wir müssen uns da auf die Angaben der Hausdame verlassen. Sie hat Dr. Grid am Abend ein leichtes Mahl zusammengestellt, das er wohl auch gegessen hat. Die Ehefrau des Opfers war nicht zu Hause. Danach hat sich die Zeugin verabschiedet; sie wohnt nicht im Haus. Dr. Grid habe einen völlig normalen Eindruck gemacht. Als die Zeugin das Haus verließ, saß Dr. Grid mit einem Buch in der Bibliothek und las.«

»Könnten es Einbrecher gewesen sein?« fragte ich.

»Es gibt keine Hinweise auf ein gewaltsames Eindringen in das Gebäude. Wir gehen davon aus, daß der Tote seinen Mörder ins Haus gelassen hat oder daß er sich bereits im Haus befand.«

»Und die Mordwaffe? Haben Sie sie gefunden?« erschallte es aus dem hinteren Teil des Raumes.

»Noch nicht«, gab der Polizeisprecher zu. »Im Haus selbst war sie jedenfalls nicht. Wir haben damit begonnen, das umliegende Gelände zu durchkämmen. Nach ersten Erkenntnissen hat der Täter ein kleines, sehr scharfes Messer benutzt. Genaueres können wir Ihnen erst nach der Obduktion mitteilen.«

Ich meldete mich erneut zu Wort. »Wo war seine Frau eigentlich an dem Abend?«

»Das wissen wir noch nicht. Wir konnten die Ehefrau noch nicht ausfindig machen«, erklärte der Ankläger, »niemand weiß, wo sie sich befindet. Die Haushälterin konnte uns leider auch nicht weiterhelfen.«

Ein überraschtes Gemurmel kam auf. »Also weiß Frau Grid gar nicht, daß ihr Mann tot ist?« kam es vom anderen Ende des Tisches.

»So ist es«, bestätigte der Staatsanwalt.

»War die Leiche unbekleidet? Hatte der Tote Geschlechtsverkehr?« wollte ein Kollege vom größten deutschen Boulevardblatt wissen.

Der Staatsanwalt wechselte ein paar leise Worte mit dem Pressesprecher und sagte dann: »Das Opfer war nackt, Hinweise auf Geschlechtsverkehr vor dem Tod gibt es nicht.«

»Sonst irgendwelche Besonderheiten?« startete ich einen Versuch.

»Wie soll ich das verstehen?«

»Außergewöhnliches eben!«

»Nein.« Die Lüge kam ihm glatt über die Lippen.

»War Dr. Grid in irgendwelche Geschäfte verwickelt? Drogen? Mafia? Schmuggel? Sex? Mädchenhandel?« Der

Reporter vom Boulevardblatt hatte schiere Verzweiflung in der Stimme.

»Wir stehen erst am Anfang unserer Ermittlungen«, meinte der Staatsanwalt reserviert. »Ich kann Ihnen nur noch berichten, daß die Polizei eine Sonderkommission gebildet hat. Und jetzt entschuldigen Sie mich.«

Die Pressekonferenz war beendet.

»Jetzt wird meine Story wieder auf zehn Zeilen eingedampft und landet auf der Sieben«, maulte der *Bild*-Heini, als er zufällig neben mir zum Lift trabte.

»Erfinde doch irgendwas dazu«, riet ich ihm, »ihr haltet euch doch sowieso nicht an die Wahrheit. Mit ein bißchen Phantasie wird der langweiligste Mord ein Bringer. Du mußt es dir nur schön passend machen.«

»Hast du einen Tip?« Er war ganz Ohr.

»Vielleicht war's ein Racheakt. Eine Frau, der das Silikonimplantat im Busen bis zu den Knien gerutscht ist oder die nach einem Face-Lift aussah wie die Zwillingsschwester von Graf Dracula.«

»Wieso? Was hatte der Typ denn mit Silikon zu tun?« fragte der *Bild*-Mann. Sein schütteres Bärtchen bebte erwartungsvoll wie bei einem Jagdhund, der Witterung aufgenommen hatte.

»Wußtest du das nicht? Dr. Grid war Schönheitschirurg. Die Klinik hinter dem Hauptbahnhof gehört ihm.«

Turkeys Trickkiste

Wir brauchten noch ein Foto von Grids Hütte. Sie lag natürlich in bester Gegend, ruhig und doch citynah, umgeben von einem gepflegten Rasen mit den üblichen Rosenbeeten und gepflasterten Trampelpfaden. Alles war ordentlich, sauber und teuer.

»Steig am besten auf die kleine Mauer da«, riet ich Turkey, der nach einer ruhigen Standfläche suchte.

»Danke für den Tip«, schnippte er.

»Hab dich nicht so«, blaffte ich zurück, »Journalismus ist Teamarbeit. Schon mal davon gehört?«

»Klar. Eine befiehlt, einer gehorcht. So dachtest du dir das noch?«

»Genau so. Und jetzt mach endlich!« Ich hatte keinen Bock auf Streß mit einem Knipser, der als Künstler behandelt werden wollte.

Turkey kletterte auf die Mauer und legte los. »Die Bullen sind noch da«, meinte er dann.

»Die sichern die Spuren.«

Jetzt sah ich sie auch. Einige Männer durchforsteten den Garten, zwei Hunde waren auch dabei. Die Vierbeiner nahmen plötzlich Witterung auf, zerrten an ihren Leinen.

»Die meinen uns«, erkannte Turkey blitzschnell und sprang von der Mauer.

»Keine Panik«, beruhigte ich ihn. »Die können uns das Fotografieren auf einer öffentlichen Straße nicht verbieten. Wir leben schließlich in einem Land, in dem die Freiheit der Presse ein hohes Gut ist.«

»Ach ja?« Turkey grinste höhnisch. »Meine Erfahrungen sehen da leider anders aus.«

Die Beamten kamen bereits auf uns zu. Turkey spulte den Film zurück, riß ihn aus der Kamera und steckte ihn in die Hosentasche. Flugs öffnete er eine Filmdose und legte einen neuen Film ein. Dann hielt er das Objektiv in Richtung der Polizisten und drückte mehrmals auf den Auslöser.

»Sie behindern unsere Ermittlungen«, behauptete ein grauer, älterer Mann, der einen Dienstausweis gezückt in der Hand hielt.

»Ach ja? Und wie?« griff ich an.

»Kann ich mal Ihren Presseausweis sehen, junge Frau?«

»Aber klar.« Ich hielt das orangefarbene Papier hoch. »Gucken Sie mal, was da steht!« Ich deutete auf die Rückseite und zitierte: »Die Presse erfüllt eine öffentliche Aufgabe. Die Behörden sind nach Maßgabe des Landespressegesetzes verpflichtet, den Vertretern der Presse die der Erfüllung ihrer öffentlichen Aufgabe dienenden Auskunft zu erteilen.«

»Ich kenne dieses Gesülze«, sagte der Beamte wegwerfend und studierte eingehend mein Foto, das oben links auf dem Ausweis prangte. »Hier steht aber noch was: Der Presseausweis soll die Ausweisinhaberin in der Wahrnehmung ihres Auskunftsrechtes unterstützen, sofern dies nicht aus zwingenden Gründen verweigert werden muß. Wie gefällt Ihnen das, Frau Grappa?«

»Und welche zwingenden Gründe führen Sie an?«

»Schwierige, noch nicht abgeschlossene Ermittlungen, Spurensicherung und das Recht am eigenen Bild.«

Den letzten Teil des Satzes hatte er in Turkeys Richtung gesagt. »Also her mit dem Film!«

»Was bilden Sie sich ein?« Turkey war wütend und ging ein paar Schritte zurück, seine Kamera ängstlich an sich gedrückt.

Der Beamte ging auf ihn zu und streckte den Arm aus. Turkey faselte etwas von »Pressefreiheit in einem demokratischen Staat«, dann nahm er den Film aus der Kamera und legte ihn in die Hand des Beamten.

»Ihren Namen bitte!« herrschte ich den Bullen an. »Ich werde mich beim Polizeipräsidenten über Sie beschweren.«

»Mein Name ist Ortwin Baißer, Hauptkommissar und Leiter der SoKo.« Er grinste.

»Nomen est omen, was?«

Baißer reichte mir den Presseausweis zurück: »Lassen Sie sich heute hier nicht mehr blicken, ist das klar?«

Ich nickte brav, und wir trollten uns.

»Du bist ein ausgeschlafenes Kerlchen«, sagte ich zu Turkey, als wir im Auto saßen. »Die Nummer mit den beiden Filmen ist hollywoodreif. Du scheinst Erfahrung im Tarnen und Täuschen zu haben.«

»Hab ich auch«, gab er zu. »Immerhin habe ich jahrelang im Ausland gearbeitet. In der Türkei. Das Regime dort hat ein wirklich gestörtes Verhältnis zu Pressefotografen.«

»Nennt man dich deshalb Turkey?«

»Du bist echt pfiffig. Ich seh ja wohl nicht aus wie ein Truthahn, oder?«

»Nicht direkt.« Wir mußten beide lachen. Turkey war ein eher schmächtiges Bürschchen mit hungrigem Blick und nervöser Körpersprache. Bevor er an Thanksgiving als Braten auf den Tisch kommen würde, müßte er noch ein bißchen auf die Weide.

»Tut mir leid, daß ich eben so pampig war«, sagte ich.

»Jeder weiß, daß du eine arrogante Ziege bist«, teilte er aus, »aber du bist wenigstens ein echter Profi. Wenn schon Frauen im Journalismus, dann sollten sie nicht so dämlich sein, wie die meisten.«

»Danke für die Blumen. Woher beziehst du dein außergewöhnlich originelles Frauenbild?«

»Meine Ex war auch in dem Job. Immer nur Sozialquatsch, Damenkränzchen, seichte Porträts und Ringelpietz mit Blaskapelle. Und mit dem Arsch wackeln bei Empfängen und Pressekonferenzen.« Es klang böse und verletzt.

»Es muß auch solche Frauen geben. Außerdem kenne ich im Journalismus genauso viel dumme Kerle. Und die sitzen meistens im Politikteil und richten damit mehr Unheil in den Köpfen der Menschen an. Also einigen wir uns darauf, daß wir beide die Ausnahmen von der Regel sind. Okay?«

Die Wonnen der Selbstbeweihräucherung hatten uns in heitere Stimmung versetzt. Unterwegs stoppten wir noch an einer Döner-Bude und schlugen uns den Magen voll.

»Die fallen tot um, wenn wir in die Redaktion kommen«, prophezeite ich. »In dem Tzaiziki waren Unmengen Knofel. Aber es war köstlich.«

Turkey kicherte. Ich hatte ihn.

Eine eiskalte Sonderkommission

Mit gerunzelter Stirn las Peter Jansen meinen Artikel gegen. »Warum hältst du die Fakten zurück, die dir dein Spezi von der Polizei gegeben hat?« fragte er.

»Du meinst die Verstümmelung? Ich muß zuerst noch mehr darüber wissen. Ich sehe meinen ›Spezi‹ heute abend. Diese Info haben wir doch sowieso exklusiv. Als nächstes nehme ich mir die Haushälterin vor. Diese Else. Ihren kompletten Namen weiß ich morgen. Außerdem sollten wir uns auf die Suche nach der frischgebackenen Witwe machen. Die kann ja nicht ewig verschollen bleiben.«

Ich hatte Jansen überzeugt. »Davon können wir noch Wochen zehren«, freute er sich, »clever von dir, ein Kröskn mit einem Bullen anzufangen. So sitzt du an der Quelle.«

»Und er ist Mitglied der neuen SoKo«, ergänzte ich. »Endlich kann ich das Angenehme mit dem Nützlichen verbinden. Bisher haben mich meine Affären eher von der Arbeit abgehalten.«

»Der arme Junge! Weiß er, daß du ihn ausnutzt?«

»Jetzt komm mir nicht so. Der arme Junge, wie du ihn nennst, ist ein überaus ehrgeiziger, intelligenter junger Mann, der möglichst schnell Karriere machen will. Wenn sich einer nicht ausnutzen läßt, dann ist es Nik.«

Der Artikel wurde abgespeichert und fertig. Ich telefonierte kurz mit Nik und kündigte mein Erscheinen an. Zehn Minuten später klingelte ich an seiner Wohnungstür.

Er hatte die korrekte Kleidung gegen Jeans ausgetauscht. Über seinen nackten Oberkörper hatte er eine geblümte Hausfrauenschürze gestreift. Ich strich mit der Hand über seine muskulösen Schultern.

»Du bist ein verdammtes Lustobjekt«, murmelte ich.

»Keine Anmache bitte!« grinste er. »Ich muß die Sauce hollandaise für den Brokkoli noch mal aufschlagen. Fast wäre sie geronnen. Setz dich solange.«

Er stürmte in die Küche. Ich schaute mich um. Ich war noch nicht oft in seiner Wohnung gewesen. Sie war spartanisch eingerichtet, nur wenige Möbel standen hier, doch die waren erlesen. Edelstahl, Glas und weißer Marmor. Die Behausung hatte nichts von der gezwungenen Niedlichkeit an sich, mit der Junggesellen die Wärme einer hegenden und pflegenden Gattin ersetzen wollen.

Ganz anders die Küche. Sie war barock ausgestattet, mit allen Schikanen und Gerätschaften, die die Küchenbranche erfunden hatte, um den Leuten das Geld aus der Tasche zu ziehen. Kodil war ein göttlicher Koch. Schon immer hatte ich es sexy gefunden, wenn Männer mit Töpfen und Kochlöffeln hantierten. Kodil zelebrierte die Herstellung von Mahlzeiten wie einen virtuosen Sexualakt: Konzentriert und zugleich losgelassen, erfolgsorientiert und doch spielerisch, heftig und trotzdem sensibel. Der Mann hatte nur einen wesentlichen Nachteil: Er war gute zehn Jahre jünger als ich.

»Es ist serviert, Madame!« rief Nik aus der Küche. Er hatte seinen Body mit einem roten T-Shirt bedeckt.

Die Mittagsmahlzeit aus der Döner-Bude lag mir noch etwas im Magen, als ich mich an den Tisch setzte.

»Knoblauch!« schnüffelte Kodil. Er war neben mich getreten und teilte die Suppe aus. Es war eine klare Rinderbrühe mit chinesischen Gemüsestreifen.

»Leider«, seufzte ich. »Ich war mit dem Fotografen am Mordhaus, und dein Kollege Baißer hat uns verjagt. Also haben wir danach aus lauter Frust was gegessen.«

»Der alte Baißer«, meinte Nik und setzte sich. »Der Präsident hat ihn tatsächlich zum Leiter der ›SoKo Eiskalt‹ gemacht. Hatte keiner mehr mit gerechnet. Er säuft nämlich wie ein Loch. Jetzt muß er Erfolge bringen, sonst ist er ganz weg vom Fenster.«

»Unangenehmer Typ.« Ich probierte die Suppe. Sie war zart, hatte einen feinen Fleischgeschmack, das Gemüse war noch bißfest.

»Das sehe ich auch so«, stimmte Nik zu, »er ist ein brutaler Widerling. Er bedient jedes Klischee vom bösen, hinterhältigen Bullen.«

»Wieso heißt die SoKo ›Eiskalt‹? Was hat das zu bedeuten?«

»Das sage ich dir lieber nicht, solange wir essen«, antwortete Nik. »Gleich erzähle ich dir alles, was ich weiß. Ich hole jetzt die Pasta.«

Sprach's und verschwand wieder in der Küche. Die Penne, die er anschleppte, hatten es in sich. Nik erklärte, daß er sie nur in heißem Olivenöl geschwenkt hatte, in der sich vorher einige Chilischoten getummelt hatten. Darüber ein Hauch grob geraspelter Pecorino sardo und einige geröstete Pinienkerne.

»Zum Wohl!« Der Pinot grigio ließ das Glas von außen beschlagen. Ich malte mit dem kleinen Finger ein Herzchen drauf. »Ich danke dir für die Einladung, Süßer!« sagte ich forsch, um nicht in eine romantische Stimmung abzudriften. Es handelte sich schließlich in erster Linie um ein Arbeitsessen.

Das Hauptgericht war vegetarisch. Brokkoli mit Holländischer Soße, Möhren-Reibeplätzchen und knackiger Latuca mit einer Vinaigrette aus Balsamessig, Olivenöl und gepreßtem Knoblauch.

»Warum bist du ausgerechnet bei der Polizei gelandet?« wollte ich wissen. »Als Koch hättest du längst ein paar Sterne eingeheimst.«

»Ich koche zu gerne, um es jeden Tag tun zu müssen.«

Ich verstand.

Als Nachtisch servierte mein hübscher Koch Zitronencreme, die von ihm im Wasserbad zärtlich aufgeschlagen worden war.

Den Espresso nahmen wir auf dem Sofa. »Was bedeutet also der Name ›Eiskalt‹?« nahm ich den Faden wieder auf.

»Eine ziemlich perverse Sache, die sich da in der Villa abgespielt hat«, erklärte Nik. »Zuerst wurde Grid mit einem Messer regelrecht abgeschlachtet, dann seiner Hoden beraubt. Der Mörder muß sich an dem vielen Blut geweidet haben. Als wir die Wohnung nach Spuren durchkämmten, haben wir auch in den Kühlschrank geguckt.« Nik stockte.

»Ja und?«

»Im Eisfach lagen Grids Hoden.«

»Was?« Im meinem Magen rumorte es.

»Ein Verrückter«, konstatierte Kodil. »Der Polizeipsychologe ist auch der Meinung. Er glaubt, daß Frau Grid die Täterin ist.«

»Was? Sie war doch gar nicht zu Hause!«

»Wissen wir's? Die Haushälterin ist früh gegangen.«

Da hatte Nik recht. Doch die Vorstellung eines blutigen Ehedramas behagte mir nicht.

»Ich glaub's nicht«, wandte ich ein. »Schau dir den Typen an: Grid war groß und kräftig! Sie dagegen eher zart. Wie zum Teufel soll sie das geschafft haben?«

Nik zuckte mit den Schultern. »Wenn Frauen etwas wirklich wollen, bekommen sie ungeahnte Kräfte. Außerdem wurden in Grids Blut Psychopharmaka gefunden. Genug, um einen Ochsen niederzustrecken. Der Promillegehalt war auch nicht von schlechten Eltern. Er konnte sich gar nicht wehren, selbst wenn er es versucht hätte. Also konnte sie ihn in aller Ruhe mit dem Skalpell bearbeiten.«

»Ein Skalpell also«, wiederholte ich. »Genau das passende Werkzeug, um einen Chirurgen ins Jenseits zu befördern.«

»Sowas wird nicht bewußt gemacht«, meinte Nik. »Es lag vermutlich nur irgendwo herum. Wenn deine Theorie stimmen würde, müßtest du mit einem Kugelschreiber erstochen werden.«

»Eigentlich nicht«, widersprach ich. »Im Zeitalter der elektronischen Textbearbeitung müßte mein Mörder zum PC greifen. Aber Spaß beseite: Wie kommt ihr auf die Witwe als Täterin?«

»Die Ehe war schlecht. Das hat uns die Haushälterin erzählt. Er hat sie geschlagen und auch vergewaltigt. Was liegt näher als zu glauben, daß Eva Grid einen besonderen Haß auf das Tatwerkzeug ihres Gatten hatte? Frau Ambrosius jedenfalls ist davon überzeugt, daß er seine gerechte Strafe empfangen hat. Sie steht voll auf der Seite von Frau Grid.«

Else A. war also Else Ambrosius. Jetzt würde es kein Problem mehr für mich sein, die Frau zu finden.

Ich hatte die wichtigsten Fakten zusammen. Von der desolaten Beziehung zwischen Grid und seiner Frau wußte die Konkurrenz noch nichts. »Morgen werde ich die Wahrheit schreiben«, kündigte ich theatralisch an, »die Öffentlichkeit hat ein Recht darauf, die Fakten zu erfahren. Blut, Wut, Sex und Rache ... und das alles in einer Gesellschaft, der man nachsagt, daß sie keinen Platz mehr für Emotionen hat und ...«

»Aber klar«, unterbrach mich Nik. Er war von meiner Ankündigung nicht so beeindruckt, wie ich gehofft hatte. »Ihr Schreiberlinge findet immer eine Ausrede, um eure voyeuristischen Triebe zu befriedigen. Blut, Wut, Sex und Rache ... Grappa, du spinnst! Du und deine Kollegen leben vom Elend anderer. Ihr geilt euch an brutaler Gewalt auf und kommt euch auch noch ganz toll vor, wenn ihr den ganzen Mist in wohlgesetzten Worten zu Papier bringt. Wenn du mir einen Gefallen tun willst, dann verschone mich mit dem moralisch verbrämten Überbau deines Schmuddeljobs.« Seine Augen sprühten Funken.

Wut stieg in mir hoch. Angriffe auf meinen hehren Berufsstand konnte ich nicht so einfach hinnehmen. »Voyeuristisch! Ich wußte gar nicht, daß du Fremdwörter kennst«, giftete ich. »Lernt man so was neuerdings auf der Bullenklippschule?«

Nik schaute mich an und sagte leise: »Laß uns einfach bei der Wahrheit bleiben, Grappa! Du bist geil auf heiße Stories, und ich will dem Kollegen Baißer eins auswischen. Ich habe nämlich noch eine verdammt große Rechnung mit ihm offen. Also lassen wir die edlen Beweggründe doch einfach dort, wo sie hingehören.«

»Und wo wäre das?«

»Ganz tief in unserem Herzen, dort, wo niemand sie vermutet und findet. Keiner braucht zu wissen, daß wir beide eigentlich edle Menschen sind.«

Ich lachte auf. »Warum so pathetisch? Laß uns Klartext reden: Ich will die Story, und du wirst mir helfen. Und dabei wirst du über das hinausgehen, was du als Bulle eigentlich darfst. Dafür serviere ich dir Baißer in Einzelteilen auf einem Silbertablett. Okay?«

»Du hast es kapiert«, nickte er. »Wir gründen eine Verschwörergemeinschaft.«

»Ist ja wie im Kindergarten«, höhnte ich, »*Emil und die Detektive* oder *Die fünf Freunde* von Enid Blyton. Hab ich als Kind verschlungen. Hoffentlich muß ich meine Story nicht im Kartoffeldruck verbreiten!«

»Klasse, Grappa! Ironie ist eine deiner herausragendsten Eigenschaften«, behauptete er, »oder ist es eher Zynismus?«

»Auf jeden Fall braucht man für beides Intelligenz. Aber lassen wir das! Ich bin mit unserem Deal einverstanden. Und irgendwann erzähle ich dir mal was über die wichtige Aufgabe der Journalisten in einer demokratischen Gesellschaft.«

»Und ich dir von der Ordnungsfunktion der Polizei.«

Nik begann den Tisch abzuräumen. Ich blieb sitzen und sah ihm interessiert zu. Er hatte es faustdick hinter den hübschen Ohren. Irgendwann würde ich ihn fragen, warum er seinen Kollegen Ortwin Baißer so wenig mochte.

»Wo könnte Eva Grid sein?« fragte ich.

»Wir haben keinen Anhaltspunkt. Ich glaube, daß Frau Ambrosius mehr weiß als sie sagt. Sie war Eva Grids Vertraute. Vielleicht könntest du es mal versuchen ... so von Frau zu Frau?« Kodil schaute mich fragend an.

»Gespräche von Frau zu Frau sind meine Spezialität«, behauptete ich kühn. »Wenn ich einmal loslege, bleibt kein Auge trocken. Morgen kümmere ich mich darum. Und was machen wir jetzt?«

»Nach dem Essen sollst du ruh'n oder tausend Schritte tun«, strapazierte Nik das alte deutsche Sprichwort.

»Zum Wandern habe ich aber keine Lust«, maulte ich.

»War gar nicht mein Begehr. Also komm!«

Eine Stunde später gähnte ich: »Männer sollten sich auf die Tätigkeiten beschränken, in denen sie gewisse Fertigkeiten entwickeln können.«

»Ach ja?« grummelte es verschlafen neben mir. Niks lange, braune Haare kitzelten meine Armbeuge.

»Essen ranschaffen und das andere ... du weißt schon!«

»Und wenn Frau ihren Geist trainieren will?«

»Da nützt ein Mann weniger. Ein gutes Buch kann da schon weiterhelfen ...«

Ein perfekter Mann

Der nächste Morgen war lau, so als könne der Sommer sich nicht entschließen, Abschied zu nehmen. Nik hatte sich früh aus den Federn begeben. Ein emsiger Polizeibeamter mit Karriereabsichten konnte es sich nicht leisten auszuschlafen. Besonders nicht mit einem Vorgesetzten wie Ortwin Baißer.

Nikolaus Kodil war der fast perfekte Geliebte. Er sah gut aus, machte keinen Streß, stellte keine Besitzansprüche und hatte mein Frühstück vorbereitet. Die Cornflakes warteten auf Milchzufuhr, die Kaffeemaschine auf den Knopfdruck und die Toasts auf die Bedienung des Hebels. Sogar an frisch gepreßten Orangensaft hatte er gedacht.

Guten Morgen! Melde mich zwischendurch. Nik. Seine Handschrift war kräftig und ein bißchen ungelenk. Ich duschte, griff nach meinem Schminktäschchen, das immer mit einer Notration für überraschende Übernachtungen in fremden Betten versehen war, und machte mich zurecht. Jeden Morgen dauerte es länger, bis ich mich unter Menschen trauen konnte, und die Hilfsmittel wurden immer teurer. Ich fönte mein rotes Haar trocken und legte ein leichtes Make-up auf. Etwas Lidschatten, Mascara und braunen Lippenstift. Noch ein bißchen Puder auf die Nase – das mußte reichen.

Im Radio begannen gerade die Lokalnachrichten, als ich das Bad verließ. Der Mord an Dr. Grid veranlaßte sogar seriöse Journalisten zu den gewagtesten Spekulationen. Da war von Verbindungen zur internationalen Verbrecherszene, von Betrug im Galoppsport und Geldwäsche die Rede. Niemand hatte bisher spitz gekriegt, daß das Blutbad im Grid'schen Schlafgemach eher psychopathisch-rituelle Züge trug.

Vergnügt rieb ich mir die Hände und sang die Lieder mit, die das Radio ins Zimmer schickte. »Sie ist weg ...« rappten die *Fantastischen Vier*. Wie recht sie hatten! Ich mußte die Grid-Witwe finden, und zwar zügig.

Als ich in der Redaktion auftauchte, hatte die Konferenz gerade begonnen. Jeder präsentierte seine Ideen, die er in der morgigen Ausgabe der Zeitung verwirklichen wollte.

»Ein Interview mit der Haushälterin der Grids«, antwortete ich auf die Frage nach meinem Beitrag. »Hinter der Sache steckt mehr als ein schnöder Messermord. Liebe, Haß, Wollust, Gewalt und Blut – das ist der Stoff, aus dem die Stories sind, auf die ein Millionenpublikum abfährt.« Ich erzählte die Facts im Zeitraffer. Eine Mischung aus Grauen und Faszination erfüllte den Raum.

Die Kulturredakteurin Frau Bollhagen-Mergelteich zog angeekelt die Oberlippe hoch, sagte aber nichts. Einwände hätten ohnehin nichts gebracht, denn das *Bierstädter Tageblatt* konnte sich der Boulevardisierung des alltäglichen Lebens nicht entziehen.

»Als Fotoreporter brauche ich Turkey. Und zwar den ganzen Tag«, ergänzte ich meinen Wortbeitrag.

»Und wer macht die Bilder von der Generalprobe im Ballett?« fragte die Kulturtante.

»So ein paar Hupfdohlen kann wohl jeder ablichten«, sagte Peter Jansen grob, »der Bildvolontär brennt außerdem darauf, ein paar nette Mädels kennenzulernen. Gestern hatte er eine Jubilarehrung bei der IG Metall. Alle zwischen 80 und scheintot.«

Nachdem die täglichen Prioritäten gesetzt waren, trollte sich jeder seiner Wege.

Frauenfreundschaft

Meine Taktik war klar: Ich würde der Haushälterin erzählen, daß ich ihrem Schützling Eva helfen wollte, sich vom Verdacht zu befreien, ihren Ehemann in die ewigen Jagdgründe verfrachtet zu haben.

Zu meiner Überraschung stimmte Else Ambrosius einem Interview sofort zu. »Kommen Sie zur Villa«, schlug sie vor. »Ich bin gerade dabei, alles wieder herzurichten.

Für den Fall, daß Eva zurückkommt.«

Ich wunderte mich, daß sie ihre »Herrin« beim Vornamen nannte. In solchen Kreisen verkehrt man eigentlich nicht vertrauensvoll mit seinem Hauspersonal.

»Die läßt uns sogar in die Mordhütte rein«, informierte ich Turkey, als ich meinen Japaner vorsichtig vom Parkplatz des Verlagshauses lenkte. »Ich werde sie überreden, uns einen Blick ins Schlafgemach werfen zu lassen. Dann kommt dein Auftritt.«

»Kriegen wir da keinen Streß mit den Bullen?«

»Nicht mehr, als wir ohnehin schon haben«, meinte ich und gab Gas, »dieser Baißer hat heute früh schon bei Jansen auf der Matte gestanden. Telefonisch. Hat einen Riesentanz abgezogen, weil du ihm gestern nicht den richtigen Film gegeben hast.«

Turkey grinste. »Und was hat der Boß gesagt?«

»Daß du cleverer bist als du aussiehst.«

»Danke.« Es klang gekränkt.

»Du kennst doch den schnodderigen Umgangston in unserem Job. Harte Schale ...«

»... weicher Keks. Ich weiß.«

Wir waren da. Grids Villa sah aus wie gestern, nur die emsigen Spurensucher auf dem Rasen fehlten. Auch Baißer bog diesmal nicht um die Ecke. Ich klingelte, eine Stimme fragte »Ja, bitte?«, und drin waren wir.

Else Ambrosius' Auftritt war die erste Überraschung des Tages. In der Tür stand eine elegante Mittvierzigerin mit rabenschwarzer Kurzhaarfrisur und großer Oberweite. Ein Domina-Typ. Turkey wurde ganz zappelig. Er hatte wohl ein mittelalterliches Pflegetier mit Dutt und weißer Rüschenschürze erwartet – genau wie ich.

»Kommen Sie bitte ins Haus.« Ihre Stimme paßte zum Aussehen, sie war samtig und rauh zugleich. Die ausladenden Hüften schwebten vor uns in die gute Stube.

»Sie sehen gar nicht wie eine Haushälterin aus«, entfuhr es mir.

»Ich weiß«, lächelte Else. »Ich bin auch eher eine Freundin – der Ehefrau und nicht des Hausherrn. Damit das klar ist. Darf ich Ihnen etwas anbieten?«

»Einen Kaffee, wenn Sie haben?«

»Und der junge Mann?« Sie warf die Augen auf Turkey, der unruhig auf dem Sofa hin und her rutschte. In seinen Mundwinkeln hatte sich Speichel gebildet.

»Auch Kaffee«, krächzte er. Else dampfte auf ihren Stöckeln in die Küche ab. Turkey starrte ihr nach. Er hatte feuchte Lippen.

»Nun reiß dich zusammen und mach nicht solche Stielaugen«, fuhr ich ihn an. »Du bist hier in keiner Sado-Maso-Bude, sondern in einer großbürgerlichen Villa. Wenn du von ihr ausgepeitscht werden willst, dann laß dir einen Termin nach Feierabend geben.«

»Du bist ein verdammtes Ekel, Grappa!« blaffte er zurück. Er bekam einen roten Kopf, doch meine Predigt hatte geholfen. Als Else Ambrosius mit zwei Porzellantäßchen zurückkehrte, hatte sich Turkey wieder entspannt.

»Also, wo fangen wir an?« lächelte die schöne Else. Sie plazierte sich neben Turkey auf das Sofa, die langen Beine mit den dunklen Strümpfen weit nach vorne gestreckt und übereinandergeschlagen. Mit der linken Fußspitze berührte sie Turkeys Hosenbein. Der fing schon wieder an zu zappeln. Ich warf ihm einen warnenden Blick zu.

»Wie war die Ehe der Grids?« begann ich.

»Sie stand kurz vor dem Ende. Eva wollte sich endlich scheiden lassen. Sie war seine Gewalttätigkeiten leid, seine Affären, seine Beleidigungen. Warten Sie, ich zeige Ihnen was!«

Else Ambrosius sprang auf, ging zu einem Nußbaumsekretär und holte etwas aus der Schublade. »Da! Sehen Sie selbst!«

Ich blickte auf die Fotos in meinen Händen. Auf ihnen war der Oberkörper einer Frau zu sehen, nackt, über und über mit Wunden und Hämatomen übersät. Das rechte Auge war zugequollen, die Lippen aufgerissen und durch verkrustetes Blut entstellt.

»Eva Grid?« fragte ich.

Else Ambrosius nickte.

»Wer hat die Fotos gemacht?«

»Das war ich. Eva durfte nie zum Arzt gehen, er hat sie selbst behandelt.«

»Weiß die Polizei davon?«

»Sicher.« Else lachte heftig auf und warf den Kopf in den Nacken. »Ein prima Motiv für einen Mord – hat einer der Beamten gesagt.«

»Wann haben Sie Eva Grid zum letzten Mal gesehen?«

»Am Abend vor dem Mord. Sie hat das Haus verlassen – gegen 20 Uhr. Oktavio ist erst zwischen zwei und vier Uhr morgens umgebracht worden. Sie kann es also nicht gewesen sein.«

»Und wenn sie noch mal zurückgekommen ist, um sich zu rächen? Sie wohnen doch nicht in diesem Haus, können also nicht definitiv sagen, daß Frau Grid nicht wiedergekommen ist.«

»Woher wissen Sie das?«

»Von der Staatsanwaltschaft. Sie hat es auf der Pressekonferenz mitgeteilt.«

»Sie ist nicht zurückgekommen – da bin ich sicher. Er hat sie aus dem Haus geworfen. Es war nicht das erste Mal.«

»Aber sie ist doch immer wieder zu ihm zurückgekehrt«, wandte ich ein, »also kann es ja wohl nicht so schlimm gewesen sein, oder?«

Else Ambrosius zog die Stirn kraus. »Eva ist ein bißchen labil«, gab sie zu. »Sie hat sich zwar immer wieder vorgenommen, Grid endgültig zu verlassen, doch er hat sie genauso oft mit Versprechungen wieder herumgekriegt. Aber in der letzten Zeit schien sie entschlossen, ihn wirklich zu verlassen.«

»Und wo könnte sie an dem Mordabend hingegangen sein?« Ich hob die Porzellantasse und wartete ab.

»Ich habe keine Ahnung.«

Ich nahm einen Schluck Kaffee und sagte dann: »Das glaube ich Ihnen nicht. Sie sind Ihre beste Freundin.«

Wir schwiegen eine Weile. Turkey hatte sich in das äußerste Eck des Sofas gedrückt, als fürchte er, von den heißen Schenkeln der Ambrosius verbrannt zu werden.

»Ich habe wenigstens eine vage Ahnung, wo Eva jetzt

sein könnte«, räumte die Hausdame ein. »Aber ich muß sicher sein, daß Sie Eva helfen wollen. Kann ich das?«

»Ich gebe Ihnen mein Ehrenwort.«

»An diesem Satz sind schon manche erstickt«, sagte sie rauh.

»Natürlich muß sich Eva der Polizei stellen, wenn wir sie gefunden haben«, stellte ich klar. »Doch ich werde alles tun, um ihre Unschuld zu beweisen – wenn sie wirklich unschuldig ist.«

»Sie ist es, glauben Sie mir!« Else Ambrosius' Ton war flehentlich, sie hatte die beherrschte Maske fallen lassen. »Ich kenne Eva wie meine Schwester. Sie kann niemandem etwas tun und schon gar nicht auf diese Art.« Frau Ambrosius hatte meinen Arm gepackt und fast wild auf mich eingeredet.

»Schön, eine treue Freundin wie Sie zu haben«, meinte ich mild. »Kennen Sie sich schon lange?«

»Wir waren zusammen auf einer Mannequin-Schule«, erzählte sie. »Eva hat Karriere gemacht, ich bin ins Rotlicht-Milieu abgerutscht. War anschaffen. Sie hat mich da rausgeholt. Das ist aber eine andere Geschichte.«

»Haben Sie einen Verdacht, wer Grid ermordet hat?«

»Vielleicht ein Racheakt.«

»Rache? Wieso?«

»Grid hat mehrere Operationen verpfuscht. Eva sagte mir, daß einige Kunstfehlerprozesse gegen ihn laufen würden. Mehr wußte sie auch nicht. Er soll auch Verhältnisse mit seinen Patientinnen gehabt haben.«

»Das war ein wertvoller Tip«, murmelte ich. »Und jetzt will ich wissen, wo ich Eva finden kann! Haben Sie denn überhaupt keinen Anhaltspunkt?«

»Kommen Sie!« Else Ambrosius erhob sich. Turkey und ich folgten.

Wir gingen in den ersten Stock des Hauses. Else Ambrosius drückte eine Tür auf: »Das ist Evas Reich!«

Ich gab Turkey ein Zeichen. Er verstand und machte die Kamera schußbereit. »Sie haben doch nichts dagegen, wenn wir ein paar Bilder machen?« fragte ich schnell.

Da keine abschlägige Antwort kam, begann Turkey mit

seiner Arbeit. Das Zimmer hatte etwas Kleinmädchenhaftes an sich. Alles war in pastellenen Farben gehalten, unwirklich, filigran und heiter. Die Fensterbank quoll über von Grünzeug, Fotos von Evas Modelkarriere hingen an der Wand. Turkey knipste: Eva als Vamp, Eva im Hochzeitskleid, im Badeanzug und in Unterwäsche. Selbst mit schwarzen Strapsen und knappem BH wirkte sie weniger verrucht als ihre Freundin Else es im Wintermantel getan hätte.

»Einc schöne Frau«, stellte ich fest.

»Schauen Sie, hier könnte sie sein.« Else Ambrosius deutete auf ein Foto, das an den Frisierspiegel geklebt war.

Es zeigte einen alten Bauernhof, der von vielen Birken umgeben war. Das Haus war mächtig, der rote Backstein und die schwarzen Stützbalken harmonierten mit dem blauen Himmel und den zerrissenen Wolken im Hintergrund. In dem großen Eingangstor war die verschwommene Gestalt eines Mannes zu erkennen.

»Wo liegt dieser Hof?«

»Ich weiß nicht.«

»Wissen Sie es nicht, oder wollen Sie es nicht sagen?« ließ ich nicht locker.

»Mir geht zu viel im Kopf herum«, behauptete die Hausdame, »lassen Sie mir ein bißchen Zeit. Ich muß über all das nachdenken.«

»Der Mann? Wer ist er?«

»Ihm gehört das Anwesen. Ich weiß nur, daß dieser Hof für Eva eine Art Zuflucht ist.«

»Sein Name?« Ich war das Fragespiel leid.

»Ich kann Ihnen nicht helfen«, behauptete Else. »Noch nicht.«

»Wie Sie meinen. Darf ich das Foto haben?«

Else Ambrosius zögerte.

»Frau Ambrosius«, versuchte ich sie zu überzeugen, »ich will Eva helfen! Sie können Vertrauen zu mir haben!«

»Na gut.« Mit spitzen Fingern löste sie das Foto vom Spiegel und reichte es mir. »Aber Sie müssen selbst herausbekommen, wo der Hof ist. Eva würde mir nie verzeihen, wenn ich ...« Gram verschleierte ihren Blick. Schmierentheater, dachte ich.

»Machen Sie sich keine Sorgen«, tröstete ich sie. Ihr Blick war noch immer voller Qual. »Wir schaukeln das Kind schon. Können wir jetzt noch einen Blick ins eheliche Schlafzimmer werfen?«

Sie nickte, ging los, und wir folgten ihr. In dem großen Zimmer, das im hinteren Teil der Villa lag, standen die Fenster sperrangelweit offen.

»Der Blutgeruch«, erklärte Else Ambrosius. »Unerträglich, dieser süßliche Duft. Ich mußte mit einem scharfen Putzmittel ran.«

Das Bett war bereits abgezogen worden, die Matratzen entsorgt, nichts deutete mehr auf ein Blutbad hin.

»Das Foto kannst du dir sparen, Turkey«, meinte ich. »Hier gibt es nichts, was die Phantasie unserer geneigten Leserschaft noch zusätzlich anregen könnte.«

Else Ambrosius schloß die Fenster.

»Was haben Sie eigentlich gedacht, als Sie Dr. Grid in seinem Blut fanden?« wollte ich wissen.

Sie hielt meinem Blick stand. »Das kann ich Ihnen sagen. Mein erster Gedanke war: Gut, daß das Schwein tot ist. Dann habe ich einen Lachkrampf bekommen.«

Auf kleiner Flamme

Bevor ich mich um den Bauernhof kümmern konnte, hatte ich erst den Aufmacher des nächsten Tages abzuliefern. Dazu mußte ich mich konzentrieren. Ich bat die Sekretärin, keine Anrufe durchzustellen, legte den Telefonhörer neben den Apparat, kochte mir eine Kanne Kaffee und hockte mich vor den PC. Ein paar Minuten lang starrte ich auf die dunkle Fläche des Bildschirms und wartete auf eine Eingebung. Sekunden später war es so weit. Ich warf das Gerät an.

Im Mordfall Dr. Oktavio Grid bahnt sich eine sensationelle Wendung an: Das Opfer wurde nicht nur bestialisch erstochen, sondern auch noch entmannt. Die Behörden haben ihre Ermittlungen ausgedehnt. Die Sonderkommission der Polizei schließt die Tat eines geistesgestörten Triebtäters nicht mehr aus. Auch ein Racheakt wäre denkbar – denn der angesehene Schönheitschirurg hatte nicht nur Freunde unter den Menschen, die er operiert hat. Zunächst jedoch steht die Ehefrau des Opfers, Eva Grid, im Mittelpunkt des polizeilichen Interesses. Das 43jährige Ex-Model ist seit dem Mord spurlos verschwunden. Beim Bierstädter Tageblatt gingen inzwischen Hinweise auf den Aufenthaltsort der Frau ein.

Die Sache mit dem Gefrierfach im Kühlschrank und seinen unappetitlichen Inhalt schenkte ich mir. Schließlich stand unter dem Namen unserer Zeitung etwas von einer überparteilichen und unabhängigen »Familienzeitung«.

Wertvolle Hinweise auf den möglichen Hintergrund der Tat gab die Haushälterin und Freundin der Ehefrau. Else A. war Zeugin zahlreicher Gewalttaten, mit denen der Tote seine Ehefrau über Jahre gequält hat. »Endlich hatte sich Eva zur Scheidung entschlossen«, so Else A. gegenüber dem Bierstädter Tageblatt. »Sie konnte die Quälereien nicht mehr ertragen.«

Die Haushälterin berichtete außerdem, daß Dr. Grid häufig Liebesaffären mit anderen Frauen – auch Patientinnen – gehabt hat. Else A. ist fest davon überzeugt, daß Eva Grid ihren Mann nicht auf dem Gewissen hat. »Sie hat lange vor dem Mord das Haus nach einem Streit verlassen« sagte sie gegenüber unserer Zeitung.

Für die Polizei jedenfalls ist die Flucht der Witwe und die zerrüttete Ehe ein Indiz dafür, daß Eva Grid etwas zu verbergen hat.

Kriminalhauptkommissar Ortwin Baißer, der die Sonderkommission der Polizei leitet, scheint in den Mittelpunkt seiner Arbeit zunächst die Behinderung einer freien Berichterstattung gestellt zu haben. Er verbot einem Team unseres Blattes Recherchen vor Ort und beschlagnahmte einen bereits belichteten Film.

Die Öffentlichkeit wird die Arbeit der SoKo mit Interesse beobachten und prüfen, ob ihr Leiter seiner schwierigen Aufgabe gewachsen ist.

Danach brüteten Turkey und ich über den Fotos.

»Hier, guck dir das an!« Er reichte mir einen Schnappschuß von Else Ambrosius in Evas Zimmer. Das Outfit der Hausdame wirkte hart und grell in der hellen Atmosphäre des Zimmers. Ein gutes Foto, das viel von der Kraft und dem Haß dieser Frau herüberbrachte.

»Ein starkes Bild. Das nehmen wir! Sie sieht allerdings nicht aus wie eine trauernde Freundin«, konstatierte ich, »jeder würde ihr zutrauen, daß sie Grid mit dem Messer gekitzelt hat. Wer weiß, vielleicht war sie es ja. Ein solidarischer Akt unter Frauen.«

Über die Bilder aus Eva Grids Mannequin-Zeit konnten wir uns ebenso schnell einigen. Nur darüber, ob wir das Foto des Bauernhofes bringen sollten, gingen unsere Meinungen auseinander.

»Wir fordern die Leser auf, uns Hinweise zu geben«, meinte Turkey, »und du kannst dir die mühsame Recherche sparen.«

»Kommt nicht in Frage. Die Konkurrenz schläft nicht. Ich brauche etwas in der Hinterhand. Ich will allein rauskriegen, ob der Bauernhof mit der Sache was zu tun hat.«

»Du bist der Boß«, maulte er. »Dann nimm mich wenigstens mit, wenn du dorthin fährst.«

Ich versprach es. Ein Fotograf im Schlepptau ist besser als gar kein Beschützer. In meinem Kopf tauchte Niks Bild auf. Ich hatte nicht vor, ihm von dem Bauernhof zu erzählen, wollte die Verdächtige selbst aufstöbern, um die Lorbeeren zu kassieren und ein Exklusivinterview zu bekommen.

Es klopfte, und die Sekretärin kam herein. »Ich störe nur ungern, Frau Grappa«, sagte sie, »aber da war ein Herr, der Sie dringend sprechen will. Könnten Sie Ihren Hörer auflegen? Ich habe ihm Ihre Durchwahl gegeben. Er meldet sich gleich wieder.«

Ich nickte, legte auf und prompt schellte es.

»Ich habe gerade an dich gedacht«, sagte ich, als sich Nik meldete. »Was gibt es Neues?«

»Wir haben eine Frau gefunden, die allen Grund hat, Dr. Grid umzubringen. Sie hat erfolglos einen Kunstfehlerprozeß gegen ihn geführt. Interessiert?«

»Immer«, antwortete ich. »Aber für morgen steht meine Story schon. Jeden Tag ein neues Häppchen für das Leservolk, die Sache auf kleiner Flamme köcheln bis zum ultimativen Countdown – so ist es richtig, so hab ich's gern und so wird's gemacht. Den Namen kannst du mir heute abend sagen. Um acht bei mir?« Die letzten beiden Sätze hatte ich gegurrt.

»Sag mir erst, was du rausbekommen hast. Wie war's bei der Haushälterin?«

»Sehr aufschlußreich«, wich ich aus. »Du hättest mir ruhig sagen können, daß Frau Ambrosius solch ein scharfer Feger ist. Ich war auf eine Oma mit Dutt eingestellt, die nach grüner Seife riecht.«

»Ist mir gar nicht aufgefallen«, log er. Ich hörte ihn durchs Telefon grinsen.

Eine neue Spur

Ich studierte das Foto noch einmal, das hinter Eva Grids Spiegel gesteckt hatte. Der Bauernhof lag auf flachem Gelände, von Hügeln keine Spur. Die Bäume in dem Wald waren eindeutig Birken. Sie hatten eine helle Rinde und streckten sich schlank in die Höhe. Morgen würde ich die Pressestellen und die Fremdenverkehrsbüros anläuten und nach einem Bauernhof mit roten Backsteinen, schwarzen Balken und einem Birkenwald fragen.

Für heute hatte ich genug. Ich mußte meine Behausung gästefertig machen, bevor Nik auftauchte. Er gab sich immer solche Mühe, wenn ich mein Erscheinen angekündigt hatte; brachte seine Wohnung auf Hochglanz wie Meister Proper höchstspersönlich.

Auf dem Heimweg machte ich bei einem italienischen Lebensmittelladen halt, erstand Gorgonzola, Oliven und Mortadella. Wein, Brot, Tomaten und Parmaschinken hatte ich noch zu Hause.

Nik kam, als ich gerade die Tüte ausgeräumt hatte und dabei war, mir diese komplizierte Tätigkeit durch ein erstes Glas Valpolicella zu erleichtern.

»Ich habe dir meinen Artikel ausgedruckt«, sagte ich, »er liegt dort auf dem Schreibtisch. Wenn du willst, kannst du ihn lesen.«

Er wollte, und etwa fünf Minuten hörte ich nichts mehr von ihm. Dann schallte ein lautes Lachen zu mir.

»Dem alten Baißer hast du's aber gegeben«, rief Nik. »Hat er euch wirklich den Film mit den Bildern vom Tatort weggenommen?«

»Nein. Turkey hat schnell einen anderen reingetan, als Baißer auf uns zurannte wie ein verrückter Terrier. Ich habe in meinem Artikel ja auch nur von einem ›belichteten‹ Film gesprochen. Das Foto zeigte allerdings nur deinen Kollegen. Warum kannst du ihn eigentlich nicht leiden?«

»Ich hab nichts persönlich gegen ihn«, wiegelte Nik ab. Er stand jetzt in der Küchentür und sah mir beim Schneiden der Tomaten zu.

»Ich dachte schon, du willst Karriere auf seine Kosten machen.«

»So was Blödes!« entfuhr es Nik.

Ich grinste in mich hinein. Irgendwann würde ich herausbekommen, welche alten Rechnungen da noch offen waren!

»Die Frau heißt Loki Detema«, erzählte Kodil zehn Minuten später, als wir in schönster Harmonie speisten. »Sie hat Dr. Grid auf 200.000 Mark Schmerzensgeld verklagt. Ohne Erfolg. Gutachter haben in dem Zivilprozeß keine Fehler bei der Operation feststellen können, die auf Grids Konto gehen.«

»Die stecken doch alle unter einer Decke«, behauptete ich. »Was hat er denn mit der armen Frau gemacht?«

»Sie fand, daß ihr Busen zu klein war. Grid implantierte ihr in beide Brüste Silikonkissen. Ihr Körper stieß diese Glibberdinger aber ab. Und anstatt sie wieder zu entfernen, hat Grid sie immer weiter behandelt. Sie hatte monatelang höllische Schmerzen. Schließlich war alles entzündet, und ihr Busen sieht heute aus ... na ja ... wie eine leere Hülle. Furchtbar!«

»Woher weißt du das?«

»Ich hatte Einblick in die Akten. Die liegen nämlich bei der Staatsanwaltschaft, weil Frau Detema zusätzlich noch Anzeige wegen Körperverletzung erstattet hat. Der strvafrechtliche Prozeß hatte Grid noch bevorgestanden, falls die Staatsanwaltschaft wirklich Anklage erhoben hätte. Na ja, das dürfte sich ja durch seinen Tod ohnehin erledigt haben. In den Akten waren jedenfalls Fotos vom Körper dieser Frau. Ein furchtbarer Anblick!« Nik schauderte.

»Es ehrt dich, daß du soviel Mitleid hast«, sagte ich und löffelte eine halbe Grapefruit aus. »Meine Anteilnahme hält sich dagegen eher in Grenzen. Warum ohne Grund in die Natur eingreifen? Es gibt nun mal große und kleine Pampelmusen. Frauen lassen sich verstümmeln, nur weil sie glauben, einem Schönheitsideal nacheifern zu müssen, das von Männern diktiert wird. Das ist nicht nur anti-emanzipatorisch, sondern auch noch saudumm.«

»Ich sehe ja ein, daß ein zu kleiner Busen für dich kein Problem wäre«, konterte Nik mit einem sanften Blick auf meine Oberweite, »aber du solltest vielleicht gegenüber deinen Geschlechtsgenossinnen toleranter sein. Nimm dir mal ein Beispiel an mir!«

»Deine Nachsicht wundert mich in diesem Fall kein bißchen«, fuhr ich ihn ärgerlich an, »denn schließlich habt ihr Männer die Normen gesetzt, nach denen wir Frauen uns verbiegen sollen. Blond, doof, unterwürfig, große Ohren und immer bereit, euch sexuell oder sonstwie zu bedienen.«

»Deine Art, alles und jedes zu verallgemeinern, hat Stammtischniveau. Du hast deine Frauengruppenjahre wohl nicht richtig verdaut.«

Sein Widerspruch reizte mich, ein handfester Streit bahnte sich an. »Ich weiß, daß es Schlimmere gibt als dich«, versuchte ich daher einzulenken.

»Herzlichen Dank!« Wütend hebelte er ein Stück Fruchtfleisch aus der Pampelmuse.

Ich schwieg ein Weilchen, damit sich die Lage entspannen konnte. »Habt ihr diese Detema wirklich ernsthaft in Verdacht?« fragte ich dann.

»Eigentlich nicht. Die Frau ist fix und fertig. Kann mir nicht vorstellen, daß die noch ein Messer ruhig in der Hand halten kann.«

»Also doch Eva Grid, oder?«

»Sie ist zur Zeit unsere heißeste Spur. Baißer hat sich darin verbissen. Er muß Erfolge vorweisen. Die Polizeistatistik sagt, daß Spuren bereits nach einer Woche kalt wie Eis sind. Wenn Baißer morgen deinen Artikel liest, wird er unter die Decke gehen. Hast du wirklich einen Hinweis auf den Aufenthaltsort der Frau, oder bluffst du nur?«

Ich zuckte die Schultern. »Nur einen klitzekleinen Anhaltspunkt – mehr nicht. Du bist der erste, der's erfährt, wenn die Spur heiß wird. Und du kriegst die Frau sofort nach mir. Okay?«

Zum Glück war er mit meinem Vorschlag einverstanden. Wir tranken den obligatorischen Espresso, dann schleppte Nik das Geschirr in die Küche und wusch es ab.

»Du bist eine süße kleine Küchenfee«, strahlte ich ihn an. »Gib mir die Adresse deiner Frau Mutter, damit ich mich bei ihr bedanken kann, daß sie ihren Sohn so gut gedrillt hat.«

»Ich bin in einem Waisenhaus aufgewachsen«, erklärte Nik. »Dort gab's Küchendienste für die Kinder.«

»Das tut mir leid«, stammelte ich betroffen. »Was ist mit deinen Eltern passiert?«

»Das ist eine lange Geschichte ...«

»... die du jetzt nicht erzählen willst«, vervollständigte ich den Satz.

»Vielleicht später«, gab Nik zurück, »heute ist mir nicht danach.«

Er stand auf, trat hinter mich und senkte seinen Kopf zu meinem Ohr. Sein Atem strich an meiner Wange entlang.

»Soll ich dir jetzt die wahrscheinlich längste Praline der Welt zeigen?« flüsterte er.

»Angeber«, prustete ich los. »Das haben mir schon viele versprochen, und dann war's doch nur ein armseliger Schokoriegel.«

»Vertrau einem armen Waisenkind.«

Aufruhr, Ärger und eine Überraschung

Mein Artikel verursachte einen Sturm der Entrüstung. Die Privatsender und Boulevardblätter waren entrüstet, weil ihnen die Polizei nichts von der Verstümmelung erzählt hatte, die Polizei war entrüstet, weil das *Bierstädter Tageblatt* inzwischen mehr Fakten beisammen hatte als die ›SoKo Eiskalt‹.

Else Ambrosius hütete die Villa und ließ sich nicht sehen. Ich hatte kurz mit ihr telefoniert und zart angedeutet, daß meine Hilfe für Eva Grid davon abhängig sei, daß ich alle Informationen exklusiv bekäme. Keine Deals und Interviews mit der Konkurrenz. Ich stand also super da. Selbstzufrieden legte ich meine Beine auf den Schreibtisch, schob den Bürostuhl zurück und blickte durch das Fenster in den bewölkten Himmel. Irgendwann würde ich mal ein Buch über meine Stories schreiben. Daß der Mord an Grid und seine Aufklärung einen herausragenden Platz in diesem vermutlichen Bestseller haben würde, war für mich schon jetzt klar. Das Telefonklingeln unterbrach den Ausflug in die Unsterblichkeit.

»Was bilden Sie sich eigentlich ein, Sie superschlaue Pressetante«, brüllte mich Baißer an. Ich hielt den Hörer weit vom Ohr weg. »Was muß ich da in Ihrem Schmierblatt lesen? Was soll die Unverschämtheit, mich beobachten zu wollen, um zu testen, ob ich meiner Aufgabe gewachsen sei?«

»Sie wissen doch, lieber Herr Baißer, daß die Presse in einem demokratischen Staat eine Kontrollfunktion ausüben soll«, dozierte ich von oben herab. »Wer öffentlich agiert – so wie Sie – der muß sich auch beobachten lassen. Wir leben schließlich nicht in einer Diktatur. Also regen Sie sich wieder ab.«

»Sie erschweren meine Arbeit«, brüllte er durch den Hörer, »seit 25 Jahren ist mir sowas nicht mehr passiert. Kommen Sie mir bloß nicht noch mal ins Gehege, Sie Emanze!«

»Aber, aber ...« sagte ich mild, »das hört sich ja fast wie eine Drohung an. Wenn Sie Ihrer Aufgabe nicht gewachsen sind, legen Sie doch die Leitung der SoKo in jüngere Hände. Irgendein Talent muß es doch bei der Bierstädter Polizei geben – man sollte mal danach suchen. Trotzdem – alles Gute für Sie, Herr Baißer.«

Bevor der Schaum vor seinem Mund durch die Leitung quellen konnte, beendete ich das Gespräch. Ich hatte Wichtigeres zu tun, als mich mit einem Polizisten herumzuärgern, der an einem Karriereknick zu knuspern hatte. Die Straßenkarten auf meinem Schreibtisch warteten. Ich fuhr mit dem Finger die Bundesstraße entlang, notierte einige Orte im Umkreis bis zu 20 Kilometer von der Schnellstraße entfernt. Zum Schluß hatte ich rund 40 Ortsnamen auf dem Blatt. Eigentlich viel zu viel, um sie allein überprüfen zu können. Ich läutete etwa zwanzig Verkehrsvereine und städtische Pressestellen an, beschrieb den Bauernhof und hoffte auf einen Hinweis. Vergebens. Dann hatte ich die Nase voll.

»Wo ist der Volontär?« fragte ich, als ich mit der Liste in Jansens Büro stand.

»Brötchenholen«, meinte Jansen. »Warum?«

»Ich brauche ihn für eine wichtige Aufgabe. Ich will rauskriegen, wo Eva Grid ist. Guck mal!« Ich reichte ihm das Foto.

»Das ist ein Bauernhof«, stellte er fest.

»Wie clever«, sagte ich, »dann sag mir doch noch, wo er liegt, damit ich eben mal hinfahren kann.«

»Das ist der Birkenhof in der Nähe von Unna«, antwortete Jansen.

»Du spinnst! Oder kannst du hellsehen?«

»Der Birkenhof liegt in der Nähe des Reiterhofes, in dem meine Kinder Unterricht haben. Hat früher mal der Stadt gehört und ist jetzt in Privatbesitz.«

»Und ich investiere wertvolle Stunden meines jungen

Lebens in das Studium divserser Landkarten und telefoniere mir die Krallen wund!« rief ich aus. »Warum hast du nicht gleich gesagt, daß du den Hof kennst?«

»Woher sollte ich das wissen?« grinste Jansen. »Du hättest mir das Foto ja mal zeigen können. Aber Frau Grappa brütet ihre Geschichten ja lieber höchstpersönlich aus, statt ältere und erfahrene Kollegen in ihre Recherchen mit einzubeziehen.«

Drei Fotos mit Brisanz

Bevor ich mich weiter mit dem Bauernhof beschäftigte, wollte ich Loki Detema kennenlernen, die neue Verdächtige im Mordfall Grid. Sie arbeitete seit der Scheidung von ihrem Mann halbtags in einem kleinen Blumengeschäft. Es hieß *Kornblumenblau* und lag mitten in der Bierstädter City.

»Wo gehst du hin?« wollte Turkey wissen, als er mich auf dem Parkplatz des Verlagshauses traf. Er kam gerade aus dem Rathaus von einem heißen Termin: Die zweite Bürgermeisterin hatte eine 30köpfige Schülergruppe aus unserer Partnerstadt Leeds empfangen und sich zusammen mit den englischen Kids ablichten lassen.

»Die Bullen haben eine neue Verdächtige«, berichtete ich. »Ich bin auf dem Weg zu ihr. Ich will aber erst einmal allein mit ihr reden.«

»Du hältst mich aber auf dem laufenden, oder?«

»Sicher, Turkey. Du bist wieder dabei, wenn's weitergeht. Morgen werden wir uns den Bauernhof ansehen.«

»Weißt du etwa schon, wo er liegt?« In Turkeys Blick stand Bewunderung.

»Aber sicher. Analytische Intelligenz gepaart mit Erfahrung und Kombinationsgabe – so werden die Fragen dieser Welt gelöst, Kleiner!«

»Grappa, du bist ein ausgebuffter Profi!«

Ich nahm das Kompliment gelassen hin. »Ich weiß. Also dann, ich muß los.«

Kornblumenblau war ein schicker Laden, in dem schlichte Nelken genauso teuer waren, wie anderswo Langstilrosen. Totes Gemüse war noch nie mein Fall; ich mochte Pflanzen, die noch Leben hatten, wenn's auch nur auf den Blumentopf beschränkt war.

Nachdem ich eine Weile vor dem modernistisch gestylten Schaufenster verbracht hatte, betrat ich den Laden. Die Luft war feucht, es roch nach altem Blumenwasser.

»Hallo, ist hier jemand?« rief ich.

Eine junge Frau mit Chinafrisur tauchte aus dem Nichts auf. Sie war mit einem knappsitzenden grünen Kittel bekleidet, der farblich mit dem Ladeninterieur harmonierte. »Ja bitte?«

»Ich möchte Frau Detema sprechen«, begann ich.

»Die ist zu Tisch. Um was geht's denn?«

»Privat.«

»Das haben wir hier nicht so gerne«, sagte die China-Maus, »meine Angestellten sind hier, um zu arbeiten.«

Mein Blick fiel auf zwei Mädchen im Nebenraum, die sich ein Modejournal zu Gemüte führten. »Das sehe ich.«

»Mittagspause.«

»Also, wann kommt Frau Detema zurück?«

In diesem Moment ging die Ladentür auf, und eine Stimme sagte: »Hier bin ich.«

Ich fuhr herum. Die Frau war klein und zierlich, hatte haselnußbraunes Haar und eine gebräunte Haut. Ihr Kostüm war beige und saß korrekt. Unwillkürlich fiel mein Blick auf ihre Oberweite. Natürlich war nichts von der verpfuschten Operation zu sehen.

»Hallo, Frau Detema«, sagte ich, »mein Name ist Maria Grappa. Kann ich Sie unter vier Augen sprechen?«

Loki Detema warf einen schüchternen Blick auf ihre Chefin. Die zeigte sich menschlich und nickte. Ich folgte Frau Detema in eine kleine Kaffeeküche, vorbei an Eimern, in denen sich der Blumenvorrat der nächsten Tage im Wasser tummelte.

Sie zeigte auf einen Stuhl. Ich nahm Platz. »Ich bin Reporterin beim *Bierstädter Tageblatt*. Es geht um den Mord an Dr. Grid«, erklärte ich.

»Ich habe der Polizei schon alles gesagt, was ich weiß.« Es klang reserviert.

»Wissen Sie auch, daß Sie zum Kreis der Verdächtigen gehören?«

»Das ist mir bekannt.« Loki Detema machte nicht den Eindruck, als ob ihr diese Tatsache irgendwelche Sorgen bereiten würde.

»Ich verstehe die Polizei«, fuhr sie fort. »Ich habe diesen Mann gehaßt, weil er mein Leben zerstört hat. Er war ein verdammter Pfuscher!«

»Hat er Sie denn nicht über die Risiken aufgeklärt, die eine solche Silikonimplantation haben kann?«

»Sicher. Er hat mich irgendwas unterschreiben lassen und es beim Schmerzensgeldprozeß vorgelegt. Das genügte den Richtern ja auch, denn er ist davongekommen. Er konnte das Gericht davon überzeugen, daß mein Körper schuld daran war, daß er die Silikonkissen nicht vertragen hat. Die Gutachter haben das auch so gesehen. Die Anzeige wegen Körperverletzung liegt noch bei der Staatsanwaltschaft, doch das Verfahren wird jetzt natürlich nicht mehr eröffnet. Ich bewundere den Mann oder die Frau, die mit diesem Frankenstein kurzen Prozeß gemacht hat.« Frau Detemas Stimme war immer zorniger geworden, ihre Augen blitzten. Ich sagte lieber nichts. Ein Kurzvortrag über dumme Frauen, die sich in Schönheitsnormen pressen lassen, wäre jetzt fehl am Platz gewesen.

»Können Sie sich vorstellen, was ich durchgemacht habe?« Frau Detema sprang auf und rannte wie eine gefangene Katze durch die winzige Küche des Blumenladens. »Mehrere Monate höllische Schmerzen, die ich nur mit starken Tabletten bekämpfen konnte. Heute ist mein Körper ein Wrack. Ich nehme Psychopharmaka, von denen ich abhängig bin, abends saufe ich mir die Seele aus dem Leib, meinen Mann habe ich in die Flucht geschlagen. Ich wünschte, ich hätte Grid getötet, dann würde ich mich bestimmt besser fühlen.«

»Wo waren Sie in der Nacht, als es passiert ist?«

»Zu Hause. Wo denn sonst? Die Zeiten sind vorbei, wo ich abends noch losziehe.«

»Haben Sie eine Ahnung, wer es getan haben könnte?«

Loki Detema schüttelte heftig den Kopf. »Ich weiß nur, daß ich es nicht getan haben. Leider.« Sie begann wieder, durch den Raum zu laufen – mit kleinen, energischen Schritten, die gar nicht zu ihrer lädierten Psyche passen wollten.

»Gibt es denn niemanden, der Ihnen hilft? Haben Sie keine Freunde oder gute Bekannte?«

»Mein bester Freund ist mein Psychiater.« Sie lachte bitter. »Aber wahrscheinlich nur deshalb, weil die Krankenkasse die Therapiestunden bezahlt.«

Die Frau ist fertig, dachte ich. »Wie kamen Sie eigentlich auf den Gedanken, daß Ihr Busen zu klein ist?«

»Ich war es leid, daß mein Mann jeder Frau mit großen Busen hinterherstarrte. Eine große Oberweite zu haben wurde dann irgendwann mein einziges Lebensziel. Ich muß völlig verrückt gewesen sein. Dumm und nochmals dumm.«

»Warum haben Sie den Typen nicht in die Wüste geschickt?«

Sie sah mich verständnislos an. »Sie meinen, ich hätte mich von ihm trennen sollen?«

Ich nickte.

»Dazu gab es keinen Grund«, antwortete Loki Detema. »Mein Mann hat mir immer wieder versichert, daß er mich so mag, wie ich bin. Er hat mir sogar davon abgeraten, mich operieren zu lassen. Ich habe es trotzdem gemacht.«

»Ich kann das irgendwie verstehen«, versuchte ich sie zu trösten. »Wir Frauen sind doch nie mit uns zufrieden, werden mit immer neuen Schönheitsidealen und Trends bei der Stange gehalten. Wer sich in Ordnung findet, wie er ist, der ist keine Beute mehr für Kosmetikkonzerne, Modeindustrie und gewissenlose Chirurgen. Selbstbewußte Frauen, die sich vom Diktat der Werbung befreit haben, lassen sich nicht mehr so leicht das Geld aus der Tasche ziehen. Ich habe auch lange dazu gebraucht, das alles zu begreifen und danach zu handeln.«

Mehr als einmal hatte ich mir Pfunde heruntergehungert, nur um einem bestimmten Modetrend folgen zu können. Auch für teure Gesichtscremes und Wirkstoffkapseln hatte ich manche Mark hingelegt, um irgendwann festzustellen, daß die leichte Feuchtigkeitscreme aus dem Supermarkt die Fältchen genauso beseitigt, nämlich gar nicht.

»Darf ich Ihre Geschichte in meiner Zeitung veröffentlichen?« fragte ich. »Natürlich ändere ich Ihren Namen.«

»Ich habe nichts dagegen«, sagte Loki Detema. Sie hatte sich wieder gefaßt. »Ich habe noch drei Fotos, mit denen Sie Ihre Geschichte illustrieren können.« Sie griff in ihre Handtasche und zog einen Briefumschlag heraus. »Hier! Ich trage sie immer bei mir.«

Ich warf einen vorsichtigen Blick auf die Bilder. Eins zeigte den nackten Oberkörper einer Frau mit sehr kleinem, festen Busen. Das zweite Foto war wohl kurz nach der Operation aufgenommen worden. Aufgeblähte Wülste mit riesigen Brustwarzen streckten sich der Kamera entgegen. Ein Atombusen, der an einen knabenhaften Körper montiert worden war. Das dritte Bild war wohl eins von denen, die Nik Kodil in der Polizeiakte gesehen hatte. Derselbe Oberkörper, nachdem die Silikonkissen wieder entfernt worden waren. Die Brüste waren ungleich. Die rechte Brust bestand nur aus einem Hautlappen, der an eine leere Leberwurstpelle erinnerte. Die linke Brust »zierte« eine horizontale Narbe, die schlecht verheilt war.

»Schrecklich«, murmelte ich voller Mitleid. Meine Brust schmerzte plötzlich.

»Wollen Sie die Bilder veröffentlichen?«

»Wären Sie denn damit einverstanden?« fragte ich verblüfft.

Sie nickte.

»Ich weiß nicht, ob ich unseren Lesern sowas zumuten kann«, wandte ich ein, »die meisten lesen unser Blatt am Frühstückstisch.«

»Um so besser«, meinte Loki Detema, »dann ist die Wirkung um so nachhaltiger. Wie sonst kann man Frauen davor warnen, das zu tun, was ich getan habe?«

»Sie haben recht«, räumte ich ein, »ich will's versuchen. Versprechen kann ich's nicht. Mein Chef ist ein Mann.«

»Dann wird's wohl nicht klappen. Männer wollen nur perfekte Busen sehen. Erst recht in der Zeitung.«

»Ich danke Ihnen, daß Sie so offen waren. Wenn Sie mich mal brauchen sollten, rufen Sie mich doch einfach an.« Ich reichte ihr meine Visitenkarte.

Mit einem flauen Gefühl im Magen verließ ich das kornblumenblaue Geschäft. Im nahegelegenen Stadtgarten ging ich eine Weile spazieren, um mich wieder zu fassen. Manche Gespräche schlagen einem ganz schön auf die Stimmung!

Nur die Wahrheit

»Solche Bilder kannst du nicht bringen«, regte sich Jansen auf, »unsere Leser kotzen in ihr Vierkornmüsli. Willst du das?«

»Ich möchte die Wahrheit schreiben und auch zeigen«, ereiferte ich mich. »Grid hat die Frau schließlich so hergerichtet. Und sie hat auch noch 12.000 Mark dafür bezahlt. Er war nicht die Lichtgestalt im weißen Kittel, als die er sich in den Medien dargestellt hat. Und genau das will ich der Öffentlichkeit beweisen.«

»Grappa! Du drehst durch! Der Mann hat nach Aussagen von zwei Gutachtern keinen Kunstfehler gemacht, und er ist nicht wegen Körperverletzung verurteilt worden. Außerdem ist diese Frau ja schließlich freiwillig zu ihm gegangen, niemand hat sie gezwungen, ihren Busen operieren zu lassen. Die Story kannst du gerne schreiben – immerhin kommt die Frau als Täterin in Frage. Aber die Fotos bleiben in deiner Schublade, und damit basta!«

»Typisch Mann«, maulte ich, »erst verlangt ihr, daß wir Frauen perfekte Schönheitsköniginnen und attraktive Sexualobjekte sind – und wenn's schief geht, wollt ihr nichts mehr davon wissen.«

»Du schüttest mal wieder das Kind mit dem Bade aus«,

gab Jansen zurück und schlug ärgerlich mit seinem Lineal auf die Schreibtischkante. »Ich verbitte mir, mit den Männern in einen Topf geworfen zu werden, die ihre Frauen zum Chirurgen jagen. Und du gehörst ja wohl auch nicht zu den Frauen, die sich wegen den ästhetischen Vorstellungen eines Mannes unters Messer begeben. Es gibt also noch vernünftige Frauen und Männer auf dieser Welt.«

»Du hast recht«, räumte ich ein. »Wenn du die Frau gesehen hättest, könntest du mich verstehen. Sie ist fertig. Irgendwann bringt sie sich um.«

»Du hast 60 Zeilen – mehr nicht. Und morgen kümmerst du dich endlich um den Birkenhof. Stell dir mal vor, unsere Zeitung findet die Hauptverdächtige eher als die Polizei. Das bringt uns 5.000 neue Leser.« Vor lauter Vorfreude rieb sich Jansen die Hände.

Ich verdrückte mich in mein Büro und konzentrierte mich. Danach schrieb ich:

NEUE SPUR IM MORDFALL GRID – EX-PATIENTIN: ER VERPFUSCHTE MEIN LEBEN

Sie wollte einen schönen, drallen Busen und vertraute sich Dr. Oktavio Grid an. Heute bereut sie, diesen Mann jemals getroffen zu haben. Frau Luise L. (Name von der Redaktion geändert) ist ein seelisches und körperliches Wrack. Gegenüber unserer Zeitung sagte sie unter Tränen: »Er hat mein Leben zerstört. Ich freue mich über seinen Tod und bereue, ihn nicht mit eigenen Händen umgebracht zu haben.«

Die Offenheit von Luise L. hat die Sonderkommission der Polizei (sie ermittelt bisher völlig erfolglos in dem Fall) dazu gebracht, die schwerkranke Frau in den verschwindend kleinen Kreis der Verdächtigen aufzunehmen. Luise L., eine zarte Frau, die ständig in ärztlicher Behandlung ist, hat eine lange Leidensgeschichte hinter sich ...

Doppelt peinlich

Leider hatte Loki Detema vergessen mir zu erzählen, daß sie zweimal ernsthaft versucht hatte, Grid ins Jenseits zu befördern. Die beiden Anschläge waren aktenkundig, denn Grid hatte Anzeige erstattet, sie später aber wieder zurückgezogen, weil er Frau Detema für »psychisch gestört« hielt.

Diese Tatsache servierte mir Kriminalkommissar Ortwin Baißer am anderen Morgen, als er meinen Artikel gelesen hatte. Ich stand ganz schön dumm da. Baißers Hohn kroch durch die Telefonleitung in mein Ohr.

Auch Jansen war nicht gerade begeistert, sagte etwas von »schlampiger Recherche« und »Blamage«. Ich verfaßte einen etwas gequälten Zweispalter:

Wie unserer Zeitung erst jetzt bekannt wurde, hat die neue Verdächtige im Mordfall Grid, Luise L., bereits zweimal versucht, sich an ihrem Peiniger zu rächen ...

Und so weiter. Die Sache war mir peinlich; ziemlich angeschlagen nahm ich mir den Nachmittag frei, um zum Birkenhof zu fahren. Doch vorher hatte ich mit Nik Kodil noch ein Hühnchen zu rupfen. Wir verabredeten uns in einem Café, das auf halbem Wege zwischen Redaktion und Polizeipräsidium lag.

Ich war mal wieder superpünktlich, wie es meine Art ist; Nik betrat den Raum zehn Minuten später. Ich bemerkte, wie sich die Augen diverser Damen wohlwollend an ihm festsaugten und wurde noch wütender.

»Hallo!« begrüßte er mich arglos. »Ich habe nicht viel Zeit. Gibt es was Neues?«

»Allerdings«, meinte ich säuerlich, »eine verdammte Blamage. Und weißt du, wer sich blamiert hat? Ich! Und weißt du auch, warum?«

»Wegen der Detema?«

»Du bist ein helles Köpfchen. Dein Kollege Baißer hat sich halb tot über mich gelacht. Warum hast du mir nicht gesagt, daß die Frau zweimal versucht hat, Grid kalt zu machen? Ich dachte, wir arbeiten zusammen?«

Die Kellnerin stellte zwei Kännchen Kaffee auf den Tisch.

»Du hast mich nicht danach gefragt. Außerdem hatte ich die Akte noch nicht zu Ende gelesen. Ich wußte doch nicht, daß du der Frau sofort auf die Bude rückst.«

Er nahm meine Hand und hielt sie eine Weile. Ich spürte, wie sich meine Wut aufzulösen begann.

»Du hast recht«, räumte ich ein. »Ist ja jetzt auch egal. Wie hat sie es angestellt?«

»Vor vier Wochen hat sie vor seinem Haus auf ihn geschossen, vor zehn Tagen wollte sie ihm in seinem Büro Salzsäure ins Gesicht schütten. Sie hat sich dilettantisch verhalten, konnte vom Klinikpersonal überwältigt werden. Das ist soweit alles.«

»Und jetzt glaubt ihr, daß sie ihren Plan wirklich ausgeführt hat?«

»Nicht wirklich«, räumte Nik ein. »Aber Baißer muß Aktivität vortäuschen. Er steht unter Erfolgsdruck. Der Mann weiß nicht, wie er's angehen soll. Leider nimmt er auch keine Vorschläge entgegen. Hat Angst, daß ihm jemand die Lorbeeren wegnehmen will.«

»Diese Lorbeeren sind noch gar nicht ausgesät worden«, sagte ich. »Und wenn es welche gibt, dann gehören sie uns beiden.«

Ich war wild entschlossen. Kleine Rückschläge haben mich noch nie von weiteren Aktivitäten abgehalten. Journalisten auf Recherche kennen keine Gnade.

»Es bleibt uns also nichts anderes übrig, als die Sache richtig in die Hand zu nehmen«, fügte ich hinzu. »Eva Grid kann schließlich nicht für immer verschwunden bleiben.«

»Sei vorsichtig bei deinen Recherchen«, bat er. »Willst du mich nicht lieber zu diesem Bauernhof mitnehmen?«

Nik schaute mich mit seinen grauen Augen sorgenvoll an und griff wieder nach meiner Hand. Heute war er wirklich süß.

»Ich bin schon groß«, entgegnete ich, »und kann selbst auf mich aufpassen. Du brauchst dir keine Sorgen zu machen. Falls ich umgebracht werde, dann weiß ich wenigstens, daß du den Mörder finden wirst.«

Nik schaute auf die Uhr. »Ich muß weg«, sagte er, »Baißer hat in fünfzehn Minuten eine Dienstbesprechung angesetzt. Zahlst du meinen Kaffee?«

»Sicher. Mach's gut. Ich melde mich.«

Nik stand auf und wäre fast mit einem Mann zusammengeprallt, der sich unserem Tisch näherte.

»Mahlzeit, Kollege Kodil«, sagte Hauptkommissar Ortwin Baißer gefährlich leise. »Jetzt weiß ich endlich, wo der Maulwurf in unserer SoKo sitzt. Konnten Sie Frau Grappa mit neuen Informationen für ihre reißerischen Artikel behilflich sein?«

Berührungsängste

Ich habe ein besonderes Talent. Fast immer, wenn ich gerade über einen Menschen so richtig schön herziehe, steht dieser unbemerkt hinter mir und hört mit Interesse zu, was ich Schlechtes über ihn zu sagen habe. Das ist mir bereits so oft passiert, daß ich es aufgegeben habe, es peinlich zu finden. Ich buche es ab unter »Schicksal« und mache mir weiter keine Gedanken. Weiß ich doch, daß auch über mich hergezogen wird, sobald ich den Rücken drehe.

Als Baißer unverhofft vor uns stand, brachte mich das kaum aus der Fassung. Bei Nik war das anders. Er fühlte sich ertappt, bekam einen roten Kopf und kein Wort heraus.

»Ganz im Gegenteil, Herr Baißer«, antwortete ich auf seine Frage, »ich hoffe, daß ich Kommissar Kodil mit neuen Informationen behilflich sein konnte. Denn Ihre Ermittlungserfolge halten sich ja wohl in Grenzen. Setzen Sie sich doch und trinken Sie einen Kaffee mit uns.«

Frechheit siegt. Nik setzte sich vor Schreck wieder auf den Stuhl, Baißer wußte nicht so recht, wie er sich verhalten sollte, entschloß sich dann aber, sich in den dritten Stuhl fallen zu lassen.

»Wissen Sie«, plapperte ich weiter, »ich kenne Herrn Kodil bereits seit einiger Zeit. Er hat nicht die Berührungsängste den Medien gegenüber, die Sie offenbar haben. Auch mit Journalisten kann man vertrauensvoll umgehen. Oder habe ich Sie schon einmal enttäuscht, Herr Kodil?«

Ich blickte Nik angestrengt an, um ihn aus seiner Erstarrung zu lösen. Er hatte den Schock noch nicht richtig verdaut.

»Nein, das haben Sie nicht, Frau Grappa«, stotterte er. »Es lief immer sehr harmonisch zwischen uns.«

»Fragt sich nur auf welchem Gebiet.« Baißer grinste anzüglich. Ich überhörte die Anspielung.

»Irgendwie sitzen wir ja auch in einem Boot«, nahm ich den Faden wieder auf. »Journalisten und Polizisten haben eins gemeinsam: Sie wollen etwas herausbekommen. Auch wenn die Wege, das zu erreichen, manchmal sehr unterschiedlich sind.«

Verdammt, dachte ich, ich habe keinen Bock die Alleinunterhalterin zu spielen. Kodil und Baißer starrten sich noch immer mißtrauisch an.

»Wie laufen Ihre Ermittlungen denn, Herr Baißer? Auch wenn ich Frau Detema unterschätzt habe, gehört sie für mich doch nicht zu den Verdächtigen. Wie sehen Sie die Sache? Ich würde auch gern mal was Gutes über Sie schreiben.«

»Frau Detema gehört nicht zum engeren Kreis der Verdächtigen«, brummte Hauptkommissar Ortwin Baißer. Die Aussicht, im *Bierstädter Tageblatt* positiv erwähnt zu werden, machte ihn zusehends zugänglicher. »Wir können der Detema zumindest nicht nachweisen, daß sie an dem Mordabend nicht zu Hause gewesen ist. Also ist Frau Grid für uns weiterhin die Hauptverdächtige.«

»Darf ich das zitieren?« flötete ich.

»Sie machen ja doch, was Sie wollen«, brummte der Leiter der Sonderkommission. »Und jetzt würde ich gern von Ihnen wissen, welche Informationen Sie mit Herrn Kodil ausgetauscht haben. Also, ich höre!«

Ich hatte mir längst eine plausible Antwort auf die Frage, die kommen mußte, zurechtgelegt und sagte: »Die Haushälterin der Grids, Else Ambrosius, kennt den Aufenthaltsort von Eva Grid. Ihren Andeutungen nach hat sich die Witwe ins Ausland abgesetzt. Diese Information habe ich an Herrn Kodil weitergegeben – wie es sich für eine Journalistin gehört, die die Polizei bei ihrer schwierigen Aufgabe unterstützen will.«

»Weiter nichts?« Baißer stand kurz davor, mir zu glauben.

»Ich wollte Frau Grappa noch überreden, in ihrer Zeitung einen Aufruf abzudrucken«, mischte sich Nik ein. »Damit sich Eva Grid meldet. Wie finden Sie diese Idee?«

»Beschissen«, meinte Baißer grob, »das Denken sollten Sie mir überlassen, Kodil. Ich verbiete Ihnen ab sofort Kontakte mit der Presse, ist das klar? Sonst sorge ich dafür, daß Sie wieder Strafzettel schreiben dürfen. Ich erwarte Sie in Kürze im Präsidium.« Sprach's, stand auf und verschwand.

Ich schaute Nik an, der bleich geworden war. »Das Schwein!« kam es gepreßt zwischen seinen Lippen hervor. »Irgendwann wird er für alles büßen, was er mir angetan hat.« Es klang voller Haß.

»Ist doch noch glimpflich abgegangen«, versuchte ich ihn zu beruhigen.

»Du kennst ihn nicht. Wenn er jemanden auf dem Kieker hat, dann beißt er ihn tot. Er ist ein Piranha.«

»Er kann nur zuschnappen, wenn du nahe genug ans Wasser gehst«, beruhigte ich ihn. »Der Typ ist ein inkompetentes Großmaul. Du darfst nur nicht vor ihm kuschen, sondern mußt ihm immer wieder eins drüber geben, damit er nicht aufmüpfig wird.«

»Das werde ich tun, darauf kannst du Gift nehmen«, sagte Nik leidenschaftlich, »und wenn es das letzte ist, was ich in diesem Leben tue.«

»Was ist zwischen euch?« Mich störte sein haßerfüllter Ton.

»Nichts weiter.« Nik sah plötzlich müde aus. »Mach's gut, Maria. Ich muß los. Ich melde mich bei dir.«

Ich sah ihm nach, wie er das Café verließ. Vor dem Ausgang drehte er sich noch einmal um und winkte mir zu.

Bäuerliche Idylle

Tierischer Stau auf der Bundesstraße. Gerade im beruflichen Stoßverkehr hatte eine Baukolonne eine der drei Spuren gesperrt, um die Fahrbahn neu zu teeren. Schwerfällig fädelte sich der Verkehr auf der linken Bahn in die mittlere ein. Das Fenster konnte ich nicht öffnen, weil der Geruch von Teer über der Straße waberte.

Ich stellte mich seelisch auf eine längere Abenteuerreise ein und stellte das Radio an. Auf *Eins live* pubertierte ein Girlie zwischen zwei Technohits über das schwierige Liebesleben der Jugend von heute. Das Kind befragte den Experten im Studio zu den Grundvariationen von Sado-Maso-Sex. Ich glaubte in dem Alter noch, daß man vom Küssen Kinder kriegt.

Als ich an der Baustelle vorbeifuhr, winkte ich den Straßenarbeitern mit einer Hand, deren Mittelfinger nach oben gestreckt war, zu. Die Männer vom Bau hatten sich auf ihre Schaufeln gestützt und beobachteten fachmännisch den Schleichverkehr.

Irgendwann, es begann schon leicht zu dämmern, fuhr ich von der Bundesstraße am Kreuz Unna-Ost ab. Ich schaute auf die Wegbeschreibung, die mir Jansen gegeben hatte. Noch etwa zehn Kilometer bis zum Birkenhof. Ich scheuchte meinen Japaner durch ein paar Dörfer. Da – ein Wegweiser zum Reiterhof. Die Straße war hier schon nicht mehr asphaltiert. Kinder auf Ponies kreuzten den Weg. Ländliche Idylle.

Ich fuhr langsam und achtete auf die Bäume, die rechts und links den Weg säumten. Die Birken dominierten – es konnte nicht mehr weit sein.

Dann sah ich ihn. Der Hof lag rechts von der Straße und wirkte auf den ersten Blick unbewohnt. Abgeerntete Kornfelder glühten im letzten Sonnenschein, ein leichter Wind trieb Getreidespelzen quer über die Straße. Ich drosselte die Geschwindigkeit noch mehr. Im Schleichtempo fuhr ich an dem Gebäude vorbei und parkte direkt an der Straße unter einer großen Eiche, die Reifen zur Straße hingestellt, damit ich bei Problemen sofort würde starten können.

Ich packte das Fernglas und stieg aus. Die Büsche zwischen den Feldern waren noch voller Laub, so daß ich vom Haus aus unmöglich zu sehen war. Gemächlich pirschte ich mich an den Birkenhof heran.

In einem langgestreckten Gebäude – früher bestimmt mal eine Scheune fürs Milchvieh – ging eine Lampe hinter einem Sprossenfenster an. Ich wartete. Eine Gestalt trat ans Fenster und öffnete es. Leise Musik und murmelnde Stimmen drangen zu mir. Flugs hatte ich das Fernglas vor den Augen. Die Gestalt war männlich, groß und massig, der Kopf breit und von viel Haar bedeckt, das weiß leuchtete. Der Mann drehte sich vom Fenster weg und ging wieder in das Innere des Raumes. Er sprach mit jemandem.

Ich mußte näher ran. Gebückt schlug ich mich durch abgeblühte Rhododendronbüsche zur Hauswand. Unter dem geöffneten Fenster machte ich halt.

»Es bleibt nicht mehr viel Zeit. Was also sollen wir tun?« Es war eine Frauenstimme, die diese Frage gestellt hatte.

»Das haben wir doch schon besprochen«, sagte der Mann »Wir werden handeln, und zwar schnell. Oder willst du, daß die Polizei unser Institut schließt?«

Der Redner kam gefährlich nahe zum Fenster. Ich drückte mich flach an die Wand. Die Scheiben wurden geschlossen.

Ich pirschte mich noch ein Stück weiter an der Wand entlang und stand plötzlich vor einer Tür. Das mußte der Eingang sein. *Institut für Körpersprache* stand auf einem glänzenden Messingschild, *Sprechstunden und Kurse nach Vereinbarung*.

Bevor ich diese Information einordnen konnte, ging die Tür auf. Der Typ mit dem weißen Haar stand vor mir. Er war mit einem blauen Kimono bekleidet.

»Sie wünschen?« erkundigte er sich. Er war neutral-freundlich

»Ihr Institut ist verdammt schwer zu finden«, sagte ich genervt, »ich habe mich mehrmals verfahren. Warum gibt es keine Hinweisschilder?«

»Was wollen Sie hier?« Es klang schon unfreundlicher.

»Einen Kurs belegen, was sonst?« gab ich zurück.

»Hat Sie jemand empfohlen?«

Jetzt fiel mir nichts mehr ein – mein Repertoire war erschöpft.

»Guten Tag, Frau Grappa«, sagte eine Stimme im Rükken des Mannes, »ich wußte, daß Sie kommen. Jaap, das ist die Journalistin, von der ich dir erzählt habe.«

Else Ambrosius schien sich zu freuen, mich zu erblikken. Ihr Ton war ausgesprochen herzlich. Sie kam auf mich zu, griff nach meinem Arm und drückte ihn. »Kommen Sie herein, ich habe Ihnen viel zu erzählen.«

Bevor ich gründlich nachdenken konnte, stand ich schon in einem großen Raum. Es mußte das Zimmer sein, vor dem ich gelauscht hatte. Im hinteren Teil des Raumes befand sich ein Kamin, in dem wenig Holz vor sich hin glühte. Vor dem Feuer stand ein großer Ohrensessel, in dem eine weitere Frau saß. Sie war in eine Wolldecke gehüllt und schien eingenickt zu sein.

»Trinken Sie ein Glas Wein mit uns?« Else Ambrosius hatte die Flasche bereits in der Hand.

»Nein, ich möchte nichts trinken.« Ich konnte meinen Blick nicht von der Frau lassen.

»Ich kann verstehen, daß Sie überrascht sind, Frau Grappa«, meinte Else Ambrosius.

»Allerdings«, meinte ich säuerlich, »warum haben Sie mir nicht gesagt, daß das Foto an Evas Spiegel den Birkenhof zeigt? Hatten wir nicht ausgemacht, daß wir mit offenen Karten spielen?«

»Tut mir leid.« Else Ambrosius spielte die Zerknirschte. Mit ihren schwarzen, kurzen Haaren, dem wollüstigen Mund und dem schwarzen, engen Kleid wirkte sie in der bäuerlichen Gemütlichkeit ringsherum wie ein Schweinebraten in einer Moschee. Über ihre Schultern hatte die Haushälterin eine feuerrote Stola geschlungen, die einen tiefen Ausschnitt zu verdecken versuchte. Auf dem rechten Busen war eine winzige Schlange tätowiert.

»Der Herr hier ist Jaap Vermeulen. Ihm gehört der Bauernhof.«

»Und die Frau am Kamin?«

»Eva Grid.«

Ich hatte es bereits geahnt. »Was wird hier gespielt?« wollte ich wissen.

»Eva ist seit Monaten bei Jaap in Behandlung«, erzählte Else Ambrosius, »immer wenn ihr Mann gewalttätig wurde, kam sie hierher. Sie hat ein kleines Zimmer in der ersten Etage. Auf jeden Fall mußte ich erst mit Eva und Jaap sprechen, bevor ich Ihnen die Adresse des Birkenhofes verraten konnte. Aber Sie haben den Weg ja auch so gefunden.«

»Und wie soll es jetzt weitergehen?«

»Wir haben mit Eva gesprochen. Sie ist bereit, sich zu stellen.«

»Ach ja?« meinte ich verblüfft. Ich hatte nicht damit gerechnet, daß alles so easy gehen würde. »Hat sie ihren Mann denn nun in die ewigen Jagdgründe geschickt?«

Else Ambrosius schaute zu Jaap Vermeulen. Der große Mann hatte sich in einiger Entfernung auf einen Stuhl gesetzt und wirkte desinteressiert. In diesem Trio schien Else der Boß zu sein.

»Sag es ihr!« befahl Else.

»Ja. Ich habe ihn getötet«, sagte die schwache Stimme der Frau am Kamin, »ich allein war's.«

Eva Grid stand auf. Sie kam langsam auf mich zu; hielt die Wolldecke krampfhaft um sich geschlungen. Ihre Schultern zuckten, der Blick war leer und die blonden Haare wirr.

»Sind Sie sicher?« hakte ich nach.

»Gut, daß er tot ist. Jetzt kann er niemanden mehr quälen.«

Else Ambrosius sprang auf und umarmte Eva. »Komm, Liebes«, flüsterte sie, »du mußt dich schonen. Mach dir keine Sorgen. Alles wird gut werden. Jaap und ich werden dich nie allein lassen.«

Rührend, dachte ich, zwei Frauen, die zusammenhalten wie Pech und Schwefel. Else Ambrosius war der Schwefel und Eva Grid hatte das Pech. Vermeulens Rolle in dem Trio war mir noch nicht ganz klar.

»Wo ist das Telefon?« fragte ich.

»Im Flur. Wir sind eben daran vorbeigekommen.« Jaap Vermeulen meldete sich wieder zu Wort.

Draußen wählte ich Nik Kodils Telefonnummer. Zum Glück war er da.

»Hallo Nik«, sagte ich, »hier ist Grappa. Bleib ganz ruhig und laß dir nichts anmerken. Ich bin gerade bei Eva Grid. Sie hat den Mord an ihrem Mann gestanden und will sich stellen. Was soll ich tun?«

»Du bist wo?« brüllte er.

»Bei Eva Grid. Ich habe dir doch gesagt, daß ich sie finden werde. Denk dir mal aus, wie du die Lorbeeren ernten kannst und nicht Baißer. Ich melde mich in 20 Minuten wieder. Dann sage ich dir genau, wo ich bin.«

Ich hörte ihn noch irgendwas schreien und legte schnell auf. Dann wählte ich noch einmal.

»Hallo Turkey. Schnapp dir deine Kamera und komm hierher.« Ich beschrieb ihm den Weg und gab ihm eine Kurzfassung der Ereignisse.

Zurück im Wohnzimmer begann ich, Eva Grid auszufragen. Sie war willig, doch einige Male versagte ihre Stimme. Dann sprach Else Ambrosius für sie weiter. Mir war's egal, Hauptsache ich bekam alles, was ich wollte, bevor die Polizei anrückte. In etwa zehn Minuten mußte Turkey hier auftauchen. Zeit genug, um die Fotos zu schießen und wieder zu verduften.

Ich guckte auf die Uhr. Nik wartete bestimmt schon auf meinen Anruf. Ich lief wieder Richtung Flur.

»Hallo, Süßer«, flötete ich durch die Leitung, »was hat dein Nachdenken ergeben?«

»Du machst mich fertig, Grappa«, stöhnte er, »aber ich weiß jetzt, wie wir's machen. Baißer sitzt gerade mit ein paar Kollegen in der Kneipe und läßt sich abfüllen. Ich kann ihn also gar nicht erreichen. Ich habe den Staatsanwalt informiert, er wird mich begleiten. Und jetzt sag mir endlich die Adresse, verdammt noch mal!«

Das Leben ist nicht faltenfrei

Kriminalhauptkommissar Ortwin Baißer erfuhr von der Festnahme Eva Grids erst am anderen Morgen, als er nach einem langen, feuchtfröhlichen Abend verkatert beim Frühstück saß und das *Bierstädter Tageblatt* aufschlug.

WITWE STELLT SICH: »JA, ICH HABE IHN GETÖTET« so die Überschrift meines Artikels. In der Unterzeile hieß es in aller Bescheidenheit: *Tageblatt-Reporterin sprach exklusiv mit der Mörderin: »Er schlug und vergewaltigte mich – da stach ich zu.«*

Nikolaus Kodil, der junge ehrgeizige Kriminalbeamte, wurde vom Oberstaatsanwalt auf der noch am Abend angesetzten Pressekonferenz für seine schnelle Reaktion und Umsicht gelobt. Da Baißer nicht aufzutreiben war, übernahm Kodil vertretungsweise die Leitung der ›SoKo Eiskalt‹ und erstattete dem Polizeipräsidenten Bericht.

Eva Grid wurde nach einer ersten, kurzen Vernehmung ins Untersuchungsgefängnis für Frauen gebracht, die Staatsanwaltschaft beantragte Haftbefehl wegen Mordes, der Haftrichter stimmte zu. Der Mord an Dr. Oktavio Grid schien aufgeklärt. Eine schnelle, saubere Kiste mit faustdickem Motiv und einem Opfer, das nicht gerade ein Unschuldsengel war.

»Irgendwas schmeckt mir an der Sache trotzdem nicht«, grübelte ich. Ich saß in der Redaktion, mein Schreibtisch war übersät mit den Notizen vom Abend und den Fotos, die Turkey von Eva Grid geschossen hatte.

»Was hast du gesagt?« Turkey hatte sich auf dem Besucherstuhl in meinem Büro niedergelassen und aß ein Brötchen. Ab und zu wischte er die Krümel auf dem Tisch zusammen und beförderte sie auf den Teppichboden.

»Die Sache stinkt«, wiederholte ich. »Das Geständnis ist einfach zu glatt, zu perfekt. Das Leben ist nicht faltenfrei. Erinnerst du dich an ihren Ton? Alles klang wie auswendig gelernt, als würde jemand eine Fernbedienung drücken... und prompt kommt das gewünschte Ergebnis.«

»Davon hab ich nichts gemerkt«, kaute Turkey.

»Laß uns die Fakten doch noch mal durchgehen. Also: Eva Grid verläßt am Mordabend das Haus – so gegen 20 Uhr. Else Ambrosius hat das bestätigt. Eva sagt, sie sei zum Birkenhof gefahren, um mit Jaap Vermeulen zu reden. Dort habe sie ein paar Gläser Wein getrunken, sich gegen Mitternacht ins Auto gesetzt, um nach Hause zu fahren. Sie wollte ihrem Mann mitteilen, daß sie sich scheiden lassen will. Kannst du mir einen einleuchtenden Grund sagen, warum sie in dieser Nacht noch mal losgefahren ist?«

Turkey guckte mich nicht besonders intelligent an. »Grappa, du nervst! Was willst du eigentlich? Die Frau hat doch gestanden.«

»Überleg doch mal«, ereiferte ich mich, »sie hat ein Zimmer im Birkenhof, hatte getrunken und Angst vor ihrem Mann. Warum sollte sie freiwillig nach Hause zurückfahren?«

»Vielleicht hat dieser Vermeulen sie weggeschickt«, vermutete Turkey.

»Wäre möglich. Vielleicht ist Vermeulen auch mitgefahren. Außerdem – denk doch mal an die Zeit! Eva fährt gegen Mitternacht vom Birkenhof ab, die Straßen sind frei, sie braucht kaum dreißig Minuten für den Weg. Sie kommt also gegen halb eins nachts in Bierstadt an. Ihr Mann schläft. Sie dreht durch, greift sich ein Skalpell, das zufällig in der Wohnung herumliegt und macht sich ans Werk. Sie schlachtet ihren Mann anderthalb Stunden lang ab und als Krönung des Ganzen beraubt sie ihn seiner edlen Teile? Guck dir die Frau doch noch mal an! Hier!« Ich reichte Trukey die Fotos.

»Die Frau ist völlig labil, unfähig, Entscheidungen zu treffen, außerstande, irgendwas vernünftig zu planen. Und die Chose war generalstabsmäßig ausgearbeitet. Grid hatte Psychopharmaka und jede Menge Alkohol zu sich genommen. Lagen die Pillen etwa auch zufällig in der Hütte herum, genau wie das Skalpell? Die Wirkung der Tabletten hatte voll eingesetzt, als Grid starb.«

»Dann hat sie ihn eben geweckt, ihm die Pillen in den Drink getan und ihn dann geschlachtet. Das würde auch die anderthalb Stunden erklären.«

»Würde es«, stimmte ich zu, »aber wenn es so war, warum hat sie's nicht erzählt? Und wenn es nicht so war, wer hat ihm dann die Pillen gegeben?«

»Sie vielleicht!« Turkey hatte ein Foto vom Tisch gegriffen. Es zeigte Else Ambrosius, wie sie schwesterlich den Arm um Eva Grid legte. Die Wangen der beiden Freundinnen berührten sich. Es war ein Bild von gestern abend.

»Endlich hast du kapiert«, atmete ich auf. »Ein wirklich rührendes Foto. Frauenfreundschaft ist was ganz Besonderes. Mir wird immer ganz warm ums Herz, wenn ich mitbekomme, wie gut sich zwei Menschen verstehen.«

Ärger wegen Quasimodo

Die Haushälterin verhielt sich in den Tagen nach dem Geständnis völlig korrekt, besuchte ihre Freundin in der U-Haft, erreichte sogar, daß Eva Grid aufgrund ihrer labilen seelischen Verfassung ins Gefängniskrankenhaus verlegt wurde. Ein Antrag auf Haftentlassung bis zum Beginn des Prozesses lag bei Gericht vor – doch bei einer Mordanklage hatte ein solcher Antrag so gut wie keine Erfolgsaussichten. Eva blieb also zunächst gut verwahrt.

Diese Tatsache erleichterte mich. Aber warum? Weil Eva dem Einfluß von Else Ambrosius und Jaap Vermeulen entzogen war? Welche Rolle spielte der Körpertherapeut überhaupt in der Sache?

»Ich brauche eine Besuchserlaubnis fürs Gefängniskrankenhaus«, teilte ich Nik Kodil am Telefon mit. »Was muß ich tun, um eine zu kriegen?«

»Nichts«, lautete die schlichte Antwort. »Du kriegst keine. Die Frau sitzt immerhin in U-Haft, nur ihr Anwalt oder nahe Verwandte dürfen da rein. Auch Else Ambrosius wird inzwischen nicht mehr zu ihr gelassen. Was willst du übrigens von ihr? Die Sache ist doch so gut wie abgeschlossen. Wir haben ein astreines Geständnis.«

»An das ich nicht die Bohne glaube«, entgegnete ich.

»Du bist nur sauer, daß die Story für dich gestorben ist«, vermutete Nik. »Ich dagegen bin froh, daß ich den Fall ablegen kann. Zumal die enge Zusammenarbeit mit Baißer damit beendet ist. Wie wär's mit einem Ausflug ins Grüne? Ich könnte Überstunden abfeiern.«

»Sofort?«

»Klar.«

»Wohin?«

»Die Gegend um den Birkenhof gefällt mir eigentlich ganz gut«, behauptete Kodil.

Eine knappe Stunde später stapften wir über Waldboden.

»Weißt du eigentlich, daß dies unser erster Spaziergang in der Öffentlichekit ist? Sonst haben wir uns immer nur in deiner oder meiner Wohnung verkrochen. Ich hatte schon gedacht, du schämst dich meiner.«

»Dummkopf! Warum sollte ich?«

»Ich weiß nicht. Sag's mir!« Er sah mich erwartungsvoll an.

»Na gut, ich geb's zu. Das liegt an deinem Buckel, dem dritten Auge auf der Stirn, den Pestbeulen und dem verkrüppelten Bein. Reicht das als Grund, du Quasimodo?«

»Wer ist Quasimodo?«

»Ein Gnom, der im Mittelalter in der Kathedrale von Notre Dame als Glöckner gearbeitet hat. Er sah dir verblüffend ähnlich. Victor Hugo hat eine spannende Geschichte dazu geschrieben.«

»Den kenn ich auch nicht«, sagte Nik kläglich.

»Macht doch nichts«, tröstete ich ihn, »belaste dein hübsches Köpfchen nicht mit solchem Zeug. Dafür kennst du dich in anderen Dingen gut aus.«

»Du hältst mich für hübsch, aber doof, nicht wahr?« Nik war im Gegensatz zu mir zum Streiten aufgelegt. Das mußte die frische Waldluft sein.

»Hör auf«, winkte ich ab, »ich habe keine Lust auf Streß.«

»Selbstverständlich. Nik ist nicht nur hübsch und doof, sondern soll auch unkompliziert sein.« Der Satz triefte vor Ironie. Ein völlig neuer Zug bei ihm, dachte ich überrascht.

»Hör zu, Nik. Ich kann nichts dafür, daß du Probleme mit deinem Selbstbewußtsein hast. Damit mußt du selbst fertig werden. Ich bin deine Freundin und nicht deine Therapeutin. Wenn du das nicht so sehen solltest, dann sag es mir bitte!«

»Doch. Alles ist so, wie du es willst.« Er hatte die Waffen gestreckt. Wenigstens für den Moment.

»Laß uns zurückgehen«, schlug ich vor. Die Stimmung war sowieso im Eimer. »Mir ist kalt.«

Schweigend drehte sich Kodil auf dem Absatz um; wir trotteten Richtung Auto. Während der Heimfahrt wechselten wir keine drei Worte.

Zu Hause angekommen schminkte ich mich ab, nahm ein langes, heißes Schaumbad und schlüpfte in meine Gammelkluft. Verdammte Männer, grollte ich, erst wollen sie unkomplizierte Beziehungen ohne Verantwortung, und wenn sie sie haben, dann ist es auch wieder nicht okay.

Ich dachte an den Tag zurück, an dem ich Nikolaus Kodil kennengelernt hatte. Es war im Hochsommer gewesen, mit karibischen Temperaturen, und die Menschen begannen durchzudrehen. Als die Nachricht in einen schlaffen Redaktionstag platzte, daß ein Bankräuber in einer kleinen Bankfiliale die Angestellten und einige Kunden mit einer Schußwaffe bedrohte, war ich schnell zum Tatort gefahren. Mit meinem Presseausweis gelangte ich durch die Polizeiabsperrung und stand mir zusammen mit Berufskollegen die Beine in den Bauch. Nichts passierte hinter den Leichtmetallrollos des Geldinstitutes. Der Einsatzleiter forderte den Räuber auf, aufzugeben. Zwischendurch telefonierte ein Psychologe mit dem Mann in der Bank. Die Sonne brannte mir aufs Haupt, ich hatte wahnsinnigen Durst, konnte aber nicht weg, weil jeden Augenblick etwas Entscheidendes passieren konnte.

»Möchten Sie etwas trinken?« fragte ein Stimme hinter mir. Ein junger Mann mit umwerfendem Lächeln reichte mir eine Cola.

»Aber immer!« sagte ich forsch und griff hastig nach der Getränkedose.

»Von welcher Zeitung sind Sie?« fragte ich, nachdem ich die halbe Dose intus hatte.

»Ich bin Kriminalbeamter«, gab er zu. »Mein Name ist Nikolaus Kodil.«

»Nikolaus? Wie hübsch! Deshalb schmeißen Sie mit guten Gaben um sich!« Ich deutete auf die Coladose in meiner Hand.

»Braven Mädchen bringt der Nikolaus doch gerne was«, lächelte er und zeigte seine weißen, geraden Zähne. »Sie waren doch brav, oder?«

»Ich habe das Bravsein erfunden. Und Sie haben's gleich bemerkt. Wie clever.«

In diesem Augenblick fiel ein Schuß in der Bank. Kodil lief zu seinen Kollegen, die in hektische Aktivitäten ausbrachen. Der Einsatzleiter hatte wohl den Befehl gegeben, die Bank zu stürmen.

Als die Jungs vom Sondereinsatzkommando, gewandet in olivgrüne Overalls, das Gebäude umstellten, faßte mich Kodil am Arm und sagte: »Treten Sie bitte ein bißchen zurück, der Geiselnehmer ist bewaffnet.« Es klang nett und besorgt.

Bisher hatten mich die Bullen bei solchen Aktionen nicht unbedingt mit Glacéhandschuhen angefaßt. Mehr als einmal war ich nach solchen Blaulichteinsätzen mit blauen Flecken, Beulen und einer Portion Wut im Bauch nach Hause gekommen.

An diesem Tag war der Spuk nach zwanzig Minuten beendet. Die Polizei befreite die Bankangestellten und die Kunden, der Geiselnehmer wurde überwältigt. Er wurde als 35jähriger arbeitsloser Maurer identifiziert, der seine Stütze auf unkonventionelle Art ein wenig aufbessern wollte. Der Schuß entpuppte sich später als Fehlzündung eines Autos, das an der Rückseite der Filiale vorbeigefahren war. Der Maurer hatte seine Geiseln nur mit einer Spielzeugpistole in Schach gehalten.

Nikolaus Kodil hatte mich am nächsten Tag angerufen und sich begeistert über meinen Bankräuber-Artikel geäußert. Da ich für Schmeicheleien leider sehr anfällig bin, lud ich ihn zum Dank zum Essen in das beste italienische Restaurant in Bierstadt ein. So hatte das damals begonnen.

Heimtücke und Arglosigkeit?

Otto Lasky war Eva Grids Verteidiger. Er war ein seriöser Anwalt, dessen Ruf über jeden Zweifel erhaben war. Seine Kanzlei hatte nicht diese sterile Arztpraxisatmosphäre, die heutzutage bei Rechtsverdrehern angesagt ist. Kein Computer, sondern mechanische Schreibmaschinen standen auf den Tischen herum. Die Einrichtung war Eiche stabil, und das seit 30 Jahren.

Else Ambrosius hatte Lasky um die Verteidigung ihrer Freundin gebeten. Lasky war als Strafverteidiger eigentlich kaum in Erscheinung getreten, so hatte ich erfahren; seine Stärke lag in der notariellen Überwachung von Verträgen und der Beglaubigung von Dokumenten.

Der ältere Herr hatte die Sechzig weit überschritten – stellte ich bei meinem Besuch fest. Um Eva aus der Patsche zu helfen, wäre eigentlich ein jüngeres Modell geeigneter, dachte ich. Jemand, der Richter und Staatsanwalt kräftig in die Waden beißt und alle Tricks der Welt kennt.

»Ich muß dringend mit Eva Grid sprechen«, eröffnete ich meine Rede. »Es gibt da ein paar Ungereimtheiten, die Sie auch interessieren dürften. Wer hat Grid die Tabletten vor seinem Tod eingeflößt? Was hat Eva anderthalb Stunden in der Wohnung gemacht? Warum hat sie ihn verstümmelt und die Hoden im Eisfach abgelegt? Ich glaube, daß Ihre Mandantin unschuldig ist.«

»Sie hat die Tat aber gestanden«, sagte Lasky. »Ich

werde im Prozeß auf Totschlag plädieren. Im Affekt.«

»Das wird der Staatsanwalt nicht mitmachen«, wandte ich ein. »Er wird dieselben Fragen stellen wie ich. Und wenn Frau Grid gesteht, ihrem Mann die Tabletten gegeben zu haben, wird der Staatsanwalt auf Mord plädieren. Denn zum Mord gehört die kaltblütige Vorbereitung, die Heimtücke und die Arglosigkeit des Opfers. Das muß ich Ihnen ja wohl nicht sagen. Und Grid war ja wohl arglos, wenn er vollgedröhnt in seinen Kissen gelegen hat und sich nicht wehren konnte. Oder täusche ich mich?«

Lasky wurde immer reservierter. »Wie ich meine Arbeit mache, müssen Sie schon mir überlassen«, sagte er scharf. »Ich werde alles Notwendige tun, um meiner Mandantin zu helfen. Und jetzt: guten Tag!«

Dann eben nicht, dachte ich und suchte das Weite.

Die nächste auf meiner Liste war Else Ambrosius. Ich mußte über sie mehr über Jaap Vermeulen herausbekommen. Vielleicht hatte ich bei der Hausdame mehr Glück als bei dem Advokaten.

Als ich an der Villa der Grids klingelte, fragte ich mich plötzlich, wer eigentlich das Vermögen des Toten bekommen würde. Immerhin hatte Grid zu Lebzeiten einiges an Werten zusammengerafft.

»Schön, daß Sie mich aufsuchen«, begrüßte mich Else Ambrosius. »Ich habe gerade Tee gekocht. Herr Vermeulen ist auch da; wir grübeln seit Stunden, wie wir unsere Eva aus dem Gefängnis bekommen können. Ihr Anwalt hat berichtet, daß sie völlig verzweifelt ist.«

Als ich in der guten Stube der Grids stand, wunderte ich mich, wie häuslich es sich die beiden hier eingerichtet hatten. Jaap Vermeulen lag auf dem Sofa, über den Beinen eine Wolldecke in wildem Karomuster. Er nuckelte an einer Pfeife und stieß ab und zu kleine Rauchwölkchen aus. Auf dem Couchtisch Gebäck und Teetassen, daneben Räucherkerzen. Aus der Stereoanlage tönten keltische Harfenklänge. Wolkenkuckucksheim für Radfahrer.

»Wohnen Sie beide jetzt hier?« konnte ich mir nicht verkneifen zu fragen.

»Nein«, meinte Frau Ambrosius schnell. »Ich bin hierher gezogen. Natürlich nur vorübergehend. Der große Besitz kann schließlich nicht ohne Betreuung bleiben. Herr Vermeulen ist nur hier, um mich zu beraten. Schließlich ist er Evas Therapeut und weiß, was in der Armen vorgeht.«

»Und was ist bei Ihren Beratungen herausgekommen?« fragte ich.

»Leider noch nicht viel. Wir konnten Eva leider nicht davon abbringen, den Mord zu gestehen. Sie wollte reinen Tisch machen.«

Ich dachte an das Gespräch zurück, daß ich beim ersten Besuch des Birkenhofes belauscht hatte. Damals hatte ich von Evas Drang, sich zu offenbaren, nichts bemerkt.

»Das kann ich verstehen«, behauptete ich trotzdem und trank artig einen Schluck aus der Tasse, die mir Else Ambrosius hingestellt hatte. »Welche Art Therapie hatte Eva eigentlich bei Ihnen gebucht, Herr Vermeulen?«

Vermeulen schreckte hoch. Er hatte nicht damit gerechnet, von mir angesprochen zu werden. Das große Wort führte nämlich Else Ambrosius.

»Befreiung durch Körpersprache«, nuschelte er.

»Sagt mir gar nichts«, meinte ich freundlich, »können Sie's mir erklären?«

»Bestimmte Verhaltensweisen bei Menschen können durch Training von körperlichen Ausdrucksformen verändert und positiv beeinflußt werden«, sagte er. »Schauen Sie sich an, Frau Grappa. Sie sitzen in diesem Sessel, vornübergeneigt, den Hals gerade, die Hände auf den Oberschenkeln, nur die Fußspitzen berühren den Boden. Ihre Haltung bedeutet: Aufmerksamkeit, übertriebene Wachsamkeit mit aggressiver Tendenz.«

»Und?« Ich wartete auf die Pointe.

»Tun Sie jetzt das, was ich Ihnen sage. Lehnen Sie sich in den Sessel zurück, stellen Sie die Fußsohlen auf den Boden, lassen Sie die Arme locker neben Ihren Oberschenkeln liegen, entspannen Sie Ihre Bauchmuskeln und legen Sie Ihren Hinterkopf auf die Rückenlehne des Sessel. Jetzt schließen Sie die Augen. Wie fühlen Sie sich?«

Ich fühlte mich genauso wie zuvor, doch ich sagte: »Ist ja toll! Ich bin völlig relaxed. Irgendwie ruhe ich in mir, kann in mich hineinhören. Klappt das immer so gut?«

»Meistens«, meinte Jaap Vermeulen mit Stolz in der Stimme. »Wenn man die Entspannungsübungen regelmäßig macht, bewältigt man das Leben ganz anders als vorher.«

»Hat das bei Eva auch geklappt?«

»Leider nein«, mischte sich Else Ambrosius ein, »Oktavio hatte einen solch negativen Einfluß auf Eva gehabt, daß sie sich zu Hause nie entspannen konnte. Der Mann war ein gewalttätiger Psychopath.«

»Ich frage mich, warum Eva so lange bei ihm geblieben ist.«

»Oktavio konnte auch sehr nett sein, sogar charmant«, erzählte die Haushälterin. »Er hat ihr immer wieder versprochen, sich zu ändern. Und wer Frauen kennt, der weiß, daß sie nur allzu gern solchen Verprechungen glauben.«

»Das könnte Ihnen wohl nicht passieren, oder?« fragte ich.

»Nein. Ihnen ja wohl auch nicht, oder täusche ich mich, Frau Grappa?«

»Da liegen Sie genau richtig«, bestätigte ich. »Kannten Sie den Doktor eigentlich auch?« Die Frage war an Vermeulen gerichtet, der wieder entspannt auf dem Sofa lag.

Der Körpertherapeut blickte überrascht auf. »Nein. Wir haben uns nie persönlich gesehen. Ich hatte auch kein Interesse daran. Ich spüre seine böse Aura sogar jetzt noch in diesem Haus. Sie lag über Eva wie ein Schatten.« Jaap Vermeulen strich sein weißes Zuckerwattehaar zurück.

»Schön, wenn man Menschen so helfen kann, wie Sie es können«, sülzte ich. »Doch eigentlich bin ich hier, weil ich noch ein paar Fragen habe. Bei der Obduktion wurde festgestellt, daß Dr. Grid Psychopharmaka und Alkohol im Blut hatte. Wer hat ihm das Zeug wohl gegeben?«

Else Ambrosius zuckte mit den Schultern. »Ich kann da nur Vermutungen anstellen«, meinte sie, »ich war ja nicht im Haus. Eva hat mir aber gesagt, daß sie ihm die Sachen eingeflößt hat, damit sie ihn besser umbringen konnte.«

Der Satz überraschte mich. »Dann sieht es aber schlimm aus für Ihre Freundin Eva. Dann ist sie nämlich wegen heimtückischen Mordes dran. Das sind 20 Jahre mehr als bei Totschlag. Sie sollten ihr raten, das besser für sich zu behalten.«

»Oh, das tut mir leid!« Else Ambrosius machte ein erschrockenes Gesicht. »Ich hab's schon der Polizei erzählt. Wenn ich gewußt hätte, daß ...« Ihre Stimme versagte.

Schmierentheater, dachte ich abermals, und zwar der übelsten Sorte. Das saubere Pärchen spielte ein böses Spiel.

»Na ja, da kann man nichts machen«, sagte ich schnell, »ich weiß ja, daß Eva Grid bei Ihnen beiden gut aufgehoben ist. Woher kommen Sie eigentlich, Herr Vermeulen? Ihr Name klingt so niederländisch.«

»Meine Ahnen sind Holländer.«

»Haben Sie auch in Holland gelebt?«

»Ich hatte eine Praxis in Amsterdam«, antwortete er. »Doch das ist lange her.«

Ich schlürfte den letzten Rest Tee aus der Tasse. Es war genug. Die keltische Harfe strapazierte mit ihrem Gezupfe meine Ohren mit larmoyanten Tönen, die kristallene Reinheit ausdrücken sollten.

Jaap Vermeulen gab mir die Hand zum Abschied. Als er vor mir stand, bemerkte ich, daß er bei weitem nicht so alt sein konnte, wie sein weißes Haar vermuten ließ. Der Typ war noch keine fünfzig.

Else Ambrosius – ganz Hausherrin – begleitete mich zur Tür. Auf dem Weg dorthin fiel mein Blick in ein Zimmer, dessen Tür einen Spalt geöffnet war. Ich sah ein zerwühltes Doppelbett. Else Ambrosius und Jaap Vermeulen hatten die Villa voll in Besitz genommen. Mit allem, was dazu gehörte.

Männerseelen sind tiefe Abgründe

»Wenn ich Körpertherapie höre, denke ich sofort an Sex«, beichtete Turkey. »Und du?«

»Irgend sowas geht mir auch im Kopf herum«, gestand ich, »besonders seit ich die handelnden Personen kenne. Dieser Jaap Vermeulen sieht mit seinem weißen Wuschelhaar zwar aus wie Petrus an der Himmelspforte, doch ich persönlich würde nicht gern bei ihm anklopfen. Außerdem vögelt er mit deiner Freundin, der schönen Else. Ich habe das Lotterbett heute mittag bei meinem Besuch gesehen. Und Eva hat er bestimmt auch schon beglückt. Gehört bestimmt mit zur Therapie.«

»Else ist nicht meine Freundin«, widersprach Turkey und wurde ein bißchen rot. »Ich gebe ja zu, daß ich solche Frauen toll finde. Aber nur vom Gesamttyp her. Sie hat irgend etwas Diabolisches an sich. Und diese tätowierte Schlange auf ihrem Busen ... irgendwie ...« Er stockte.

»Irgendwie macht dich das total an«, vervollständigte ich den Satz. »Du brauchst dich nicht zu schämen. In den meisten Männerseelen gibt es Abgründe, in denen perverse Obsessionen schlummern. Du gehörst halt zu denen, die gern mal ausgepeitscht werden wollen, oder? Stehst du auf die Schuljungennummer, oder gibt's da noch was anderes?«

Turkey schwieg. Ich konnte mir ein Grinsen nicht verkneifen.

»Laß uns das Thema wechseln«, schlug er dann vor, »ich brauche keine Sextherapie – und schon gar nicht von dir, Grappa! Ich komme prima alleine klar.«

»Das würde mich auch echt überfordern«, gestand ich. »Ich bin ein einfaches Mädchen vom Lande, das von Nonnen unterrichtet wurde. Mit sechzehn dachte ich noch, daß man vom Küssen Kinder kriegt. Laß uns lieber wieder über unsere Geschichte nachdenken. Ich hatte so viele Fäden in der Hand, doch sie sind mir alle entglitten. Die Sache stockt.«

Turkey und ich hatten uns in meinem Büro zu einer Krisensitzung zurückgezogen, wir warteten auf Peter Jansen. In Ermangelung eines vernünftigen Restaurants in der Nähe des Verlagshauses hatte ich durch den Schnelldienst *Mamma mia* drei Salate und drei Pizzas heranharren lassen, die in ihren Warmhalteschachteln langsam Zimmertemperatur erreichten.

Endlich ging die Tür auf, und Jansen war da. Er pflanzte sich in den Schwingstuhl und riß eine Pizzaschachtel auf. »Thunfisch! Genau das Richtige!«

Turkey entschied sich für die *Capriciosa,* und ich machte mich über die *Carciofini* her.

Kauend gab ich eine kurze Zusammenfassung meiner Recherchen der letzten Tage.

»Else Ambrosius und dieser Körperguru hängen in der Sache drin. Vermeulen hatte früher mal eine Praxis in Amsterdam. Vielleicht sollte ich mal da nachfragen«, schlug ich vor. »Kann sein, daß seine Weste nicht so weiß ist, wie sein Wattehaar.«

»Gute Idee«, lobte Jansen, »spann doch deinen Freund bei der Kripo ein. Der kriegt doch sowas viel schneller raus als wir.«

»Unser Kontakt ist ein bißchen abgekühlt«, murmelte ich.

»Dann leg ein bißchen Holz nach, damit er wieder heiß wird«, riet Jansen, »jetzt lassen wir dich schon mit einem Bullen verkehren, und du machst nichts daraus.«

Ich überhörte die Unverschämtheit. »Ich werd's mir überlegen. Hat jemand von euch eine Idee, wie wir an Eva Grid herankommen? Ich hab's über den Anwalt versucht, doch der ist nicht gerade kooperativ.«

»Um diese Schönheitsklinik haben wir uns noch gar nicht gekümmert«, sagte Jansen statt einer Antwort. »Wer leitet sie jetzt eigentlich? Wem gehört die Immobilie überhaupt? Was ist mit dem Vermögen der Grids? Der Mann tot, die Ehefrau im Knast – was passiert also mit dem Geld? Erbt die Haushälterin alles? Also – dann mal los, Grappa!«

Regen und Sturm

Der Herbst war an diesem Tag mit Regen und Sturm über Bierstadt hergefallen. Wir hatten gerade unser Brainstorming beendet, als es zu schütten begann. Es folgte starker Wind, dann blitzte und donnerte es. Ich hatte keinen Regenschirm; der Weg zu meinem Japaner war zu weit, um einigermaßen trocken anzukommen. Abwarten, dachte ich, vielleicht sollte ich die Zeit nutzen und Nik Kodil anrufen.

Unsere Beziehung war seit dem Waldspaziergang auf Eis gelegt, ohne daß es zu einem offiziellen Ende gekommen wäre. Ein Mann wie er blieb bestimmt nicht lange solo. Aber mein Anliegen war ja rein geschäftlich.

Zögernd tippte ich seine Durchwahl im Polizeipräsidium ein. Nach zehnmaligem Klingeln meldete sich die Zentrale. Ich legte auf.

Niedergeschlagen trat ich ans Fenster. Der Himmel über Bierstadt war jetzt wild, hatte eine gelbgraue Farbe. Blitze zuckten, Baumkronen bogen sich im Wind, die Plakate auf der Wand gegenüber hingen in Fetzen herunter, ab und zu kämpfte ein Mensch mit Regenschirm darum, auf dem Boden zu bleiben.

Ich drehte mich um. Da stand das Telefon und rührte sich nicht. Niks Privatnummer hatte ich noch im Kopf, ich drückte sie.

»Hier ist der Anschluß von Nikolaus Kodil«, sagte seine Stimme vom Anrufbeantworter. »Ich bin zu Hause, doch ich möchte nicht mit jedem sprechen. Sagen Sie nach dem Piepston Ihren Namen und warten Sie ab, ob ich den Hörer abnehme oder nicht. Ich danke Ihnen für Ihr Verständnis.«

Der Pieps kam, doch mir fiel mein Name nicht mehr ein. Ich legte wieder auf.

Der Regen war inzwischen noch stärker geworden. Ich kann nicht die ganze Nacht hier sitzen, dachte ich, also nichts wie weg.

Plötzlich verspürte ich den Drang, an Niks Wohnung vorbeizufahren. Ich dachte an einen unverwechselbaren Geruch nach Mann, an gemütliche Stunden auf diversen Liegeflächen und an Orgien mit Prosecco und Pasta.

Ich schloß mein Büro ab und verließ das Haus. Fast hätte ich die verhüllte Gestalt übersehen, die im Eingang kauerte.

»Frau Grappa?« sagte eine Frauenstimme, die ich kannte.

»Ja?«

»Erinnern Sie sich noch an mich? Loki Detema.«

»Aber sicher«, entgegnete ich freundlich. »Warum warten Sie hier im Regen auf mich? Warum sind Sie nicht raufgekommen?«

Das Flurlicht fiel in ihr Gesicht. Sie sah schlecht aus, die Lippen waren blau, und sie hatte Ringe unter den Augen.

»Ich wollte Ihnen nur etwas sagen, das Sie vielleicht interessiert. Ich habe Dr. Grid erstochen, seine Frau ist unschuldig.«

»Laßt Blut in meinem Namen fließen«

Loki Detema war völlig durchnäßt und durchgefroren. Ihre seelische Verfassung schien auch nicht die beste zu sein. Ich brachte sie also in meine Wohnung und schickte sie ins Bad. »Ziehen Sie Ihre nassen Sachen aus, am Haken hängt ein Bademantel. Ich mache uns einen Grog.«

Als wir einige Zeit später auf dem Sofa hockten, bat ich sie: »Erzählen Sie mir alles.«

Loki Detema nahm einen kräftigen Zug aus dem Glas. Dann bereicherte sie die Geschichte um eine weitere Variante: »Grid wurde am 30. September ermordet – das ist genau der Tag, an dem er mich vor zwei Jahren operiert hat. Ich wollte es ihm endlich heimzahlen. Zweimal hatte ich schon versucht, ihn umzubringen, leider ohne Erfolg. Diesmal mußte es klappen. Ich hatte eine Pistole in der Handtasche und lief in der Straße vor seinem Haus auf und ab. Ich sah, wie Eva das Haus verließ. Sie weinte.«

»Um welche Uhrzeit war das?« unterbrach ich sie.

»Gegen 20 Uhr. Ich nahm an, daß Grid nun allein war, denn die Hausdame wohnt ja nicht dort. Es wurde langsam dämmrig, und im Haus ging Licht an. Ich sah Grid im Zimmer sitzen, er las in einem Buch. Er sah so ... unnahbar aus, so stark. Ich überlegte, ob ich einfach klingeln sollte oder über den Garten ins Haus einsteigen. Der Abend war lau, und die Terrassentür hätte bestimmt aufgestanden.«

»Woher kennen Sie die örtlichen Verhältnisse so gut?«

»Vor der Operation war ich einige Male in dem Haus. Ich kenne seine Frau Eva. Wir haben uns in einem Seminar kennengelernt.«

»Seminar?« Ich wurde hellhörig. »Körpertherapie auf dem Birkenhof?«

»Ja. Sie wissen ja, daß ich meinen eigenen Körper nicht akzeptiert habe. Die Therapie sollte mir helfen, doch es wurde nur noch viel schlimmer.«

»Hat Jaap Vermeulen den Kurs geleitet?«

»Ihm gehört das Institut. Eva kannte ihn schon länger – durch ihre Hausdame Frau Ambrosius.«

»Wie ging es dann weiter?«

»Ich stand noch immer vor dem Haus und traute mich nicht hinein. Plötzlich fuhr ein Auto in die Straße und hielt vor dem Haus.«

»Um wieviel Uhr war das?« Jetzt wurde es spannend.

»Das muß gegen halb elf gewesen sein. Ich habe nicht auf die Uhr geguckt. Ich wollte meinen Plan schon aufgeben und verschwinden. Ich dachte: Jetzt kriegt der auch noch Besuch. Die Leute stiegen aus dem Auto. Es waren Eva, die Hausdame und Vermeulen. Sie gingen auf das Haus zu, und Eva schloß ihnen auf. Ich kam mir sehr dumm vor mit meiner Pistole in der Tasche. Schon wieder hatte ich es nicht geschafft, mich zu rächen.«

»Und dann haben Sie durchs Fenster geguckt?« Die Sache wurde immer verworrener. Vermeulen hatte mich belogen, als er behauptet hatte, den Doktor nicht zu kennen.

»Ich schlich mich ans Haus heran«, erzählte Loki Detema, »und ich sah, wie alle vier im Wohnzimmer saßen und sich unterhielten.«

»Haben Sie mitbekommen, über was geredet wurde?«

»Nur ein paar Wortfetzen. Es ging um Geld. Vermeulen stellte Forderungen an Grid. Doch der lachte nur. Es kam dann zu einem handfesten Streit. Grid wollte sich auf Vermeulen stürzen, doch Eva und die Ambrosius hielten ihn zurück. Irgenwie beruhigte sich die Lage plötzlich. Das muß wohl auch an den Getränken gelegen haben.«

»Welche Getränke?«

»Nach dem Streit mixte die Hausdame Drinks. Ich beobachtete, wie sie ein Pulver in ein Whiskyglas schüttete und es Grid reichte. Da war mir klar, daß die drei den Plan hatten, Grid beiseite zu schaffen. Ich nahm meinen ganzen Mut zusammen, ging zur Haustür und klingelte.«

O Gott, dachte ich, sie haben ihn zu viert exekutiert – jeder aus einem anderen Grund.

»Es dauerte eine Weile«, fuhr sie fort, »dann öffnete die Hausdame die Tür und fragte, was ich wollte. Ich antwortete, daß ich ihnen helfen wollte, Grid zu töten. Sie war gar nicht überrascht und hat mich reingelassen.«

»Einfach so?«

»Ja. Sie kannte meinen Fall und wußte, daß ich allen Grund hatte, ihn zu hassen. Im Wohnzimmer saßen die anderen. Grid war schon ziemlich betrunken oder benommen von dem Pulver. Er konnte mich aber noch erkennen und fing an, Frau Ambrosius zu beschimpfen, weil sie mich reingelassen hatte. Sie aber lachte nur und fing an, an Grid herumzufummeln.«

»Was hat sie gemacht?«

»Sie knöpfte seine Hose auf und steckte ihre Hand hinein. Sie machte ihn regelrecht an. Er lallte und wollte ihr unter die Bluse greifen. Sie schob seine Hand aber weg und sagte, er sollte mit ihr ins Schlafzimmer kommen.«

»Und die beiden anderen?«

»Die haben sich auch vergnügt. Vermeulens Hand befand sich unter Evas Rock, sie stöhnte und schien mir auch etwas benommen zu sein. Vielleicht hat ihr die Ambrosius auch was von dem Pulver gegeben. Vor ihr stand ein leeres Glas. Grid und die Hausdame verschwanden auf jeden Fall nach oben. Er konnte kaum noch laufen, sie zog ihn regelrecht die Treppe rauf.«

Loki Detema machte eine Pause. Ich wartete. Vielleicht hat sie die Geschichte erfunden, kam es mir in den Sinn, sie vermischt Realität und Wunschdenken, um ihre zerstörte Persönlichkeit zu retten.

»Eva war irgendwann eingeschlafen und lag auf dem Sofa«, erzählte sie weiter. »Vermeulen forderte mich auf, mit ihm ins Nebenzimmer zu gehen und es dort zu tun. Ich könnte ja das Oberteil anlassen, wenn ich Komplexe wegen meines Busens hätte. Er hat gar nicht gemerkt, wie gemein er war. Ich sagte ihm, ich sei gekommen, um Grid zu töten und zeigte ihm meine Pistole. Er lachte. Sex und Blut seien das allergrößte, zuerst sollte ich mit ihm schlafen; danach erst wäre ich reif, die Tat wirklich zu genießen.«

Loki Detema atmete schwer. Sie hatte den Grog ausgetrunken, ihre braunen Haare waren trocken und hingen wuschelig um das Gesicht, die Wangen waren gerötet.

Die Geschichte stimmt, dachte ich, so viel Phantasie hat niemand.

»Lassen Sie sich Zeit«, forderte ich sie auf, »wir haben den ganzen Abend. Wenn Sie wollen, können Sie auch hier übernachten.«

»Danke, Frau Grappa.« Sie zog den Bademantel über ihrem Busen zusammen.

»Grid ist mit einem Skalpell getötet worden«, nahm ich den Faden wieder auf, »Sie aber hatten eine Schußwaffe.«

»Vermeulen meinte, eine Pistole sei kein geeignetes Instrument, Grid zu töten. Es müsse Blut fließen. Nur so käme es zur absoluten Bestrafung. Er habe einen Lehrer gehabt – so sagte er – der sei derselben Meinung gewesen. Sein Wahlspruch sei: Laßt Blut in meinem Namen fließen. Irgendwie war Vermeulen total aufgedreht, als er von Blut redete. Er sprach das Wort richtig liebevoll aus. Ich bekam Angst, wollte weglaufen. Doch ich bin schon zu oft ausgerissen. Also riß ich mich zusammen. Schließlich hatten wir alle dasselbe Ziel.«

»Hat Vermeulen gesagt, warum Grid den Tod verdient habe?«

»Nein. Ich habe allerdings auch nicht gefragt. Irgendwann kam Else Ambrosius ins Zimmer zurück und sagte, das alles vorbereitet sei. Wir sollten ins Schlafzimmer kommen. Wir gingen also nach oben. Grid lag auf dem Bett, er war nackt. Arme und Beine waren weit ausgestreckt und mit Stoffstreifen an die Pfosten gefesselt. Dann sah ich die Messer. Sie waren klein, aber ziemlich scharf – Skalpelle. Vermeulen nahm eins davon, drückte es mir in die Hand und sagte, ich solle anfangen.«

Pause. Ich merkte, wie ein leises Grauen meinen Rükken hinaufkroch. Diese Story kannst du nie schreiben, dachte ich, das hält kein Leser durch.

»Ich stand also mit dem Messer da, starrte es an und tat nichts. Dann ließ ich es fallen und lief die Treppe hinunter. Ich wollte Eva aufwecken, immerhin war es ihr Mann, und sie mußte ihn ja mal geliebt haben. Tausend Gedanken schossen mir durch den Kopf, meine Rache hatte ich völlig vergessen. Ich schüttelte Eva also, sie machte auch die Augen auf, doch sie war nicht in der Lage zu gehen. Dann fiel mein Blick aufs Telefon. Aber wie sollte ich meine Anwesenheit im Haus erklären? Immerhin wußte die Polizei, daß ich schon zweimal versucht hatte, Grid umzubringen. Ich rannte also wieder die Treppe hinauf, um die beiden zu stoppen. Doch es war zu spät. Vermeulen und Else Ambrosius hatten angefangen, das Bettzeug war voller Blut.«

»Hat Grid denn nicht geschrien?«

»Er konnte nicht schreien. Sie hatten ihm einen Stoffballen in den Mund gedrückt. Er bäumte sich auf und rollte mit den Augen. Seine Pupillen waren ganz winzig. Vermeulen sah mich in der Tür stehen. Er hörte auf und sagte zu mir: ›Du kannst ihm den Rest geben. Komm her!‹ Ich trat näher. Grid sah mir in die Augen, und sein Blick flehte mich an. Vermeulen gab mir das blutbeschmierte Messer und zeigte auf eine Stelle auf Grids

Brust. ›Da stichst du rein.‹ Ich war wie erstarrt. Grid wimmerte. Ich wollte es nicht tun. Frau Ambrosius schrie mich an: ›Wenn du es nicht machst, dann bist du als nächste dran.‹ Ich hatte furchtbare Angst. Vermeulen führte meine Hand zu der bestimmten Stelle und sagte: ›Schließ meinetwegen die Augen, aber stich endlich zu!‹ Das habe ich dann auch gemacht.« Loki Detema hatte zu weinen begonnen.

»Das war kein Mord«, meinte ich nach einigen Augenblicken des Schweigens. »Die beiden haben Sie dazu gezwungen. Wie ging's weiter? Wie kam es, daß Eva Grid den Mord gestanden hat?«

»Ich habe keine Ahnung«, antwortete Loki Detema. »Sie hatte ja gar nichts mitbekommen. Ich weiß auch nicht, wer Grid verstümmelt hat. Davon habe ich erst in der Zeitung gelesen.«

Der Regen prasselte scharf an das Wohnzimmerfenster. Wenn die Geschichte, die ich gerade gehört hatte, kein Hirngespinst einer durchgedrehten Psychopatin war, dann waren Else Ambrosius und Jaap Vermeulen kaltblütige Mörder.

»Was ist dann geschehen? Wie ging der Abend zu Ende?«

»Vermeulen, Frau Ambrosius und ich waren natürlich blutbeschmiert. Wir wuschen uns und verließen das Haus. Zuvor hat Else Ambrosius noch die Messer weggeräumt und die Fesseln abgemacht. Eva Grid schlief noch immer im Wohnzimmer. Sie wurde von den beiden anderen ins Auto gehievt. Vermeulen sagte zum Abschied zu mir: ›Sei dankbar. Du hattest deine Rache.‹ Als ich am anderen Morgen aufwachte, dachte ich zuerst, ich hätte geträumt. Dann hörte ich nachmittags im Lokalradio die Nachricht über Grids Tod. Da wußte ich Bescheid!«

Loki Detema hatte ihren Bericht beendet. Sie legte den Kopf auf die Sofalehne und weinte geräuschlos vor sich hin.

Die Stille in meiner Wohnung, das gespenstische Trommeln der Regentropfen auf dem Glas der Fenster, das Grauen, das ich empfand – ich kam mir vor wie in einem raffiniert inszenierten Horrorstreifen.

»Was soll jetzt geschehen? Werden Sie der Polizei die Wahrheit sagen?« Meine Stimme vertrocknete in der Luft.

»Ich muß es tun«, sagte Loki Detema leise, »mein Leben ist sowieso verpfuscht. Darauf kommt es auch nicht mehr an.«

Nach einer Weile erhob ich mich, ging zum Telefon und wählte Nik Kodils Nummer.

Der Anrufbeantworter gab wieder seinen Spruch zum besten. Nach dem Piepston sagte ich: »Nik, hier ist Grappa. Wenn du zu Hause bist, geh bitte ans Telefon. Es ist wichtig!«

Einige Augenblicke vergingen, dann meldete er sich. »Was willst du?«

»Ich habe gerade mit Loki Detema gesprochen. Sie ist in meiner Wohnung und hat den Mord an Grid gestanden. In allen Einzelheiten. Else Ambrosius und Jaap Vermeulen sind auch darin verwickelt. Sie haben die Detema gezwungen, es zu tun. Kannst du zu mir kommen und dir die Sache anhören?«

»Grappa! Die Frau ist verrückt. Ich habe inzwischen ein psychiatrisches Gutachten gelesen, das sich ausführlich mit ihrem Geisteszustand befaßt. Sie haßt Grid und steigert sich in die Vorstellung hinein, ihn umgebracht zu haben. Sie schwebt zwischen Traum und Wirklichkeit. Du läßt dir aber auch jeden Bären aufbinden.«

»Du kommst also nicht?`«

»Wir haben eine Mörderin und ein umfassendes Geständnis. Das sind Fakten. Alles andere überlasse ich dir. Für eine aufgemotzte Geschichte in der Zeitung wird es ja wohl reichen.« Es klang kühl und gelangweilt.

»Du bist ein Scheiß-Bulle!« blaffte ich. »So machst du jedenfalls keine Karriere. Da ist höchstens der Grad eines Sesselfurzers im höheren Dienst für dich drin.«

»Tut mir leid, daß ich nicht springe, wenn die berühmte Frau Grappa mit den Fingern schnippt«, entgegnete Nik. »Sag der Frau, sie soll morgen früh ins Präsidium kommen. Ich werde jemanden bitten, ihre Aussage aufzunehmen. Gibt es sonst noch was?«

»Nein«, erwiderte ich. »Es ist alles gesagt. Vergiß das Ganze.« Müde legte ich den Hörer auf.

Turkeys Date

Am nächsten Tag informierte ich Turkey und Peter Jansen über die neueste Entwicklung. Die Meinungen der beiden über den Wahrheitsgehalt des Geständnisses von Loki Detema waren geteilt. Jansen hielt die Sache für plausibel, Turkey für die Ausgeburt einer kranken Phantasie. Ich schlug trotzdem vor, einen Artikel für unser Blatt zu schreiben.

»Erst wenn die Detema bei der Polizei war und dort ein Geständnis abgelegt hat, können wir die Geschichte ins Blatt heben«, entschied Jansen. »Zuerst haben wir gar keinen Mörder, und jetzt wollen's gleich zwei gewesen sein. Verrückte Sache.«

Eine Weile saßen wir stumm herum. Niemand wußte so recht, wo die Story noch einen Faden hatte, den man packen konnte. Ich war total ausgebrannt, mein Gehirn war leer, die Stimmung auf dem Nullpunkt. Letzteres hatte auch mit Nik zu tun.

»Sollen wir uns heute abend noch mal zusammensetzen?« fragte Jansen. Er hatte sich wohl vorgenommen, den Tag noch zu retten.

»Heute abend paßt es mir nicht«, sagte Turkey schnell. »Ich habe einen wichtigen Termin.«

»Gut, dann treffen wir uns morgen früh«, sagte ich matt. »Es eilt ja auch nicht. Verdammt, ich habe das Gefühl, mir selbst beim Verlieren zuzusehen!«

»Gut. Ich merke, daß mit euch heute nichts anzufangen ist.« Jansen haßte Weltuntergangsstimmungen bei anderen. »Heute dürft ihr beide noch schmollen, aber morgen will ich hier wieder ausgeschlafene, freudige und arbeitswillige Menschen sehen. Ist das klar?«

Wir schauten ihn an, als hätte er uns einen unsittlichen Antrag gemacht. Jansen zog eine Grimasse und knallte die Tür ins Schloß.

»So ist das, Bruder«, sagte ich mit Grabesstimme, »wenn einen der Gott der Reporter im Stich läßt. Ich gehe jetzt nach Hause und versuche, mein Ego wieder aufzupäppeln. Und was machst du?«

Turkey blickte mich an. »Dasselbe«, antwortete er dann. Er wollte noch etwas sagen, ließ es dann aber.

Zu Hause angekommen versuchte ich Loki Detema zu erreichen, doch der Telefonhörer blieb auf der Gabel liegen. Vermutlich war sie gerade bei der Polizei und machte ihre Aussage.

Nach einem ausgiebigen Schaumbad, verbunden mit dem Konsum einer halben Flasche Riesling-Sekt, kuschelte ich mich vor den CD-Player und stülpte die Kopfhörer über die Ohren.

Die *Sinfonie der Klagelieder* von Henryk Górecki war genau das Richtige für mein Seelenheil. Ich schloß die Augen und träumte vor mich hin.

Irgendwann zauberte ich aus den Resten in meinem Kühlschrank ein Mahl, das in seiner Zusammenstellung nicht den neuesten ernährungsphysiologischen Vorschriften entsprach. Doch der Alkohol machte alles wieder zueinander passend.

»Zum Wohl, Grappa«, prostete ich mir zu, »du hast es nicht anderes gewollt. Diese verdammte Sucht nach heißen Geschichten und durchgeknallten Typen wird dich noch mal den Kopf kosten. Warum bist du eigentlich nicht Finanzbeamtin geworden?« Ich horchte in mich hinein, doch es kam keine Antwort. Auch gut.

Seufzend zappte ich durch ein paar Fernsehprogramme, die genauso öde waren wie mein Seelenzustand. Das bei weitem Lustigste auf der Mattscheibe war die Alzheimer-Rateshow im Regionalprogramm mit dem passenden Namen: *Wer bin ich?*

Bevor ich ins Bett fiel, wählte ich noch mal Loki Detemas Nummer. Der Ruf ging wieder ins Leere. Egal.

Der Mann neben Else Ambrosius

Das Telefon riß mich gegen acht Uhr aus den schönsten Träumen. Ich war gerade im Paradies, lag aufgerüscht an einem beigefarbenen Strand, an dem mir ansehnliche Burschen Drinks servierten und noch auf die eine oder andere Weise dienlich waren.

»Wer da?« krächzte ich schlaftrunken in die Muschel.

»Hier ist Nik.«

»Du? Ruf in einer Stunde noch mal an«, knurrte ich, »dann bin ich wach.« Ich hatte gerade die Bettkante wieder erreicht, als sich das Telefon erneut rührte. Diesmal zog ich den Stecker raus. Er konnte mich mal.

Morpheus' Arme hatten mich eine weitere halbe Stunde umfangen, als es an der Tür Sturm klingelte. Jetzt war es mit dem Schlummer endgültig vorbei. Ich rappelte mich hoch, stieg in meine Leggings und warf mir ein weites T-Shirt über.

»Aufmachen, Polizei«, brüllte jemand vor meiner Wohnungstür.

Ich guckte durch den Spion und war nicht überrascht. Es war Nik.

»Verschwinde! Das ist Amtsmißbrauch«, zickte ich durch die geschlossene Tür.

»Es ist aber dienstlich«, schnippte er zurück.

»Das wird sich noch herausstellen«, blaffte ich.

»Mach nicht so ein verdammtes Theater, Grappa!« brüllte er.

»Zeig mir den Durchsuchungsbefehl!« forderte ich.

»Ich will dich nur vernehmen«, kündigte er an.

»Dann bestell mich aufs Präsidium. Aber mit einer schriftlichen Vorladung!« Ich drehte mich um und verschwand im Bad.

Als ich frisch geduscht in der Küche auftauchte, stand das Frühstück auf dem Tisch. Ich hätte Nik den Wohnungsschlüssel abnehmen sollen, dachte ich. Der Kaffee duftete, und ich setzte mich.

»Was gibt es, Herr Kommissar?« murrte ich.

»Eine schlechte Nachricht«, begann Nik, »heute morgen ist die Leiche von Loki Detema gefunden worden. Ein Auto hat sie überfahren.«

»Nein!! Wie ist das passiert?« Ich war mit einem Schlag hellwach.

»Genaues wissen wir noch nicht. Es sieht nach einem Unfall mit Fahrerflucht aus. Wir ermitteln noch.«

»Unfall? Ihr seid wohl blind? Das war Mord. Frau Detema wußte zu viel.«

»Ich sagte doch, daß wir noch ermitteln.« Kodil fühlte sich überhaupt nicht wohl in seiner Haut.

»Warum bist du vorgestern abend nicht gekommen, verdammt noch mal?« brüllte ich. »Dann wäre sie vielleicht noch am Leben. Aber du hattest ja Feierabend, du verdammter Bulle!« Tränen liefen mir übers Gesicht.

»Ich weiß, daß ich einen Fehler gemacht habe«, sagte Nik leise. »Ich bin vom Unfallort sofort zur Villa Grid gefahren. Ich mußte an deine Worte denken und daran, daß die Detema die Haushälterin und Vermeulen beschuldigt hat. Else Ambrosius öffnete. Ich ging sie ziemlich hart an, doch sie behauptete, die ganze Nacht über in ihrem Bett gelegen zu haben. Und dann präsentierte sie einen Zeugen für diese Aussage.«

»Vermeulen?«

»Nein. In ihrem Bett lag jemand, den du auch kennst.«

»Mensch, Nik«, sagte ich ungeduldig, »ist das hier ein Fernsehquiz oder was?«

»Also gut. In ihrem Bett lag dein Kollege. Dieser Fotograf, den du Turkey nennst. Er hat ihr Alibi bestätigt.«

Das gab mir den Rest. Mit beiden Fäusten schlug ich auf den Tisch. Die Kaffeekanne fiel um, und der Inhalt floß über die Decke.

»Bleib doch cool, Grappa«, meinte Nik und nahm meine Hand. »Es ist wieder eine Sonderkommission gebildet worden. Wir kriegen die Sache schon hin. Ich habe den Fotografen bereits ausführlich vernommen. Er hat zugegeben, die Ambrosius über die Aussage von Frau Detema informiert zu haben. Der arme Teufel ist völlig fertig. Er hat begriffen, daß er von der Ambrosius reingelegt worden ist. Und er hat Angst, dir unter die Augen zu treten.«

»Dazu hat er auch allen Grund. Er wird die Begegnung mit mir wohl kaum überleben!«

»Sei nicht so streng, Maria. Er hat einen Fehler gemacht, und es tut ihm leid.«

»Er hat das Leben einer Frau auf dem Gewissen!«

»Das konnte er doch nicht ahnen«, wandte Nik ein.

»Ihr Kerle haltet wohl immer zusammen, was?« zischte ich. Niks Verständnis für Turkey machte mich rasend. Ich zog meine Hand weg.

»Ich versuche nur ...«

»... mir begreiflich zu machen, daß Männer mit dem Schwanz denken. Das ist mir allerdings überhaupt nicht neu.«

»Grappa! Dein Männerbild ist wirklich lächerlich. Es hat heute wirklich keinen Sinn mit dir vernünftig reden zu wollen.«

Da hatte Nik recht. Ich lasse mich nicht gern in einer Aggression stören, wenn ich mich einmal entschieden habe, eine zu bekommen. Nik hielt für die nächsten zehn Minuten den Mund. Schweigend frühstückten wir. Nur zögernd machten meine aufgewühlten Gefühle der Vernunft Platz.

»Die neue Sonderkommission wird übrigens nicht von Baißer geführt«, teilte Nik mit. »Ich bin zum Leiter berufen worden.«

»Glückwunsch!« höhnte ich. »Du solltest Loki Detema wirklich dankbar sein!«

Niks Geschichte

Im Computer der niederländischen und deutschen Polizei existierte kein Mann, der den Namen Jaap Vermeulen trug und auf den die Beschreibung des Körpertherapeuten paßte. Die Recherche über Else Ambrosius stand noch aus.

Ich saß in Niks Büro und wurde von ihm offiziell vernommen. Immerhin war ich die einzige, die die Angaben der toten Loki Detema kannte.

»Viel bringt das leider nicht«, warnte mich Nik vor, »für die Staatsanwaltschaft und die Verteidigung bist du eine sogenannte ›Zeugin vom Hörensagen‹. Das gilt vor Gericht nicht gerade viel.«

»Ich weiß.«

Auf Niks Schreibtisch lagen die Fotos der toten Loki Detema. Ein Auto war mit hoher Geschwindigkeit auf sie zugefahren und hatte sie voll erwischt. Sie muß sofort tot gewesen sein, wenigstens hatte sie nicht lange gelitten. Ihr Gesicht hatte noch im Tod einen erstaunten Ausdruck.

»Was ein Mensch wohl denkt, wenn er den tödlichen Schlag spürt?« grübelte ich laut. »Ob er weiß, daß es die letzte Empfindung seines Lebens ist, bevor ihn das ewige Dunkel umhüllt? Rast das ganze Leben noch einmal an einem vorbei? Und sitzt da oben wirklich der gütige alte Mann mit weißem Bart und empfängt die Neuzugänge mit einem herzlichen ›Hey, Leute?‹«

»Hör auf mit diesem Gerede«, brauste Nik auf. »Warum sagst du das? Ist dir denn nichts heilig?«

Überrascht sah ich ihn an. Seine Augen waren mit Schmerz und Tränen gefüllt.

»Was hast du denn?« Ich war völlig entgeistert.

»Entschuldige.« Er hatte sich wieder gefangen. »Hier ist das Protokoll deiner Aussage. Unterschreibe es bitte.« Er war sehr förmlich, sehr fremd, und er konnte mich mal mit seinen Launen.

Brav setzte ich meine Unterschrift unter das Dokument. »Kann ich jetzt gehen?« Ich war schon auf dem Weg zur Tür.

»Nein, bleib!« sagte er rauh.

Nik kam auf mich zu und reichte mir ein Foto.

Ich betrachtete es. Die Aufnahme war älter. Zu sehen war eine junge Frau mit langem braunen Haar und ein großer blonder Mann, der ein offenes Lachen über gut gepflegten Zähnen zeigte. Die Frau legte ihre Hand auf die Schultern eines kleinen Jungen von etwa vier oder fünf Jahren. Die Geste hatte etwas Zärtlich-Behütendes.

»Meine Eltern«, sagte Nik leise. »Das Foto wurde kurz vor ihrem Tod gemacht, ungefähr Ende 1968. Da war ich sechs. Am 21. Januar 1969 gingen meine Eltern mit mir spazieren. Die Straße war nicht gefährlich oder verkehrsreich. Wir drei liefen auf dem Bürgersteig, als ein Auto in schneller Fahrt direkt auf uns zufuhr. Mein Vater versuchte noch, meine Mutter und mich zur Seite zu drängen. Ich hörte den Schrei meiner Mutter und spürte ihren Körper, mit dem sie mich schützte. Das Auto kam erst an der nächsten Hauswand zum Stillstand. Mein Vater und meine Mutter lagen vor mir, voller Blut, mit zerschmetterten Körpern. Ich bin mit leichten Prellungen davongekommen.«

»Wie schrecklich.« Ich schaute wieder auf das Foto. Es zeigte eine glückliche Familie. Ich wollte etwas Tröstendes sagen, doch mir fiel nichts ein. Sarkasmus lag mir bedeutend mehr.

»Deshalb bist du ins Waisenhaus gekommen?« fragte ich.

»So ist es. Ich hatte keine Verwandten, die mich aufgenommen hätten. Kannst du dir vorstellen, was das für ein sechsjähriges Kind bedeutet? Aus der Geborgenheit der Familie in ein straff organisiertes Kinderheim? Ein Jahr lang habe ich kein Wort geredet. Danach war es der Wille zum Überleben, der mir geholfen hat.«

»Ist der Autofahrer verurteilt worden?«

»Es hat einen Prozeß gegeben. Doch der Mann konnte vor Gericht beweisen, daß die Bremsen seines Autos versagt hatten. Ich erinnere mich noch sehr gut an den Tag. Er ist wie in mein Gehirn gemeißelt. Nach dem Unfall stieg der Fahrer aus seinem Auto, sah, was er angerichtet hatte. Er roch nach Alkohol. Doch die Polizisten, die den Unfall aufnahmen, haben keinen Promillegehalt festgestellt. Er wurde freigesprochen.«

»Wie ist das möglich? Da bringt einer zwei Menschen um und kommt ungeschoren davon?«

Nik lachte bitter auf. »Alles ist möglich. Der Mann war ein Polizist, und seine Kollegen haben ihm geholfen. Sie müssen den Promilletest manipuliert haben. So brutal einfach ist das.«

In mein Gehirn kroch ein unglaublicher Verdacht.

»Das Waisenhaus wurde mein Zuhause«, erzählte er weiter. »Ich wurde nicht gequält, bekam genug zu essen und ging zur Schule. Ich war nicht unglücklich. Die Betreuer waren nett. Als ich fünfzehn Jahre alt war, hat mich ein kinderloses Ehepaar adoptiert. Sie sorgten gut für mich. Irgendwann machte ich Abitur, ging zur Polizeischule, bekam meine erste Anstellung. Doch es verging kein Tag, an dem ich nicht den Schrei meiner Mutter gehört und die Wärme ihres Körpers gespürt hätte. Und das Gesicht des Autofahrers – das habe ich auch jeden Tag gesehen.«

»Als du nach Bierstadt versetzt wurdest«, sagte ich, »hast du den Mann wiedergetroffen. Er heißt Ortwin Baißer.«

»Du bist clever, Grappa.«

»Weiß er, daß du der Junge von damals bist?«

»Bestimmt nicht. Ich habe den Nachnamen meiner Adoptiveltern angenommen. Er kann es nicht wissen.«

Teufel in der Erinnerung

Beide hatten wir das Gefühl, jetzt nicht wie Fremde auseinandergehen zu können.

»Zu mir oder zu dir?« fragte ich.

»Zu dir.«

Wir verließen das Polizeipräsidium, jeder hing seinen eigenen Gedanken nach. Zu Hause öffnete ich eine Flasche Chianti und töpferte auf die Schnelle einige Häppchen.

Ohne hinzusehen, goß Nik den Wein in sich hinein. Die Erinnerung hatte ihn eingeholt. Sein langes braunes Haar war zerzaust, der Blick abwesend und der Teint gerötet. Er war verletzt, angeschlagen und auf dem besten Wege, sich vollaufen zu lassen.

»Du hast mir mal gesagt, du wolltest dich an Baißer rächen für das, was er dir angetan hat. Damals wußte ich noch nicht, um was es ging. Hast du wirklich solche Pläne?« begann ich ein Gespräch.

»Glaubst du, ich lasse ihn ungeschoren davonkommen?« brauste Nik auf. »Auge um Auge, Zahn um Zahn. Wie ich es tun werde, weiß ich nicht. Aber ich werde es tun.«

»Willst du ihn umbringen?«

»Vielleicht.«

»Dann kommst du in den Knast. Ist das die Rache wert?« wandte ich ein.

»Rache ist ein verdammt süßes Gefühl. Allein die Vorstellung, ihm in seinen letzten Minuten das Warum zu sagen ... ich habe tausendmal davon geträumt, es tausendmal durchgespielt und variiert. Erst dann bin ich richtig frei!« Seine Stimme war lauter geworden, der Alkohol wirkte bereits.

»Nik!« Ich bekam Angst. »Du bist krank vor Haß. Nicht Baißer machst du damit kaputt, sondern dich selbst.«

»Laß mich! Was weißt du schon? Als Polizist habe ich viele Möglichkeiten, es wie einen Unfall aussehen zu lassen.«

Kodil griff nach der halbvollen Flasche, goß sich ein und stürzte den Chianti hinunter. Um das Weinglas hatte sich eine Lache gebildet. Es sah aus wie Blut. Beide starrten wir wie hypnotisiert auf die rote Flüssigkeit, die sich ins weiße Tischtuch saugte.

»Ich muß los«, sagte Nik plötzlich.

»Du willst jetzt noch fahren?« fragte ich.

»Ich bin völlig nüchtern«, brauste er auf.

»Das hat Baißer vor rund dreißig Jahren bestimmt auch gedacht.«

Nik schaute mich böse an. »Du genießt es, mich so am Boden zu sehen, oder? Das gefällt dir doch sicher!«

»Nein. Du tust mir höchstens leid. Ich brauche diese Spielchen von gegenseitiger Erniedrigung und gegenseitigem Aufbauen nicht. Das solltest du eigentlich gemerkt haben.«

»Verzeih mir.« Seine Gesichtsmuskeln entspannten sich, und er atmete tief durch. »Kann ich denn bleiben?«

»Aber sicher.«

Wir lagen die ganze Nacht nebeneinander und berührten uns nicht. Nik hatte den Schlaf eines unruhigen Kindes, das sich vor dem nächsten Tag fürchtet. Als ich im Morgengrauen aufwachte, hatte er die Wohnung verlassen.

Turkey ist mittendrin

»Der Wagen, mit dem Loki Detema getötet worden ist, gehört deinem Freund Turkey. Wir haben ihn vorläufig festgenommen.« Niks Nachricht erreichte mich, als ich gerade den Frühstückstoast in das Gerät werfen wollte.

»Wo ist er?« fragte ich durchs Telefon.

»Er sitzt in U-Haft. Heute mittag werde ich ihn vernehmen.«

»Glaubst du, daß er die Detema auf dem Gewissen hat?«

»Das wird sich herausstellen. Auf jeden Fall hat der Mörder sein Auto benutzt. Die Spurensicherung hat Haare und Blut der Toten an der Stoßstange gefunden.«

»Jemand hat seine Autoschlüssel genommen. Immerhin war er am Tatabend bei Else Ambrosius.«

»Wir haben sie ebenfalls dazu gehört. Sie sagt, er habe das Haus kurz verlassen. Genau zu der Zeit, als Frau Detema überfahren worden ist.«

»Ein abgekartetes Spiel«, behauptete ich »Jemand muß seinen Autoschlüssel genommen haben, als er bei ihr im Bett lag.«

»Oder sie hat ihn zu der Tat angestiftet. Wir haben nur seine Fingerabdrücke im Fahrzeug gefunden.«

»Ach, Nik«, seufzte ich, »du bist kein guter Menschenkenner. Turkey hatte nicht das geringste Motiv. Der Täter muß Handschuhe getragen haben.«

»Möglich. Mal schauen, was dein Kollege bei seiner Vernehmung aussagt.«

»Kann ich bei der Befragung dabei sein?«

»Eigentlich nicht.«

»Nik, ich habe keine Lust, dich lange zu bitten. Also – ja oder nein?«

»Nein. Es geht wirklich nicht. Ich erzähle dir später, was er ausgesagt hat.«

»Verdammter Dickschädel.«

»Du verstehst mich schon«, behauptete Nik. »Tut mir außerdem leid wegen gestern.«

»Was tut dir leid?«

»Ich habe mich gehen lassen. Du bist die einzige, die die Sache mit dem Unfall weiß.«

»Ja, ja«, verstand ich, »ich soll's keinem weitersagen ... daß du traurig und wütend warst, an die Vergangenheit gedacht hast und deinen Gefühlen freien Lauf ließest.«

»Ein Mann sollte sich nicht so benehmen ...« Es war ihm wirklich peinlich.

»Ach du lieber Himmel!« meinte ich sarkastisch. »Nik Kodil hat kein Herz, und ein Indianer kennt keinen Schmerz. Ist es recht so?«

Aufgebracht warf ich den Hörer auf die Gabel. Männer! Sekunden später klingelte der Apparat schon wieder.

»Grappa«, sagte Jansen, »Turkey sitzt im Knast. Er soll die Detema tot gefahren haben. In einer halben Stunde haben wir Krisensitzung. Wie sollen wir unseren Lesern das nur erklären?«

Ein »Narrenkäfig«

Das Interesse der Medien an dem Fall Grid war wieder aufgeflackert. Die Staatsanwaltschaft gab eine Pressekonferenz wegen der Festnahme des Fotografen Karl Sinner, der überall nur als »Turkey« bekannt war.

Die Berichterstattung über den Tod der Loki Detema übernahm Peter Jansen. Die Sache war brenzlig. Noch nie war ein Mitglied der Redaktion des *Bierstädter Tageblattes* in einen solch schlimmen Verdacht geraten. Ein paar Verfahren wegen leichter Steuerhinterziehung und Alkohol am Lenker hatte es mal gegeben – doch das war alles. Journalisten sind bei weitem anständiger als ihr Ruf.

Die Kommerzsender stürzten sich genüßlich auf die Affäre. Else Ambrosius, die Turkey alles eingebrockt hatte, war begehrtes Ziel von Interviewern. Sie machte vor der Kamera einen hervorragenden Eindruck, stellte Turkey als eine Art Sittenstrolch dar, den sie unter falschen Vorspiegelungen in die Villa der Grids gelassen hatte.

»Er sagte, er habe Informationen, um meine Freundin Eva Grid vom Mordverdacht zu befreien«, erzählte Else Ambrosius bereits mittags im Regionalmagazin des Privatsenders. Jansen und ich saßen in der Redaktion und hatten die Glotze angeworfen. »Ich habe das natürlich geglaubt, denn immerhin arbeitet der Mann für eine angesehene Zeitung.«

Else Ambrosius machte eine Kunstpause und schaute in die Kamera. »Er behauptete dann, eine ehemalige Patientin des Doktors habe ihm gegenüber den Mord gestanden. Er wolle mir diese Informationen aber nur gegen sexuelle Dienstleistungen geben. Da habe ich ... mitgemacht. Meiner Freundin Eva Grid zuliebe.«

»Schau dir diese Schlampe an!« Ich schäumte vor Wut. »Schlägt die Augen nieder wie eine Jungfrau.«

»Sie macht ihre Sache gut. Jeder glaubt ihr«, meinte Jansen. »Turkey hat sich ziemlich reingeritten. Du solltest aufpassen, Grappa, sonst lassen die sich auch noch was einfallen, um dich aus dem Verkehr zu ziehen. Und jetzt will ich mich an meinen Artikel machen.«

Eine Stunde später hatte ich das Werk auf meinem Tisch. Peter Jansen hatte sich gut aus der Affäre gezogen.

FOTOGRAF UNTER MORDVERDACHT: »ICH BIN REINGELEGT WORDEN« – PATIENTIN DES SCHÖNHEITSCHIRURGEN GESTEHT MORD AN DR. GRID.

Die kritische Berichterstattung unserer Zeitung über den schrecklichen Mord an dem bekannten Arzt Dr. Oktavio Grid war den wahren Schuldigen vermutlich ein Dorn im Auge: Sie lockten den Fotografen Karl Sinner in eine Falle. Als unser

Mitarbeiter dienstlich in der Villa des Verstorbenen weilte, stahl ein Unbekannter seine Autoschlüssel und überfuhr die 40jährige Loki D., die unserer Reporterin zuvor den Mord an dem Arzt gestanden hatte.

Die Frau hatte mit ihrer Aussage die Haushälterin der Grids, Else A., und den Therapeuten Jaap V. schwer belastet. Beide sollen nach Aussagen von Loki D. den Mord in allen Einzelheiten geplant haben. Frau D. selbst habe den tödlichen Stoß mit einem Skalpell auf Anweisung des Paares vollführt. Unsere Zeitung geht davon aus, daß die Mörder der 40jährigen Loki D. eine Aussage bei der Staatsanwaltschaft verhindern wollten. Deshalb erscheint die Aussage der Zeugin Else A., die an der Bluttat beteiligt gewesen sein könnte, in einem völlig anderen Licht. Diese Frau hat den Fotgrafen unserer Zeitung beschuldigt, sie sexuell genötigt zu haben.

Was die Witwe des ermordeten Arztes, Eva Grid, dazu gebracht hat, den Mord an ihrem Mann zu gestehen, ist allerdings noch fraglich. Nach Aussagen der Loki D. hat Eva Grid während der Mordtat fest geschlafen – betäubt durch ein Medikament, das ihr von Jaap V. verabreicht worden sein soll.

»Dein Artikel ist ein Knaller«, lobte ich Jansen. »Du hast ausgesprochen elegant die peinlichen Klippen umschifft. Ich finde es klasse, daß wir zu ihm halten. Wie geht es ihm eigentlich?«

»Nicht so gut«, antwortete Jansen. »Er hat mir vor seiner Festnahme noch etwas Merkwürdiges erzählt. Zwischen den Schenkeln der Ambrosius sind Zeichen tätowiert. Ein Kreuz, das unten in einen nach links geöffneten Halbkreis übergeht. Turkey hält das für wichtig. Kannst du damit was anfangen?«

Ich schüttelte den Kopf. »Noch nicht, aber ich krieg's raus. Hört sich nach Sekte an oder sowas. Würde zu den Kursen im Birkenhof passen. Guter Turkey! Wenigstens hat er die Augen offen gehalten, bevor er sich in ihr Lotterbett ziehen ließ.«

»Ich habe ihm einen Anwalt besorgt. Der versucht, ihn rauszupauken«, berichtete Jansen und setzte hinzu: »Mir reicht's für heute. Ich gehe nach Hause. Gerda hat Karten fürs Theater.«

»Schön. Was gibt's denn?«

»*La Cage aux Folles*. Paßt gut, oder?«

Bruder Baphomet

Der Raum war halbdunkel, die Luft durch Räucherkerzen vernebelt. In einem großen Ohrensessel saß eine Frau, deren Beine mit einem Strick zusammengehalten wurden, die Arme waren an den Sessellehnen fixiert. Ihre Augen waren geschlossen, sie schien zu schlafen.

Ein großer Mann mit schütterem schwarzen Haar stand vor dem Sessel. Er trug das lange Gewand eines katholischen Paters. Der Geistliche hieß Pater Joseph und war für seine Teufelsaustreibungen berühmt. Außerdem galt er als Experte für Sekten und andere dubiose Glaubensgemeinschaften, durch die die Menschen der Ewigkeit ein Stückchen näher kommen wollten.

Die Frau auf dem Sessel war seine nächste Patientin.

»Sie war ein ganz normale Frau«, erklärte mir der Pater, »eine gute Ehefrau und Mutter von fünf Kindern. Plötzlich bekam sie Alpträume, dann krampfartige Schmerzen. Sie vernachlässigte ihren Mann und die Kinder, ließ den Haushalt verkommen, verweigerte ihre ehelichen Pflichten. Ärzte konnten nichts feststellen. Ihr Gemeindepfarrer hat sie schließlich zu mir geschickt.«

Die Mitgliedschaft in einer flotten Frauengruppe hätte bestimmt auch gereicht, dachte ich.

»Und was passiert jetzt mit ihr?« wollte ich wissen.

Pater Joseph rieb sich die Hände. Das mußte wohl die Vorfreude auf das kommende Ereignis sein. »Wer an Gott glaubt, darf den Teufel nicht verleugnen«, strahlte er, »diese gute Frau hier ...« er deutete mit seinem mageren Finger auf die Gestalt im Sessel »... befindet sich in der Gefangenschaft des Teufels. Sie ist von Dämonen besessen. Ich werde sie davon befreien.«

»Einfach so, oder gibt's da eine Gebrauchsanweisung?« fragte ich. Die Frau auf dem Sessel begann zu zucken, zwei Helfer sprachen beruhigend auf sie ein.

»Ich arbeite streng nach dem *Rituale romanum*«, behauptete der Geistliche, »eine seit Jahrhunderten erfolgreiche Exorzismusanleitung der katholischen Kirche. Aber Sie werden es ja gleich erleben!«

Die Frau auf dem Sessel bäumte sich auf und stieß dabei dunkle gutturale Laute aus. Die Helfer und andere Zuschauer im Raum murmelten Gebete. Ein Schauer rann mir den Rücken herunter.

Pater Joseph ergriff ein Kruzifix aus Holz, an dem ein versilberter Gekreuzigter hing. Er hielt der Frau das Kreuz entgegen und sagte mit lauter Stimme: »Wer bist du? Sage mir, wer du bist, du nichtswürdiger Beelzebub!«

Die Frau öffnete die Augen und ließ die Augäpfel rollen. Aus ihrem Mund kamen wütende Schreie, die Zunge fiel über die Lippen. Dann bäumte sich der Körper der fünffachen Mutter auf. Die beiden Helfer drückten sie mit aller Kraft wieder in den Sessel zurück und murmelten ihre Verse.

»Verschwinde, Beelzebub! Fahre aus, Satan!« brüllte Pater Joseph.

Die Frau reagierte auf diesen Befehl erneut mit Augenrollen und obszönen Worten, mal fäkal, mal sexuell. Die meisten von ihnen hatte ich auch schon mal benutzt.

Die Prozedur zog sich noch eine halbe Stunde hin. Pater Joseph schien nur zwei Sätze aus dem *Rituale romanum* zu kennen, und die lauteten: »Fahre aus, Satan! Verschwinde, Beelzebub!«

Irgendwann gab die Frau auf und blieb matt im Sessel sitzen.

»Geschafft!« freute sich Pater Joseph. »Fünf Dämonen sind ausgefahren. Wollen Sie ihre Namen wissen?«

Ich nickte.

»Luzifer, Judas, König Nero, Hitler und Sadam Hussein.«

Ich konnte nur mühsam ein Grinsen unterdrücken. Wenigstens hatte er sie in der Reihenfolge ihres Auftauchens in der Weltgeschichte aufgezählt.

»Ist ja toll«, sagte ich im Brustton der Bewunderung.

»Und woher wissen Sie das? Haben die sich vorgestellt?«

»Ich habe sie erkannt, als sie ausgefahren sind. Und jetzt kommt die Probe.« Der Pater holte aus einem Kästchen eine Hostie, bekreuzigte sich und gab den Helfern ein Zeichen. Sie zwangen die Frau, den Mund zu öffnen. Der Pater legte ihr die geweihte Oblate auf die Zunge. Die Frau wehrte sich nicht mehr. Sie war völlig erschöpft.

Fünf Minuten später wurden die Fesseln gelöst. Ein dicker Mann, der die Zauberstunde bis dahin von einer Zimmerecke aus beobachtet hatte, zog die Frau aus dem Sessel hoch. »Komm, Elfriede, die Kinder warten auf ihr Essen.«

»Der arme Ehemann«, flüsterte Pater Joseph. Er nickte dem Mann zu, der seine Frau in einen eisernen Griff genommen hatte. Das Paar verließ den Raum. Die Helfer begannen mit Aufräumungsarbeiten.

»Und jetzt zu Ihrem Anliegen, Frau Grappa«, meinte Pater Joseph und deutete auf den Sessel, auf dem eben noch die Frau gesessen hatte. Er zwinkerte freundlich mit den Augen. Ich zögerte.

»Sie können sich ruhig setzen«, beruhigte er mich, »Dämonen fahren nicht in Polstermöbel.«

Vorsichtig ließ ich mich in den Sessel fallen. Ich bemerkte, daß an den Armlehnen Ringe zum Festzurren der Fesseln angebracht waren.

»Sie haben eben so richtig gesagt«, begann ich mit meiner Rede, »daß man den Teufel nicht verleugnen darf, wenn man an Gott glaubt. Deshalb bin ich hier. Ich will den Teufel finden, und der muß sich ja zwangsläufig in der Nähe Gottes aufhalten. Der Kampf um die Herrschaft über den Menschen zwischen Gut und Böse.«

»Warum suchen Sie den Teufel?«

»Ich suche jemanden, der etwas über den Teufel weiß. Und da habe ich Ihren Namen erfahren. Wollen Sie mir helfen?«

In Pater Josephs Blick glomm Interesse. »Wenn ich kann«, sagte er unbestimmt.

»Kennen Sie dieses Zeichen?« Ich reichte ihm einen Zettel, auf den ich das merkwürdig verfremdete Kreuz gezeichnet hatte, das die Schenkel von Else Ambrosius zieren sollte. »Es muß irgendwas mit Kirche oder Teufel zu tun haben.«

Pater Joseph erblickte das Symbol und bekreuzigte sich hastig.

»So schlimm?« fragte ich.

»Ungewöhnlich«, murmelte der Priester, »das ist das Ordenslogo der *Fraternitas saturni*, einer Abspaltung des *Ordo Templi orientis*. Ich wußte gar nicht, daß es die noch in unserer Gegend gibt.«

»Und was sind das für Clubs?«

»Satanische Bruderschaften. Sie beten den Teufel und andere Dämonen an, töten Tiere, feiern Schwarze Messen mit Sexualmagie. Es wird ihnen auch nachgesagt, Kinder und Frauen zu mißbrauchen. Wo haben Sie dieses Zeichen gesehen?« Pater Josephs Augen glänzten.

»Als Tätowierung. Auf einem alten Foto. Ich recherchiere gerade eine Story für unser Wochenendmagazin. Die Leute lesen sowas gerne.« Jetzt war Vorsicht geboten. Alles brauchte der Gottesmann nicht zu wissen.

»Interessant. Diese Zeichen tragen nämlich nur Großmeister und Hohepriesterinnen. Ein altes Foto, sagten Sie? Dem Allmächtigen sei Dank! Ich dachte schon, die *Fraternitas saturni* wäre wieder aktiv.«

»Sind die denn so gefährlich? Ist das denn mehr als ein bißchen Budenzauber mit Abrakadabra?« Ich dachte an die Exorzismusvorstellung, die der Pater gerade hingelegt hatte.

»Da täuschen Sie sich, junge Frau!« widersprach er. »Das Gesetz dieser Loge lautet: Tu, was du willst, und: Liebe ist das Gesetz! Liebe unter Willen! Mitleidlose Liebe!«

»Hört sich doch ganz nett und harmlos an«, entgegnete ich. »Liebe ist das Gesetz! Was kann es Netteres geben?«

»Das glauben Sie! Was diese Menschen Liebe nennen, ist das Ausleben der scheußlichsten sexuellen Perversitäten.« Der Pater atmete schwer. »Und sie beten ›Baphomet‹, den Bock von Mendes an.«

»Wen?« Ich hatte das Wort »Bock« verstanden.

»Warten Sie.« Pater Joseph sprang auf und holte ein Buch aus dem Regal. »Das ist Baphomet.«

Er hatte den Schmöker aufgeklappt und präsentierte mir die Schwarzweißzeichnung eines Fabeltieres: Ich sah einen ziegenköpfigen Menschen mit langem Bart und zwei nach oben gerichteten mächtigen Hörnern. Zwischen ihnen loderte ein Feuer. Die Gestalt saß auf einer Weltkugel, hatte Frauenbrüste, gekreuzte Bocksfüße und befiederte Engelsflügel. Der Unterleib war mit einem Tuch verhüllt, der hochaufgerichtete Penis von zwei Schlangen umwunden. Der rechte Arm war nach oben zu einer hellen Mondsichel gerichtet, der linke deutete nach unten zu einem schwarzen Mond.

»Putziger Bursche«, meinte ich, »sieht aus wie eine Mutation nach einem mißlungenen Genversuch. Arnold Schwarzenegger gekreuzt mit dem Boß der sieben Geißlein.«

»Verstehen Sie denn nicht?« Pater Joseph schien an meiner Unsensibilität zu verzweifeln. »Das ist gotteslästerliche Blasphemie! Diese verirrten Seelen beten zu einem Bock! Zu einem Tier!«

»Sie haben recht«, stimmte ich zu, »irgendwo hört der Jux auf. Töten diese Satanisten eigentlich auch Menschen?«

»Man spricht davon. Rituelle Morde. Manche sollen sogar Menschenfleisch essen!«

Ich dachte an die edlen Teile des toten Doktors, die im Tiefkühlfach deponiert worden waren. Mein Magen grummelte.

»Sie haben mir sehr geholfen.« Ich reichte Pater Joseph die Hand zum Abschied.

»Warum sind Sie eigentlich zu mir gekommen?« wollte der Gottesmann wissen.

»Haben Sie was von dem Mord an dem Schönheitschirurgen mitbekommen?« stellte ich die Gegenfrage.

»Sicher«, nickte der Pater, »ich bin seit Jahren Abbonnent des *Bierstädter Tageblattes*. Wie kommen Sie gerade jetzt auf diesen Fall? Was hat das alles mit dem Teufel zu tun?«

»Es gibt da einige Hinweise auf Satanismus. Außerdem sind dem Mordopfer die Hoden abgetrennt worden. Die Polizei hat sie in der Tiefkühltruhe gefunden.«

»Sie meinen ...?« Dem Geistlichen blieb der Rest der Frage im Halse stecken.

»Noch glaube ich überhaupt nichts«, wiegelte ich ab. »Ich bin erst ganz am Beginn meiner Recherchen. Satanisten mögen außerdem bestimmt keine Tiefkühlkost. In der Hölle soll es ja ziemlich feurig zugehen.«

Ich bedankte mich bei dem Pater, dessen Gesichtshaut einen gelblichen Ton angenommen hatte. Dafür glänzten seine Augen um so mehr. Ich tippte auf religiösen Eifer.

Auf dem Weg in die Redaktion stoppte ich an einer Döner-Bude. Es war Mittag. Eigentlich hatte ich Hunger. Doch der Anblick der rohen Fleischbrocken in der Auslage krampfte meinen Magen zusammen. Ich verließ den Laden wieder. Es gibt Tage, an denen man zum Vegetarier werden könnte.

Freiheit für Turkey

Das Untersuchungsgefängnis lag mitten in der Bierstädter City, sinnigerweise neben dem Amtsgericht. Es war ursprünglich ein wilhelminischer Verwaltungsbau gewesen, der durch zahlreiche Anbauten nicht gerade schöner geworden war. Doch den Männern, die hier inhaftiert waren, dürften architektonische Feinheiten ziemlich egal sein.

Ich saß in meinem Auto, hatte einen der wenigen Parkplätze direkt vor dem Knast ergattert und wartete auf Turkey. Dem Anwalt des *Bierstädter Tageblattes* war es tatsächlich gelungen, ihn vorläufig rauszupauken. Der Fotograf leugnete nach wie vor, Loki Detema mit dem Auto überfahren zu haben. Warum auch? Ein Motiv war weiter weg als der Mars. Der Polizei war es nicht gelungen, das Gegenteil zu beweisen.

Meine Wut auf Turkey war ziemlich verraucht. »Warum holst du ihn nicht ab?« hatte Peter Jansen gefragt. »Er hat ein schlechtes Gewissen und würde sich bestimmt freuen.« Ich hatte eingewilligt.

Eigentlich hätte er längst kommen müssen. Ich ließ das Gittertor vom Knastgebäude nicht aus den Augen. Alle paar Minuten fuhr eine grüne Minna mit neuen Gästen vor, hinter der sich das schwere, eiserne Schiebetor langsam wieder schloß. Noch keine Spur von Turkey.

Endlich! Da war er. Bewaffnet mit einer Reisetasche näherte sich Turkey dem Ausgang. Er hielt den Kopf gesenkt.

Ich sprang aus dem Auto. Dasselbe tat eine andere Person, die ich bis dahin nicht bemerkt hatte. Es war Else Ambrosius. Sie warf mir einen giftigen Blick zu.

»Haben Sie ihm nicht schon genug angetan?« blaffte ich sie an. »Was wollen Sie hier?«

Die Hausdame lächelte maliziös. Dann stand Turkey auch schon vor uns. Seine Miene drückte nicht unbedingt Freude aus.

»Ich wollte dir nur sagen«, begann Else Ambrosius, »daß du jederzeit zu mir kommen kannst. Ich weiß, daß du Loki Detema meinetwegen getötet hast. Du konntest ihre Lügen über mich nicht ertragen. Dafür bin ich dir dankbar.«

»Ach ja?« Turkeys Stimme war kalt. »Und warum hast du mich dann belastet? Du weißt genau, daß ich das Haus nicht verlassen habe.«

»Mir blieb keine andere Wahl!« Jetzt liefen der Ambrosius sogar ein paar Tränen über die Wangen. »Er hat mich gezwungen.«

»Verschwinde endlich!« brüllte Turkey. »Ich will dich nie wiedersehen!«

»Moment mal«, mischte ich mich ein, »wer hat Sie gezwungen, Turkey zu belasten?«

»Vermeulen.«

»Hat er den Autoschlüssel genommen?«

»Nein. Aber er hatte Angst, daß er verdächtigt wird. Immerhin kannte er Frau Detema durch die Seminare im Birkenhof. Ich habe ihn in der Nacht angerufen, als ich von Turkey erfuhr, daß die Detema uns beide belastet.«

»Und warum sind Sie hier?« fragte ich. »Späte Reue?«
»Vielleicht. Nennen Sie es, wie Sie wollen.«
»Würden Sie Ihre Aussage gegenüber der Polizei wiederholen?«
»Das kann ich nicht machen«, rief sie aus. »Mit Jaap ist nicht zu spaßen. Keiner weiß das so gut wie ich.«
»Komm Grappa, wir gehen!« Turkey hatte sich von Else Ambrosius' Geschichte nicht beeindrucken lassen. Er ließ sie stehen, ich folgte ihm.
Als wir im Auto saßen, fragte er: »Ist zwischen uns beiden wieder alles in Ordnung?«
»Alles in Butter«, nickte ich. »Ich habe inzwischen herausbekommen, was dieses Kreuz mit dem Halbkreis zu bedeuten hat, das du Jansen beschrieben hast. Es ist das Logo eines satanischen Ordens. *Fraternitas saturni*. Schon mal davon gehört?«
»Nee. Schwarze Messen und so?«
»Vermutlich. Die Gruppe ist anscheinend ziemlich radikal. Irgendwie sind Eva Grid und ihr Mann wohl da hineingeraten. Die Verstümmelungen an der Leiche, die Aussage der Detema und das, was ich über die Bruderschaft herausbekommen habe, passen gut zusammen. Die Beweise fehlen mir allerdings noch. Deine Else hängt auf jeden Fall dick mit drin. Die Tätowierung ist so eine Art Dienstrangabzeichen.«
»Sie ist nicht meine Else!« brauste er auf.
»Ist ja gut, Bruder!« beschwichtigte ich ihn. »Soll nicht wieder vorkommen.«
Wir waren am Verlagshaus angelangt.
»Bin ich in der Sache noch mit drin?« fragte Turkey.
»Klar, Kleiner«, lächelte ich. »Ich brauche doch jemanden, der Baphomet fotografiert.«
»Wen?«
»Baphomet ist der Dämon der Gruppe. Ein bärtiger Ziegenbock mit weiblichen Brüsten und eregiertem Penis. Sie beten ihn an. Er ist ihr Gott.«
Jetzt fiel Turkey nichts mehr ein. Sein Mund stand offen.

Hausfrauentag

Wir wurden in der Redaktion mit großem Hallo empfangen. Immerhin hatte Turkey über eine Woche im Knast gesessen, bis ihn der Anwalt herausgeholt hatte. Jansen hatte vom Café nebenan ein Tablett mit Kuchen kommen lassen.

Doch bevor mich die Konditoreiprodukte in Versuchung führen konnten, verkrümelte ich mich in mein Zimmer. Ich hatte Nik seit einigen Tagen nicht mehr gesehen und nichts mehr von ihm gehört. Jetzt suchte ich nach einem Vorwand, wieder Kontakt zu ihm aufzunehmen. Rein dienstlich natürlich. Wie gut, daß es Telefone auf dieser Welt gibt. Sie geben nur so viel Nähe, wie man freiwillig durch die Leitung fließen läßt.

»Hauptkommissar Kodil ist in einer Besprechung«, teilte mir eine Stimme mit. Hauptkommissar! Nik war befördert worden. Ich hinterließ meine Nummer.

Eine Viertelstunde später meldete er sich.

»Glückwunsch zum Hauptkommissar«, sagte ich. »Du bist aber schnell die Treppe hinaufgefallen.«

»Danke. Willst du mir nur gratulieren, oder gibt es sonst noch was?«

»Ja. Ich habe im Fall Grid eine neue Theorie entwickelt. Bist du interessiert?«

»Ich habe viel zu tun«, ließ er mich abblitzen.

»Gut, dann eben nicht!« Er konnte mich mal!

Der nächste, der mich nervte, war Peter Jansen. »Ich will die Freilassung unseres Fotografen Karl Sinner alias Turkey morgen im Blatt feiern. Kannst du sechzig Zeilen schreiben?«

»Muß das sein?« maulte ich. »Ich wollte eigentlich heute einen halben Hausfrauentag nehmen. Stauballergiker haben in meiner Wohnung zur Zeit keine Überlebenschance.«

»Hatten sie das jemals?« grinste Jansen. »Deinen freien Tag kannst du morgen nehmen, wenn es unbedingt sein muß. Ich lasse für dich sechzig Zeilen auf der Eins frei. Reichen dir dreißig Minuten?«

Ich resignierte und startete meinen Computer.

TAGEBLATT-FOTOGRAF WIEDER FREI – WAR MORD AN DR. GRID DIE TAT VON TEUFELSANBETERN?

Dann schrieb ich munter drauf los, was sich in den letzten Tagen ereignet hatte:

Während Eva Grid, die Witwe des Ermordeten, weiterhin behauptet, ihren Mann getötet zu haben, liegen dem Tageblatt andere Informationen vor. Nach den Recherchen unserer Zeitung scheinen Eva und Oktavio Grid in die Kreise von Satanisten geraten zu sein. Die radikale Gruppe mit dem Namen »Fraternitas saturni« ist ein Ableger des »Ordo Templi orientis«. Dieser »Orden« wurde vor hundert Jahren in Wien gegründet. Seine Mitglieder beten einen Dämonen namens Baphomet an, praktizieren Schwarze Messen mit rituellen sexuellen Ausschweifungen, die auch vor Kindern nicht halt machen. Die Verstümmelungen des Körpers des ermordeten Schönheitschirurgen deuten darauf hin, daß es sich um einen Racheakt der Gruppe handeln könnte. Nach Angaben des katholischen Sekten-Experten Pater Joseph handelt es sich bei dem Orden um eine sehr gefährliche Gruppe. Der Geistliche sinngemäß gegenüber unserer Zeitung: »Diese verirrten Menschen schrecken auch vor Mord nicht zurück.«

Die Kriminalpolizei hat eine neue Sonderkommission gegründet. Ergebnisse liegen hier allerdings noch nicht vor. Für die Behörde ist Eva Grid nach wie vor die einzige Verdächtige. Auch der Tod einer Patientin von Dr. Grid, die Augenzeugin des Mordes an Grid gewesen sein will, konnte noch nicht aufgeklärt werden. Loki D. wurde vor einigen Tagen von einem Unbekannten mit dem Auto überfahren, nachdem sie gegenüber unserer Zeitung die Haushälterin Else A. und den Therapeuten Jaap V. schwer belastet hatte.

Der Fotograf des Tageblattes, dem der Tod der Loki D. in die Schuhe geschoben werden sollte, ist wieder frei. Es konnten keine Beweise erbracht werden, daß er am Steuer des Wagens gesessen hat, durch den die Frau gestorben ist.

Nach dreißig Minuten speicherte ich den Text ab und sendete ihn in Jansens PC.

»Unter dem Kennwort ›Teufelsbock‹ kannst du mein Werk abrufen«, teilte ich ihm telefonisch mit. »Ich melde mich jetzt ab zum Hausputz, und morgen komme ich auch nicht. Ich brauche dringend einen freien Tag.«

»Meinetwegen«, willigte Jansen ein, »bist du für alle Fälle zu Hause erreichbar?«

»Aber nur in Notfällen.«

Auf dem Nachhauseweg stoppte ich vor einem Feinkostladen und kaufte ein. Heute abend würde ich es mir gemütlich machen – mit schönem Essen und toller Musik.

Zu Hause angekommen, stöpselte ich zuerst das Telefon aus. Dann schlüpfte ich in bequeme Sachen, und los ging's. In der Küche schnitt ich eine Lauchstange klein, wusch und kochte sie. Dazu legte ich die *Brandenburgischen Konzerte* von Bach in den CD-Player.

Ich goß den Lauch ab, machte eine Mehlschwitze, füllte sie mit der Gemüsebrühe und Milch auf. Hierzu paßte eine Telemannsche *Tafelmusik*.

Schließlich legte ich die Lauchstücke zurück in die Suppe, schraubte den Pürierstab an mein Rührgerät und zerkleinerte das Gemüse, bis es schäumte. Noch Salz und eine Prise Zucker dazu. Ein Klecks Crème fraîche – fertig!

Telemann war jetzt out. Zur Entenbrust paßte die Bach-Kantate *Weichet nur, betrübte Schatten*.

Ich säuberte das Fleisch, tupfte es ab, salzte und pfefferte es. Eine kleine Zwiebel hacken. Die Brust auf der Oberseite stark und kurz anbraten, wenden, die Zwiebeln hinzugeben. Mit frisch ausgepreßtem Orangensaft ablöschen und ein wenig fein abgeschälte Orangenschale hinzugeben. Deckel drauf. Bei kleiner Hitze eine halbe Stunde köcheln lassen.

Drum sucht auch Amor sein Vergnügen sang die Sopranistin in einem Rezitativ. Es war eine freudige Musik, in der es um Frühlingslüfte und ihre Auswirkungen auf Götter und Menschen ging.

Ich schnitt Weißbrot in Scheiben und toastete es. Dann wusch ich den Feldsalat und knackte die Walnüsse. Jetzt noch die Salatsoße, und es konnte bald losgehen. Walnußöl, Balsamessig, Zucker und Salz kräftig verrühren, über den Salat gießen und mit grob zerkleinerten Walnüssen bestreuen.

Ich deckte den Tisch, nahm mein bestes Geschirr und das Familiensilber. Zum Essen paßte ein kühler trockener Rosé aus der Provence.

Anderthalb Stunden lang speiste ich. Der Salat war knackig, die Lauchsuppe zerging auf der Zunge, die Entenbrust schmeckte köstlich – ein wenig säuerlich durch den Orangensaft.

Für das Mahl wählte ich das erste *Concerto grosso* von Händel aus. Irgendwie war mir heute barock zumute. Kein Wunder bei den Kalorien, die ich eben verdrückt hatte. Etwas, das diesen Abend noch hätte schöner machen können, fehlte jedoch: Ein attraktives männliches Wesen, das sich nicht nur meinen ausgefuchsten Kochkünsten hingegeben hätte.

Um Mitternacht fiel ich ins Bett. Durch meine Träume tobten Ziegenböcke, die zu Barockmusik waghalsige Sprünge vollführten.

Armer Japaner

Nach dem Frühstück stöpselte ich das Telefon wieder ein und verließ sofort das Haus.

Als ich den Parkplatz erreichte, waren die vier Reifen meines Japaners zerstochen, die Seitenscheibe eingeschlagen. Doch das war noch nicht das Schlimmste: Im Wageninneren lag eine tote Katze. Jemand hatte ihr die Kehle durchgeschnitten. Der Fahrersitz war voller Blut. Unter die Scheibenwischer war ein Zettel geklemmt. Er war mit einem Pentagramm bemalt und trug die knappe Aufforderung: *Killt Grappa!*

Ich drehte mich zur Seite und übergab mich. Mit zitternden Knien lief ich in meine Wohnung zurück und wählte die Nummer der Redaktion. Jansen war schon da.

»Sie haben meinen Wagen demoliert und eine tote Katze reingeworfen«, wütete ich. »Außerdem wollen die mich killen. Was soll ich tun?«

»Warte«, befahl Jansen. »Ich bin sofort bei dir. Ich werde die Polizei verständigen. Geh nicht auf die Straße. Ich klingele dreimal kurz hintereinander. Bis gleich.«

Ich ging ins Bad. Mein Gesicht war kreidebleich. Die Satansbrüder haben mir den Krieg erklärt, dachte ich, sie werden mich so lange terrorisieren, bis ich aufgebe.

Ich ließ kaltes Wasser über meine Wangen laufen. Behalte bloß die Nerven, Grappa, redete ich mir gut zu, raus kommst du da jetzt nicht mehr, aber die sollen dich kennenlernen.

Ich brauchte noch fünf Minuten, um meine Sinne wieder beieinander zu haben. Mein Make-up war wieder aufgefrischt, als es dreimal schellte. Ich drückte auf.

Es waren Peter Jansen, Turkey und Hauptkommissar Nikolaus Kodil.

»Wir haben uns den Wagen schon angesehen«, sagte Jansen. Er legte den Arm brüderlich um meine Schultern. »Der Verlag zahlt dir einen Leihwagen, so lange, bis deine Reisschüssel wieder salonfähig ist. Ich habe das schon geregelt.«

Ich blickte zu Nik. Es war schön, ihn wiederzusehen.

»Mein Name ist Kodil, Hauptkommissar. Haben Sie einen Verdacht, wer hinter dieser Tat stecken könnte, Frau Grappa?« Niks Förmlichkeit war lächerlich. Meine beiden Kollegen guckten überrascht.

»Kann ich erst mal Ihre Dienstmarke sehen, junger Mann?« zickte ich.

Jansen und Turkey grinsten. Verunsichert griff Nik tatsächlich in seine Jacke.

»Laß es«, winkte ich ab, »kleiner Scherz. Wollt ihr Kaffee?«

Ich wartete die Antwort nicht ab und lief in die Küche. Nik folgte mir.

»Wissen die beiden Bescheid, daß wir ...?« Nun bekam er auch noch einen roten Kopf.

»Und wenn?« schnippte ich ihn an.

»Nichts.«

»Hör zu, Nik«, sagte ich leise, »ich habe jetzt Wichtigeres zu tun als unsere Beziehungskiste zu klären. Die neueste Spur in der Geschichte führt zu radikalen Teufelsanbetern, die in dieser Gegend ihr Unwesen treiben. Ich habe sie durch meine Recherchen offenbar gestört. Und jetzt wollen mich diese Satanisten fertigmachen. So jedenfalls sehe ich die Sache.«

Kodil seufzte tief, bevor er sagte: »Du steckst also mal wieder richtig schön tief drin. Vermutlich erwartest du jetzt Polizeischutz, oder?«

»Ich erwarte das, was in solchen Fällen üblich ist«, erklärte ich.

»Das ist in diesem Fall nicht einfach zu beurteilen. Ich habe allerdings einen guten Rat für dich.«

»Ich höre!«

»Überlaß uns die Sache und steig aus.«

»Nie im Leben. Ich habe nicht die Absicht, mich von denen einschüchtern zu lassen. Und wenn sie mir tausend tote Katzen vor die Füße werfen und mir noch ein paar Flugblätter mehr an die Scheibe klemmen. Der Anschlag zeigt, daß ich auf dem richtigen Weg bin.«

»Unterschätze diese Leute nicht! Du kommst nicht gegen sie an. Der Zettel ist eine Aufforderung, dich zu töten! Ich kann dich nur schützen, wenn du eine Weile stillhältst. Ich habe doch nur Angst, daß dir was passiert!«

»Dürfen wir an der Auseinandersetzung teilnehmen?« fragte Jansen, der uns in die Küche gefolgt war. Turkey stand hinter ihm im Flur und spitzte ebenfalls die Lauscher.

»Ich habe den letzten Teil des Gespräches mitbekommen,« fuhr Jansen fort. »Um Grappa brauchen Sie sich keine Sorgen zu machen. Wenn eine Story richtig heiß wird, blüht sie regelrecht auf. Grappa ist ein größerer Satansbraten als die alle zusammen.«

»Sie müssen es ja wissen«, meinte Nik kühl. »Frau Detema und Dr. Grid waren bestimmt auch der Meinung, daß sie die Sache im Griff gehabt haben. Das Ergebnis dieser irrigen Auffassung kennen wir ja.«

Der Kaffee war durchgelaufen, und ich scheuchte die drei ins Wohnzimmer zurück. Irgendwie tat es doch ein bißchen gut, daß sich Nik Sorgen um mich machte.

»Kannst du mir eine Knarre besorgen?« fragte ich ihn, als ich den Kaffee verteilte. Ich kam mir mächtig ccol vor.

»Auch das noch!« stöhnte Nik. »Kannst du überhaupt mit einem Revolver oder einer Pistole umgehen?«

»Klar. Man muß auf sein Gegenüber zielen, ein Auge zukneifen und abdrücken. Den Rest, den ich noch wissen muß, kannst du mir ja beibringen.«

»Besorge dir doch eine Gaspistole«, mischte sich Turkey ein. »Die wirkt wenigstens so lange, daß du weglaufen kannst.«

»Könnten wir die Frage der Bewaffnung später klären?« fragte Nik. »Dein Wagen wird gerade von einem Beamten der Spurensicherung überprüft. Das Papier werde ich im Labor untersuchen lassen. Dein Artikel heute morgen steht für mich in Zusammenhang mit dem Anschlag auf dein Auto. Also werde ich Frau Ambrosius und Herrn Vermeulen eine neue Vorladung schicken. Wir haben ihn außerdem zum Unfalltod der Detema vernommen. Du kannst dir denken, was dabei herausgekommen ist.«

»Er hat Turkeys Schlüssel nicht genommen und die Frau nicht überfahren. Außerdem hat er ein bombensicheres Alibi.«

»Ja. Er war in Holland. Wir haben das schon überprüft. Er hat ein Seminar geleitet in einer Einrichtung mit dem Namen *Freie Geistes- und Lebensschule*. Das ist eine Fortbildungsstätte des *Ordo Templi orientis*.«

»Das ist ein Ding! Die Polizei ist doch nicht so dumm, wie ich dachte!« rief ich aus. »Ich dachte, ich sei die erste, die eine Verbindung zum Satanismus gefunden hat. Wie bist du drauf gekommen?«

»Kollegen aus Holland haben mich darauf gebracht«, berichtete Kodil. »Dort hat es vor etlichen Jahren einige mysteriöse Vorfälle gegeben. Schwarze Messen, verstörte Kinder, getötete Tiere. Eine Gruppe von Satanisten wurde dafür verantwortlich gemacht. Es ist allerdings niemals zu einem Prozeß gekommen. Es gelang den Behörden trotz aller Mühe nicht, stichhaltige Beweise zusammenzutragen.«

»Wir müssen mit Eva Grid reden«, sagte Jansen. »Sie ist die einzige, die vielleicht etwas erzählen kann. Könnten Sie das nicht organisieren?« Die Frage war an Nik gerichtet.

Kodil winkte ab. »Unmöglich. Ich kann als Polizeibeamter der Presse keine Interviews mit Untersuchungshäftlingen vermitteln«, antwortete er. »Aber ich werde Frau Grid selbst noch einmal vernehmen. Und jetzt muß ich mich verabschieden. Die Anzeige wegen Sachbeschädigung richtet sich zunächst gegen Unbekannt.«

»Nur Sachbeschädigung? Was ist mit der toten Katze? Das ist doch so etwas wie Mord!« Ich war enttäuscht.

»Deine Tierliebe in allen Ehren, Maria. Eine Katze ist aber nun mal kein Mensch«, belehrte er mich. Nik erhob sich. Seit seiner Beförderung zum Hauptkommissar kleidet er sich konservativer, dachte ich, keine Jeans mehr, sondern ein Anzug mit Krawatte. Sah trotzdem irgendwie geil aus.

»Was ist mit meinem Wagen?«

»Du kannst ihn abschleppen und reinigen lassen, wenn wir die Spuren gesichert haben«, teilte Nik mit. »Also – einen schönen Tag noch!« Weg war er.

»Ein bißchen arrogant der Typ«, murmelte Turkey. »Aber er sieht gut aus. Sogar sehr gut.«

»Deshalb ist unsere Grappa ja auch auf ihn abgefahren«, behauptete Jansen. »Ein hübscher, junger Bulle mit sanften Augen und strammem Hintern. Typ Macho für Arme. Du bleibst auch immer am selben Typ kleben, oder?«

»Du hast es gerade nötig«, gab ich zurück, »deine Frauen müssen immer doof und blond sein. Und mit dem Arsch wackeln können.«

»Und Gerda?«

»Die große Ausnahme. Da hattest du mal einen lichten Moment.«

Wir hatten genug Nettigkeiten ausgetauscht. Bevor wir

meine Wohnung verließen, beauftragte ich meine Autowerkstatt, den Japaner abzuschleppen und wieder auf Vordermann zu bringen. Ich überlegte, wer wohl die Kosten tragen würde. Wie ich Autoversicherer kannte, gab es in den Geschäftsbedingungen bestimmt eine Regelung, durch die Schäden, verursacht durch satanische Übergriffe inklusive Katzenblut, ausdrücklich von der Erstattungspflicht ausgenommen waren.

In der Redaktion haute Jansen in die Tasten. Er nannte den Anschlag auf mein Auto einen Angriff auf die Pressefreiheit und versicherte den Lesern des *Bierstädter Tageblattes*, daß sich unsere Zeitung nicht durch Angriffe verrückter Teufelsanbeter ins Bockshorn jagen lassen würde. Das Wort »Bockshorn« paßte wirklich gut zu einer Gruppe, die auf Ziegenböcke stand.

»Ich kann also weitermachen?« fragte ich Jansen, nachdem ich seinen Artikel auf dem Monitor gelesen hatte.

»Sicher. Wieso fragst du? Willst du etwa aufgeben?«

»Das nicht«, antwortete ich. »Aber ich hatte es bisher noch nie mit geistig Verwirrten zu tun, die blutigen Ritualen frönen. Was tue ich, wenn die nachts in meiner Wohnung auftauchen und mich zu einer Schwarzen Messe einladen?«

»Mitfeiern«, meinte Jansen lapidar, »einfacher kommst du an Informationen über diese Leute nicht heran. Was ist los mit dir, Grappa? Eben hattest du noch die große Klappe.«

»Das sind Mörder! Denk doch mal, was die mit Grid gemacht haben ... oder mit dem armen Turkey!«

»Die werden es nicht wagen, noch jemanden umzubringen. Und schon gar nicht eine Frau, die bei der Zeitung arbeitet und mit einem Polizisten liiert ist. Der Zettel an deinem Auto ist nur eine dumme Drohung. Und Turkey? So schlimm war's ja wohl nicht, was die Satansbraut mit ihm getrieben hat. Er hatte sicher eine Menge Spaß dabei.«

Ein bißchen brutal

»Die Sache mit der Modelschule stimmt«, berichtete Nik am Abend.

Er hatte nach dem Anschlag auf mein Auto Eva Grid vernommen, um mehr über Elses und Vermeulens Vergangenheit herauszubekommen. Jetzt saß er auf meinem Sofa und ließ sich von mir mit Häppchen und einem kühlen Weißen verwöhnen.

»Und wo war diese Schule?« wollte ich wissen.

»Erst noch ein Stückchen Pecorino«, forderte er und sperrte den Mund auf.

»Du bist ein bestechlicher Beamter«, lächelte ich und steckte ihm den Käse zwischen die Lippen.

»Damals sagte man zu den Models noch Mannequins«, erzählte Nik. »Eva und Else besuchten eine Schule in Berlin. Beide hätten die Chance gehabt, Karriere zu machen. Frau Grid hat erzählt, daß Else eine Schönheit gewesen sei. Dunkel und wild. Sie selbst war kühl und blond – das genaue Gegenteil von Else. Auf Modenschauen sind die beiden immer gemeinsam gebucht worden. Während Eva Kostüme und Hochzeitskleider zur Schau trug, verpaßten die Modeschöpfer der Ambrosius Bademoden, Dessous oder verruchte Abendkleider.«

»Kann ich mir gut vorstellen«, meinte ich nachdenklich. »Die Hure und die Heilige. Dazwischen gibt es nichts. Das alte Spiel funktioniert noch immer. Und wie ging's weiter?«

»Irgendwann – so in den späten Sechzigern – kam blond immer mehr in Mode. Eva arbeitete schließlich in Paris. Kam groß raus. Die beiden Frauen verloren sich aus den Augen. Anfänglich wurden zwar noch Briefe gewechselt, doch damit war dann auch Schluß. Eva lernte Grid kennen, als ihre Karriere sich dem Ende neigte. Sie wußte, daß er Geld hatte, und griff zu. Als sie etwa acht Jahre mit dem Arzt verheiratet gewesen ist, lag plötzlich ein Brief von Else im Briefkasten.«

»Wie im Film«, schwärmte ich, »die gefallene Jugendfreundin braucht Hilfe.«

»Gefallen war sie tatsächlich. Und zwar tief.« Nik machte eine Pause.

»Warum erzählst du nicht weiter?« fragte ich ungeduldig.

»Mein Glas ist leer!« klagte er. »Ohne *Vernaccia* keine Geschichte.«

»Du bist ein verdammter Pascha«, rief ich. Schnell lief ich in die Küche, um Nachschub zu holen.

»Else hatte die falschen Männer kennengelernt«, fuhr Nik fort. Der Weißwein perlte im Glas. »Sie führte keine Mode mehr vor, sondern ließ sich von Freiern aushalten. Eine Art Callgirl, das besonders ausgefallene Wünsche erfüllt. Irgendwann war sie zu alt dafür. Sie tingelte dann noch mit einer Domina-Nummer durch Amsterdamer Bars. Damit war auch irgendwann Schluß. Zuletzt trat sie in privaten Folterkellern auf und peitschte Oberstudienräte und Finanzbuchhalter aus. In irgendeinem holländischen Nest in einer heruntergekommenen Absteige. Plattes Land. Eva holte sie da raus. Den Rest kennst du. Else bekam den Job der Hausdame.«

»Weißt du den Namen des Dorfes?«

»Ich hab's mir notiert. Liegt im Büro.«

»Und Vermeulen? Wann ist der aufgetaucht?«

»Gute Frage«, bewertete Nik, »die ich auch gestellt habe. Vor zwei Jahren führte ihn Else bei den Grids ein. Als Freund von früher, der ihr in großer Not mal geholfen habe ... oder so ähnlich. Eva fand ihn sympathisch, ganz im Gegensatz zu ihrem Mann. In Evas Ehe kriselte es damals schon; also war es nicht schwer für Else, ihr die Therapiestunden aufzuschwatzen. Grid paßte das natürlich nicht, denn Eva geriet immer mehr unter Vermeulens Einfluß.«

»Sie hatte die Wahl zwischen Pest und Cholera«, murmelte ich. »Welche Rolle spielte Else denn in dieser Zeit?«

»Sie schien sich rauszuhalten. Eva erwischte sie schließlich mit Grid im Bett.«

»Und?«

»Es war ihr egal. So hatte sie Ruhe vor ihrem Mann.«

»Und Vermeulen? Er bumst doch auch mit Else!«

»Wer schläft nicht mit dieser Frau?« fragte Kodil. »Sie ist ein Profi im Sex-Geschäft. Nach ein paar Monaten merkte Grid, daß seine Frau Trennungsabsichten hatte. Er verbot ihr die Teilnahme an den Therapiestunden, doch vergeblich. Vermeulen hatte sie völlig unter Kontrolle.«

»Eigentlich hätte Grid Vermeulen umlegen müssen und nicht umgekehrt.«

»Du liegst gar nicht so falsch.« Nik grapschte nach einem Stück Weißbrot. »Grid soll wirklich gedroht haben, Vermeulen zu töten. Behauptet Eva. Doch passiert ist nichts.«

»Hast du Eva mit der Aussage von Loki Detema konfrontiert?«

»Ja. Das läßt sie aber völlig kalt. Sie beharrt weiterhin darauf, daß sie ihren Mann erstochen hat. Allein. Niemand außer ihr sei im Haus gewesen.«

»Und die Verstümmelung?« fragte ich.

Nik zuckte die Schultern. »Da hält sie sich bedeckt. Sie habe keine Erinnerung mehr, alles sei – wie sagte sie noch? – ›im Nebel verschwunden‹. Es gibt solche Phänomene. Erinnerungsverlust im Blutrausch. Der Staatsanwalt ist auf jeden Fall weiterhin davon überzeugt, daß Frau Grid ihren Mann umgebracht hat. Er wird Anklage erheben.«

»Diese Beamtenfuzzis können nur eindimensional denken«, murrte ich. »Liest der Mann denn meine Artikel nicht?«

»Staatsanwälte suchen ihre Beweise nicht bei der Zeitungslektüre«, grinste Nik, »auch wenn er vermutlich von deinen Werken hingerissen gewesen wäre.«

»Du treibst Schabernack mit mir. Gleich kriegst du keinen Wein mehr!« drohte ich.

»Da war noch was«, fiel Nik ein. »Frau Grid hat gesagt, daß sie das Gefühl gehabt habe, daß sich Vermeulen und ihr Mann von früher her kannten. Eva hat ihren Gatten danach gefragt, doch er hat es abgestritten.«

»Das ist wirklich spannend. Die Gründe für Gewalttaten liegen häufig in der Vergangenheit von Opfern und/oder Tätern.«

»Das klingt wie aus einem kriminalistischen Lehrbuch«, grinste Nik. »Du hast den falschen Job, Grappa! Willst du nicht bei uns anheuern?«

»Ich, ein Bulle? Nichts für mich. Ich glaube nicht an die Allmacht bürokratischer Vorschriften und schwachsinniger Hierarchien«, widersprach ich. »Außerdem werdet ihr verdammt schlecht bezahlt.«

»Hierarchie ist schön, wenn man oben sitzt. Schau mich an! Früher mußte ich springen, heute kann ich springen lassen.«

»Herzlichen Glückwunsch«, sagte ich ironisch. »Paß nur auf, daß du nicht auf die Nase fällst.«

»Du bist ein Biest. Kannst du nicht verstehen, daß ich mich über meine Beförderung freue?« Nik schnappte ein.

»Bleib cool, Süßer. Du bist der beste Bulle, den ich näher kenne. Aber ich habe da doch noch eine Frage: Wie sieht es eigentlich mit den Finanzen der Grids aus?«

»Auch das weiß ich. Was bekomme ich dafür, wenn ich es dir sage?« Er rollte mit den Augen.

»Mein Schlafzimmer ist leider kein schwülstiger Folterkeller, in dem ich die Informationen aus dir lustvoll herausquälen könnte. Könnte dir sowas gefallen?«

»Weniger«, grinste Nik, »obwohl ich mir vorstellen kann, daß du lieber schlägst, als daß du geschlagen wirst. Aber so ein kleines bißchen brutal könntest du ja mal zu mir sein.«

»Erst die Information, dann die Peitsche!«

»Grid war millionenschwer, Erbin ist seine Frau. Bis dahin ist alles normal.«

»Was heißt das?«

»Grid hat eine merkwürdige Klausel ins Testament aufnehmen lassen. Falls er eines gewaltsamen Todes stirbt und seine Frau etwas damit zu tun haben sollte, bekäme Eva nur ihren Pflichtteil. Der Rest ginge an Else Ambrosius. Wenn Eva also bei ihrem Geständnis bleibt ...«

Ich pfiff durch die Zähne. »Das ist das Motiv!«

»Könnte stimmen«, räumte Nik ein. »Bekomme ich jetzt meine Belohnung?«

»Du kriegst höchstens einen Klaps auf deinen hübschen Po, wenn du weiter so frech bist!«

»Wie schön!!!«

Pater Joseph weiß was

Wer nur Fragen und keine Antworten hat, sollte die Nähe Gottes suchen. Diese Lebensregel aus dem katholischen Religionsunterricht beherzigte ich am nächsten Tag. Pater Joseph hatte nichts dagegen, mich zu empfangen. Es gab wohl an diesem Morgen keine aufmüpfigen Hausfrauen zu exorzieren.

»Ich habe Ihren Artikel über die *Fraternitas saturni* gelesen«, empfing mich der Pater. »Gut recherchiert. Sie hatten wohl einen Experten, der Sie informiert hat?« Er zwinkerte.

»Den berühmten Exorzisten Pater Joseph«, scherzte ich, »den Meister aller Dämonen und Beelzebuben. Hätte ich Ihren vollen Namen nicht nennen sollen?«

Der Geistliche winkte ab. »Nein, ich habe nichts an Ihrem Bericht auszusetzen. Aber Sie scheinen zum Ziel dieser Verirrten geworden zu sein. Haben Sie Ihr Auto inzwischen wieder?«

Ich erzählte ihm, daß ich es gereinigt und neu bereift zurückbekommen hätte.

»Sagt Ihnen der Name ›Oude Pekela‹ etwas?« kam ich dann zur Sache. So hieß die Kleinstadt, in der Else Ambrosius zuletzt gelebt hatte. »Die Polizei hat mir den Ort genannt. Sie haben nachgeforscht, ob dort in den letzten Jahren etwas Ungewöhnliches passiert ist. Und sie sind fündig geworden. Aber die Sache ist so abenteuerlich, daß ich sie kaum glauben kann. Wissen Sie darüber etwas?«

Der Pater strapazierte seine Gehirnwindungen. »Warten Sie!« rief er dann aus. »Oude Pekela? Da gab es einen Ort in Holland ... aber das ist schon sieben oder acht Jahre her. Ein unglaublicher Skandal war das. Satan und seine Helfershelfer hatten die Herrschaft in dieser Stadt übernommen. Besonders die Kinder ...« Er verstummte und bekreuzigte sich.

»Was war mit den Kindern?« fragte ich aufgeregt.

»Schwarze Messen mit Kindern. Sexueller Mißbrauch. Getötete Tiere. Rituale in Leichenhallen und auf Friedhöfen.«

»Wissen Sie mehr?«

»Es ist schon so lange her. Ich weiß nur, daß die Sache damals großes Aufsehen erregt hat. Viele dachten zuerst, daß die Kinder lügen.«

»Wer war dafür verantwortlich?«

Der Pater winkte ab. »Mehr weiß ich wirklich nicht. Sie müssen sich woanders informieren. Glauben Sie, daß diese Vorfälle etwas mit der Sache in Bierstadt zu tun haben?«

»Keine Ahnung. Könnte es denn sein, daß sich die Täter von damals in unserer Gegend herumtreiben?«

»Satans Macht ist grenzenlos«, murmelte der Geistliche erschüttert.

»Ich werde rauskriegen, ob das stimmt. Vielen Dank, Pater Joseph. Sie haben mir sehr geholfen. Wenn ich mal vom Teufel besessen bin, werde ich nur Sie engagieren.«

Auf dem Weg in die Redaktion faßte ich den Entschluß, nach Oude Pekela zu fahren. Dort mußte eine Spur von Else Ambrosius und Jaap Vermeulen zu finden sein!

Auf der Spur des Teufels

»Ich brauche einen Antrag auf Dienstreise. Wo ist das Formblatt?« Die Redaktionssekretärin unterbrach abrupt die Lektüre einer Frauenzeitschrift, griff wortlos in ihren Schreibtisch und reichte mir das grüne Formular. Ich füllte es aus und legte es Peter Jansen auf den Schreibtisch.

»Du willst verreisen?« fragte er verdattert. Ich erklärte ihm, warum das unbedingt nötig sei.

»Okay«, stimmte er zu. »Doch du fährst nicht allein. Nimm Turkey mit.«

»Bist du sicher, daß er schon wieder völlig hergestellt ist?«

»Mach dir keine Sorgen. Er hat begriffen, welche Rolle er für diese angebliche Hausdame gespielt hat – die des Sündenbocks. Du kannst dir einen Vorschuß an der Handkasse abholen. Ich nehme an, dein Auto hat einiges gekostet.«

So unaufgefordert großzügig kannte ich Jansen gar nicht. »Die Versicherung übernimmt den Schaden«, stellte ich klar. »Aber trotzdem danke! Wo ist Turkey eigentlich? Sein Auto steht nicht auf dem Parkplatz.«

»Fototermin. In der Klinik für Plastische Chirurgie.«

»Grids Verjüngungsschmiede?«

»Genau die. Der neue ärztliche Leiter stellt sich der Presse vor. Die Witwe hat an ihn verkauft.«

»Warum sagst du mir das erst jetzt?«

»Ich bin froh, auch mal ausnahmsweise im Besitz von Informationen zu sein«, bemerkte Jansen. »Aber mach dir keine Sorgen. Ich habe den Mann durchgecheckt. Er hat eine weiße Weste. Rate mal, wer den Deal gemanagt hat?«

»Da brauche ich nicht groß zu raten«, antwortete ich, »das wird Else gewesen sein. Kennst du die Verkaufssumme?«

»Nicht genau. Man spricht von ein paar Milliönchen. Immerhin gehörte Grid nicht nur das Gebäude, sondern auch das umliegende Gelände.«

»Irgendwie habe ich die Klinik bisher bei meinen Recherchen nicht berücksichtigt«, murmelte ich nachdenklich. »Hoffentlich war das kein Fehler.«

»Laß nur! Das Dorf in Holland ist wichtiger. Ich sage Turkey Bescheid, daß er sich bei dir melden soll. Ich erwarte übrigens einen Artikel aus Holland von dir. Nimm also deinen Laptop mit.«

»Aye, aye, Sir.«

Nik war nicht begeistert, daß ich mich auf die Spur des Teufels begeben wollte. Er bot an, die nötigen Informationen über die Vorgänge in Oude Pekela über die dortige Polizei zu beschaffen. All dies sei zu gefährlich für mich, zumal die Täter niemals gefunden worden waren.

Ich winkte ab. »Recherche vor Ort ist tausendmal besser. Ich brauche Interviews und Fotos. Meinen Artikel kannst du im *Tageblatt* nachlesen – falls es was zu berichten gibt. Also tschüs.«

Ermittlungen vor Ort

Oude Pekela lag im Norden Hollands. Die Kleinstadt war der Prototyp eines niederländischen Idylls: schnuckelige Häuser, gefegte Straßen, Kanäle mit Enten und jede Menge Radfahrer. Den Teufel zieht die Unschuld an – ich dachte an diesen Satz aus dem katholischen Religionsunterricht. Durch meine Beschäftigung mit dem Teufel begann ich mich – seit Jahren das erste Mal – mit meiner gläubigen Kindheit und Jugend auseinanderzusetzen. Damals war uns Kindern eingebleut worden, daß wir eine Beute des Satans würden, wenn wir nicht im Sinne der Mutter Kirche funktionierten.

Und dabei hatte die religiöse Machtinstitution selbst jede Menge Verbrechen begehen lassen, die eines ausgewachsenen Teufels würdig waren: die Kreuzzüge und Hexenverbrennungen waren nur zwei davon. Ich dachte an die Teufelsaustreibung, die Pater Joseph an der armen Hausfrau vorgenommen hatte. Der religiöse Akt war eine Mischung aus Aberglauben, finsteren Ritualen und Körperverletzung gewesen.

Nik hatte mir den Namen eines Kollegen genannt, der in der Polizeiwache in Oude Pekela Dienst tat. Von ihm sollten wir auch nähere Informationen über den Teufelsskandal erhalten.

»Laß uns erst ein Hotel suchen«, schlug ich Turkey vor, als wir den Ort einmal durchquert hatten. »Wir sind eben an einem vorbei gefahren.«

Das Hotel war niedlich. Ein rotes Backsteingebäude direkt an einem der vielen Kanäle. Der Hotelinhaber war so lange freundlich, bis er Turkeys Fototasche sah. »Journalisten?« fragte er.

»Nein«, antwortete ich schnell, »mein Kollege ist Hobbyfotograf. Landschaftsbilder. Ich bin Schriftstellerin und mache die Texte zu den Bildern.«

»Warum in Oude Pekela?« Er war noch immer mißtrauisch.

»Schöner Ort«, behauptete ich. »Warum fragen Sie? Haben Sie etwas gegen Fremde?«

»Nein.« Der Hotelier reichte mir zwei Schlüssel.

»Wäre auch schlecht für Ihr Hotel«, stellte ich fest. »Kann man bei Ihnen etwas zu essen bekommen?«

»Hotel garni. Nur Frühstück.«

»Auch gut. Komm, Turkey!«

Wir gingen zu den Zimmern.

»Journalisten sind hier nicht gern gesehen. Warum wohl?« fragte der Fotograf.

»Wegen des Theaters mit den Satanisten. Vor acht Jahren müssen in diesem kleinen Ort Legionen von Boulevardjournalisten gelandet sein. Ritueller Kindesmißbrauch – das gefundene Fressen für die Schmuddelblätter.«

Nachdem wir unsere Sachen verstaut hatten, machten wir uns auf die Suche nach der Polizeiwache. Es gab nur eine davon in dem 8.000-Seelen-Dorf.

Mijnheer Bliss war ein kleiner runder Mann mit roten Bäckchen, der fast fehlerfreies Deutsch sprach. Nur mit der Form der Anrede klappte es nicht so gut.

»Da sind Sie ja«, sprudelte er los, »willst du einen Milchkaffee haben?«

Wir sagten nicht nein. Bliss drehte das Radio leiser. »Welche Fragen hast du?« kam er dann zur Sache.

»Vor sieben oder acht Jahren gab es hier in diesem Dorf einen Vorfall mit Schwarzen Messen, an denen Kinder teilgenommen haben sollen. Darüber würden wir gern etwas erfahren.«

»Das war 1987«, erzählte der Polizist bereitwillig. »Ich

habe euch ein paar Artikels gesucht. Eine Frau aus diesem Dorf bringt ihren kleinen Jungen zum Doktor. Das Kind blutet am ...« Bliss deutete auf sein Hinterteil.

»Die Doktorfrau spricht lange mit dem Kind. Das erzählt von Stöcken im Popo, von toten Tieren und von einem toten Baby. Die Mutter kommt zu mir. Ich frage das Kind, und er erzählt von seinem Freund, dem das auch passiert sei. Beide seien von einem Auto abgeholt und zu einem Haus oder einem Platz im Freien gebracht worden. Ich frage den anderen Jungen, und der sagt das gleiche. Dann habe ich die Polizei in Amsterdam angerufen. Während der Zeit kamen immer mehr Kinder zum Doktor. Mädchen und Jungen. Sie waren alle verletzt und erzählten die gleiche Geschichte. Die Polizei hat eine Sonderkommission gegründet. Es gab dann Aussagen von 64 Kindern zwischen vier und zehn Jahren.«

»Hat man herausbekommen, was mit den Kindern passiert ist?« Die Story klang zu gespenstisch, um sie leichtfertig zu glauben.

»Sie wurden sexuell gequält und mußten scheußliche Sachen mit Erwachsenen machen. Manche sagten, daß sie dabei gefilmt worden sind. Die Polizei hat später in Amsterdam einige Filme mit den Kindern gefunden.«

»Und die Schuldigen? Wer hat den Kindern das angetan?«

»Keine richtigen Spuren zu den Tätern. Aber wir haben das Haus gefunden, in das die Kinder vermutlich gebracht worden waren. Doch wir konnten nichts Ungewöhnliches finden. Die Frau, die dort wohnte, wurde vorübergehend festgenommen.«

»Und die Kinder? Sie müssen sie doch erkannt haben?« fragte ich.

»Die Kinder konnten nichts sagen. Die Leute waren immer verkleidet. Mit Masken und Hüten. Außerdem waren immer mehr als zwei Leute dabei. Nach einer Woche kam die Frau aus dem Gefängnis wieder heraus. Man konnte ihr nichts beweisen.«

»Handelte es sich um diese Frau?« Ich legte Bliss ein Foto von Else Ambrosius vor. Turkey hatte es auf dem

Birkenhof gemacht, damals, als wir Eva Grid aufgespürt hatten.

»Ja. Die Frau kenne ich. Das ist sie.«

»Und der Mann? Kennen Sie den auch?«

Der Polizist schaute sich den Anzug an, schüttelte dann den Kopf. »Nein, den habe ich nie gesehen. Es hat aber einen Mann gegeben damals. Einen ohne Maske. Er hat die Kinder im Wagen abgeholt. Das Auto haben wir später gefunden.«

»Und Sie sind ganz sicher, daß es nicht dieser Mann war?«

Bliss beäugte das Foto ein weiteres Mal.Dann schüttelte er den Kopf. »Die Beschreibung der Kinder paßt nicht auf ihn.«

Ich steckte Vermeulens Foto wieder ein. Es wäre auch zu schön gewesen, dachte ich. »Was hat der Mann noch getan?«

»Schlimme Dinge. Er verteilte Schläge und vergewaltigte die Kinder während der Schwarzen Messen. Außerdem soll er vor den Augen der Kinder ein Baby getötet haben. Ein Negerbaby. Er hat den Kleinen gesagt, daß schwarze Babys kein Herz und kein Blut haben.«

»Mord?« Ich konnte es nicht fassen.

»Die Aussagen der Kinder waren eindeutig. Eine Frau von der Polizei hat damals gefragt, ob das getötete Baby nicht eine Puppe gewesen sein könnte. Doch die Kinder sagten, daß sie keine Puppe kennen würden, die krabbelt und weint.«

»Haben Sie die Beschreibung des Mannes in den Akten?«

»Ja. Ich habe hier das Phantombild.«

Ich sah einen Mann, der mit Jaap Vermeulen leider überhaupt keine Ähnlichkeit hatte: Ungefähr 35 bis 40 Jahre, rundes Gesicht mit stark gekraustem hellen Haar, eine breite Nase, tiefliegende Augen mit schweren Lidern. Die Zähne standen vor wie bei einem Kaninchen, die Ohren waren groß und sahen aus wie zwei Henkel, die am Schädel montiert worden waren. Eher eine Witzfigur als ein gefährlicher Triebtäter.

»Hat man wenigstens nach dem Typen gesucht?«

»Sicher«, antwortete Bliss. »Zwei Jahre lang stand er auf der Fahndungsliste der niederländischen Polizei an erster Stelle. Interpol hat auch gesucht. Nichts.«

»Und das tote Kind?«

»Keine Spur davon. Er muß es irgendwo eingegraben haben.«

»Gab es keine Eltern, die ihr Baby vermißten?«

»Wir nahmen an, daß das Kind im Ausland entführt worden und nach Holland gebracht worden ist. Daß es einer Mutter abgekauft worden ist ...«

»Wie haben die Menschen hier die Sache verkraftet?«

Bliss machte ein sorgenvolles Gesicht. »Viele sind damals weggegangen. In andere Städte. Sie hatten Angst. Der Arzt, der das erste Kind behandelt hat, wurde am Telefon bedroht. Erst zwei Jahre später kam Ruhe. Heute wollen sich viele nicht mehr daran erinnern. Aber jetzt sagst du, warum Sie sich für die Sache interessieren.«

»Die Frau von damals – sie heißt Else Ambrosius – lebt heute in Bierstadt. Das ist der Ort, aus dem wir kommen. Dort hat es zwei Morde gegeben. Wir glauben, daß die Frau darin verwickelt ist.«

»Mein Kollege hat mir davon erzählt. Damals gab es keine Beweise gegen sie. Gibt es jetzt welche?«

»Noch nicht genug«, antwortete ich. »Sie und der Mann, dessen Foto ich Ihnen eben gezeigt habe, sind sehr clever. Sie haben die Frau des ersten Opfers dazu gebracht, den Mord zu gestehen. Auch bei der zweiten Tat fehlen die Beweise.«

»Hypnose«, meinte Bliss, »ein paar Kinder sind hypnotisiert worden. Das haben Psychologen festgestellt, die die Kleinen untersucht haben.«

»Das wäre eine ganz neue Idee«, rief ich aus. »Eva Grid wurde in Trance versetzt und glaubt deshalb, den Mord begangen zu haben!«

»Sie hat mich gefragt, ob sie das mit mir machen soll.« Es war Turkeys Stimme. Er hatte bis jetzt nur interessiert gelauscht.

»Was hat sie?« Ich verstand nicht gleich.

»Als ich in der Nacht bei ihr war, wollte sie mich hypnotisieren, um mich zu entkrampfen.«

»Warum sagst du das erst jetzt?« fragte ich aufgebracht.

»Kannst du dir das nicht denken, Grappa?« brauste Turkey auf. »Ich hab nichts gesagt, weil mir die Sache schon peinlich genug war. Aber wenn du noch andere pikante Einzelheiten hören willst?« Er warf einen Blick auf Bliss.

Der Polizist tat so, als habe er nichts kapiert. »Darf ich euch beide heute abend zum Essen einladen?« entspannte er die Situation.

Wir stimmten zu und verabredeten uns um 20 Uhr in einem indonesischen Restaurant.

»Gibt's dort auch Ginever?« fragte Turkey. »Ich hau mir nämlich heute abend die Birne zu, bis ich an nichts und niemanden mehr denken kann.« Es klang verbittert. Ich schwieg und nahm mir vor, auf Turkey aufzupassen.

»Hat sie dich denn nun in Trance versetzt?« Wir waren auf dem Weg ins Hotel.

»Du läßt auch nie locker, Grappa, was?«

»Nun sag schon!« forderte ich.

»Hat sie nicht. Ich war überhaupt nicht verkrampft in dieser Nacht. Es war ein Klassefick. Der beste in meinem Leben. Zufrieden?« Turkeys Miene verfinsterte sich.

»Ist ja gut, Kleiner«, beruhigte ich ihn. »Journalisten auf Recherche kennen keine Gnade. Das gilt auch für Ermittlungen in den eigenen Reihen.«

»Du hast die Sensibilität einer Dampfwalze! Noch so ein dämlicher Spruch, und ich lasse dich allein in diesem Kaff sitzen.«

Eine Stunde später trafen wir Bliss in dem indonesischen Restaurant. Er ließ mindestens dreißig Schälchen mit asiatischen Köstlichkeiten auffahren.

Bliss versuchte, uns in Stimmung zu bringen. Ein schwieriges Geschäft an diesem Abend. Turkey trank einen Schnaps nach dem anderen und beteiligte sich nicht am Tischgespräch. Meine Laune war ebenfalls nicht die beste. Bliss' Bericht über die scheußlichen Vorfälle in Oude Pekela waren nicht dazu angetan, meine Lust auf asiatische Speisen zu fördern.

Nach anderthalb Stunden verabschiedeten wir uns. Bliss versprach, uns am nächsten Morgen zu dem Haus zu bringen, in dem die Schwarzen Messen mit den Kindern stattgefunden haben sollten. Es sei zwar nicht mehr viel zu sehen, meinte er, das Haus stünde seit damals leer. Die Menschen in der Umgebung wähnten den Teufel höchstpersönlich hinter den Mauern.

Ich hatte Mühe, Turkey ins Hotelzimmer zu befördern. Sein Dämon hieß an diesem Abend Alkohol.

Haus ohne Spuren

Es kam, wie es kommen mußte. Turkey hatte am nächsten Morgen einen Mordskater. Mürrisch und sich mühsam auf den Beinen haltend tauchte er um neun im Frühstückszimmer der Pension auf. Ich hielt den Mund.

»Morgen«, murmelte er, »hast du eine Aspirin – oder zwei?«

Wortlos griff ich in meine Handtasche und legte die beiden Kopfschmerztabletten vor ihn hin.

»Selbst wenn du nichts sagst, weiß ich, was du denkst. Du kannst es ruhig aussprechen!« Turkey hatte Sehnsucht nach Prügel.

»Hör zu, Bruder!« sagte ich grob. »Ich hab keinen Bock auf Streß mit dir. Wenn ich dich kritisiere, meckerst du, wenn ich es lasse, meckerst du auch. Was also soll ich tun, um dein Mißfallen nicht zu erregen?«

Turkey antwortete nicht, warf die Tabletten ein und spülte mit Kaffee nach.

»Bist du heute früh wenigstens in der Lage, Fotos zu machen?«

»Dazu bin ich immer in der Lage!« behauptete er.

Schweigend knusperten wir unsere Brötchen. Zum Glück erschien Bliss.

»Guten Morgen, liebe Leute! Habt ihr gut geschlafen?«

Der Polizist war heiter, ausgeruht und voller Tatendrang. Ganz im Gegensatz zu uns.

»Bevor die Stimmung an diesem Tisch noch ausgelassener wird«, sagte ich, »sollten wir mit unserer Arbeit anfangen. Wir haben nicht unendlich viel Zeit. Nach dem Mittagessen will ich schnell meinen Artikel schreiben und ihn rüberfaxen. Können wir?«

Turkey erhob sich wortlos, packte seine Fototasche und folgte Bliss zu dessen Wagen.

Wir mußten nicht weit fahren – das Haus, um das es ging, lag am Rand der Stadt an einer kleinen Landstraße. Es sah völlig normal aus, war inzwischen ein wenig heruntergekommen. Das Grundstück war ungepflegt und mit Abfällen wie Bierdosen oder Plastiktüten bedeckt.

»In Vollmondnächten kommen junge Männer hierher, trinken Bier und Schnaps, schreien herum und rufen den Teufel«, berichtete Bliss. »Doch der Teufel ist bisher noch nicht gekommen.«

Er schritt durch den Vorgarten auf die Haustür zu. »Wir können reingehen; ich habe einen Schlüssel.«

Quietschend sprang die Holztür auf. Im Flur roch es feucht und muffig, Schimmel machte sich an den Wänden breit.

»Wir haben alles durchsucht damals«, erzählte Bliss weiter, »doch nichts Auffälliges gefunden. Die Polizei hat auch den Garten umgegraben und nach Leichen gesucht.«

Ich blickte in die Räume, deren Türen geöffnet waren. Else Ambrosius hatte einen Teil ihrer Möbel stehen lassen, sie hatten inzwischen Sperrmüllqualität.

»Hier!« Ich hatte etwas entdeckt. An der Wand prangte ein Pentagramm, ein satanisches Zeichen, daneben hatte jemand das Kreuz mit dem halboffenen Kreis gemalt – das Logo der *Fraternitas saturni*.

Turkey machte die Kamera schußfertig und drückte mehrmals ab. Das wenige Licht, das durch die halbblinden Fenster auf die Wand fiel, schuf geheimnisvolle Schatten.

»Die hatten genug Zeit, alles wegzuschaffen«, sagte

Bliss. »Die Sache war schon bekannt und hat in der Zeitung gestanden. Zu dem Haus kam die Polizei erst später.«

»Warum ist die Frau damals nicht auch verschwunden?« fragte ich den Holländer.

»Die Kinder hatten sie nie gesehen, konnten sie also nicht identifizieren. Sie brauchte keine Angst vor Entdekkung zu haben.«

»Und die Zeichen an der Wand?«

»Die stammen nicht von damals«, erklärte Bliss. »Die muß jemand später gemalt haben. Hast du genug gesehen?«

»Eigentlich schon. Aber die Sache mit den Zeichen ist trotzdem merkwürdig«, grübelte ich. »Wer könnte sie dahin gepinselt haben?«

»Manchmal kommen Leute hierher und gucken nach dem Haus. Teufelsanbeter.«

»Kann die Polizei das nicht verhindern?« mischte sich Turkey ein.

»Nichts zu machen. Häuser angucken ist in Holland nicht verboten«, antwortete Bliss.

»Und wie sind die hier reingekommen?« fragte ich.

»Hinten sind Fenster kaputt«, erklärte der Polizist. »Jeder kann hier einsteigen.«

Eine plausible Erklärung, dachte ich. Dieses Haus war eine Art Touristenattraktion des Grauens. Wir waren ja schließlich auch hier, um Spuren von menschlichen Teufeln, gequälten Kindern und Tieren zu finden.

»Komm, Turkey«, sagte ich, »laß uns gehen. Mach bitte noch ein paar Fotos von außen.«

»Hab ich schon im Kasten«, behauptete er. »Froschperspektive. Da wirkt der Bau riesengroß und bedrohlich.«

Bliss schloß hinter uns wieder sorgfältig ab.

»Kann ich die Aussagen der Kinder von damals lesen?«

Der Niederländer schien mit meiner Frage gerechnet zu haben, denn er sagte: »Liegt alles in meinem Büro. Sogar in Deutsch. Ist damals übersetzt worden, weil die deutsche Polizei auch nach Tätern gesucht hat. Sie dürfen nur die Namen der Kinder nicht nennen.«

Ich versprach, mich daran zu halten.

»Ich guck mir jetzt die Akten an«, sagte ich im Auto zu Turkey. »Könntest du inzwischen ein paar Schnappschüsse von der Dorfidylle machen? Die Kanäle, die Enten, die sauberen Häuschen? Und danach leg dich ins Bett. Ich gehe zu Fuß ins Hotel. Sind die Kopfschmerzen weg?«

»Fast«, antwortete er. »Die frische Luft.«

In der Polizeistation angekommen, machte ich mich über die Akten von damals her. Die Beamten hatten die Aussagen von etwa sechzig Kindern akribisch aufgenommen. Das jüngste war ein vierjähriges Mädchen, das älteste Kind ein zehnjähriger Junge.

Die Opfer waren auf Spielplätzen oder auf dem Schulweg angesprochen und mit Süßigkeiten oder Versprechungen zu einem Kombiwagen gelockt worden, in dem bereits andere Kinder saßen.

Die »Feste«, zu denen sie der fremde Onkel mitnehmen wollte, fanden nicht immer in dem Haus statt, manchmal auch im Freien. Die Erwachsenen seien als Tier verkleidet gewesen oder hätten hohe, schwarze Kapuzen getragen. Die Kinder mußten sich ausziehen. Dann begannen die Quälereien: Fesselungen, vaginaler und analer Mißbrauch mit Gegenständen, Geschlechtsverkehr mit den Erwachsenen, die Kinder wurden geschlagen, es wurde auf sie uriniert, und sie wurden gezwungen, Katzen und Hühner zu töten. Fünf Kinder berichteten unabhängig voneinander von der Ermordung des schwarzen Babys. Der Mann habe das Kind mit einem Messer getötet und ihm das Herz entfernt.

Ich atmete durch. Das war mit Abstand das Scheußlichste, was mir in den letzten Jahren untergekommen war.

Das Schreckensregiment hatte einen Sommer lang gedauert. Um die Kleinen zum Schweigen zu bringen, drohte man, ihre Eltern und Geschwister zu töten. Trotz der detaillierten Aussagen der Kinder war es der Polizei nach fast zweijährigen Recherchen nicht gelungen, die Schuldigen zu erwischen. Nach den Aussagen der Opfer hatten an manchen »Partys« acht bis zehn Erwachsene teilgenommen, die die Kinder kollektiv auf alle möglichen Arten mißbraucht hatten. Der einzige, der sein Gesicht gezeigt hatte, war der Mann gewesen, der die Kinder für die Teufelspartys »besorgt« hatte.

Dann las ich die Aussage von Else Ambrosius. Sie hatte damals eingeräumt, in ihrem Haus ab und zu Männer empfangen zu haben, die ihre sexuellen Dienste gegen Geld in Anspruch genommen hätten. Die Polizei hatte Folterinstrumente, Fesseln, Peitschen und Ähnliches gefunden. Else Ambrosius hatte den Verdacht, daß in ihrem Haus Schwarze Messen mit Kindesmißbrauch stattgefunden hätten, weit von sich gewiesen und als »Racheakt« von spießigen Dörflern bezeichnet, denen sie ein Dorn im Auge sei, obwohl zahlreiche Männer der Stadt regelmäßig bei ihr verkehrten. Ich klappte die Aktenordner zu und packte meine Notizen ein.

»Haben Sie einen Schnaps?« fragte ich. »Jetzt muß ich einen heben!«

Bliss nickte verständig, schlurfte zum Schrank und holte eine Flasche Persico raus. Das Zeug hatte ich zum letzten Mal mit fünfzehn auf dem Abschlußball meiner Tanzschule getrunken. Egal. Bliss goß ein Wasserglas halb voll. Ich hielt den Atem an und die Nase zu, und hinunter mit dem Zeug!

Alles mit Gefühl

MORDFALL GRID: SPUR FÜHRT IN HOLLÄNDISCHES TEUFELSHAUS tippte ich wenig später in meinen Laptop. Die Unterzeile lautete: *Schwarze Messen mit vielfachem Kindesmißbrauch – Wurde Witwe von mutmaßlicher Teufelsanbeterin hypnotisiert?*

Der Artikel war kurz und sachlich – mit Verweis auf eine spätere ausführlichere Berichterstattung mit einmaligen Exklusivfotos. Ich schloß den Drucker an den PC an, schnappte die drei Seiten und stiefelte wieder zur Polizeiwache, denn dort hatte ich ein Faxgerät gesichtet. Mijnheer Bliss war wieder sehr kooperativ. Dafür durfte er meinen Artikel lesen.

»Du warst aber vorsichtig«, bemerkte er, »keine Behauptungen, sondern nur Vermutungen und sehr viel Gefühl.«

»Gefühl ist das einzige, womit man die Leute noch kriegen kann«, sagte ich. Bliss nickte verständig.

Da trudelte Turkey ein. Er hatte mich im Hotel gesucht und sich gedacht, daß ich hier sein müßte. Seine Laune war im grünen Bereich angelangt. Die Fotoausbeute sei besser als erwartet, meinte er, Dorfidylle mit Schönheitsfehlern.

»Leute mit ängstlichen Gesichtern, kleine Kinder, die von ihren Eltern weggezerrt werden, und ein magerer Hund, der im Abfalleimer wühlt«, strahlte er. »Wenn ich die ganz hart abziehe, kommen die bombig. Dazu die Fotos vom Teufelshaus, das Phantombild des verschwundenen Täters und das Foto von der Ambrosius. Können wir was essen gehen? Ich habe einen Bärenhunger!«

Wir kehrten bei einem Pappbrötchen–Konzern ein. Der Fleischklops war außen fast schwarz und innen noch gefroren.

»Und jetzt? Der Tag ist noch jung.«

»Ich muß in der Redaktion anrufen«, antwortete ich, »ob es was Neues gibt. Außerdem will ich wissen, was Jansen zu meinem Artikel sagt.«

Turkey stippte die Pommes ins Ketchup und leckte sie genüßlich ab. Dann spülte er mit holländischem Bier nach. »War eigentlich ganz nett hier«, meinte er. »Freundliche Leute. Ohne Bliss hätten wir nix rausbekommen.«

»Kodil hatte ihn schließlich gebeten, uns zu helfen«, stellte ich richtig und machte mich über die Salatgarnitur her. Sie war wenigstens knackig. »Normalerweise läßt kein Bulle einen Journalisten in die Ermittlungsakten gucken.«

Endlich war das sogenannte Mittagessen verputzt. Wir fuhren ins Hotel zurück – es war fast vier Uhr nachmittags. Draußen begann es in Strömen zu regnen.

Ich wählte die Nummer des *Tageblattes*. Jansen war da.

»Grappa, deine Story ist ein Hammer«, begrüßte er mich, »morgen werden die Schmuddelblätter unsere Geschichte nachziehen. Was ist mit dem Mann, der damals die Kinder besorgt hat? Könnte es Vermeulen gewesen sein?«

»Leider nicht. Hätte so schön gepaßt. Doch der Typ sieht ganz anders aus. Wir haben ein Foto vom Phantombild aus der Polizeiakte.«

»Schade! Aber man kann nicht alles haben. Ich lasse gerade prüfen, ob wir das Bild von der Ambrosius bringen können. Immerhin konnten die Holländer der Frau damals nichts nachweisen.«

»Die Kinder haben das Haus erkannt, in dem sie gewohnt hat. Und sie war vorübergehend festgenommen«, wandte ich ein.

»Könnte reichen. Immerhin kann eine Verbindung zu den Taten von damals nicht ganz ausgeschlossen werden. Das muß unsere Rechtsabteilung entscheiden. Du hast eine ganze Seite in der Samstagsausgabe. Ich habe außerdem Pfarrer Joseph gebeten, unseren Lesern zu erklären, was Satanismus überhaupt ist.«

»Gute Idee. Ein bißchen was Pseudowissenschaftliches macht sich immer gut. Morgen starten wir Richtung Heimat.«

»Okay. Da fällt mir noch was ein: In die Klinik für Plastische Chirurgie ist eingebrochen worden. Die Täter haben Schreibtische aufgebrochen und Feuer gelegt. Könnte das was mit unserer Sache zu tun haben?«

»Woher soll ich das wissen? Was sagt die Polizei denn dazu?« fragte ich.

»Nicht viel. Sie hält es für einen normalen Einbruch. In der Gegend sei das nichts Ungewöhnliches.«

»Da kann sich der Volontär drum kümmern – wenn er mit dem Brötchenholen fertig ist«, schlug ich vor.

Zehn Minuten nach dem Gespräch stand ich unter der Dusche und ließ viel warmes Wasser über mich laufen. Im Bademantel setzte ich mich aufs Bett und begann mit der Arbeit an meinem Artikel, der in der Samstagsausgabe des *Bierstädter Tageblattes* für Aufsehen sorgen sollte.

Irgendwann am Abend rief ich Nik in seiner Wohnung an.

»Hier bei Kodil«, sagte eine Frauenstimme.

»Ich möchte Herrn Kodil sprechen!« forderte ich verdattert.

»Und wer sind Sie?«

»Hör zu, Maus«, zickte ich, »hol mir den Hausherrn an den Lauscher, und zwar pronto!«

»Niki! Telefon! Irgendeine hysterische Frau, die ihren Namen nicht nennen will«, rief die Fremde.

»Ja?« Es war Nik.

»Wer ist die Frau?« blaffte ich ihn an.

»Grappa! Wie schön, dich zu hören. Bist du noch in Holland? Wie läuft es?«

»Wer ist die Frau?« wiederholte ich.

»Eine Kollegin. Ich kenne sie von der Polizeischule. Sie war gerade in der Gegend, und da habe ich sie zum Essen eingeladen ...«

»Du kochst für sie?«

»Ja. Warum nicht?«

»Dann guten Appetit ... Niki!«

Und los geht's!

Mein Gefühlsleben sollte mich nie mehr aus der Bahn werfen. Ich schwor alle Eide dieser Welt, als wir über die Autobahn zurück nach Bierstadt brausten. Männer sind für mich ab sofort tabu, nahm ich mir vor.

»Ist was?« Turkey sah mich schräg an.

»Ich habe schlecht geschlafen«, wich ich aus, »wirre Träume. Ist ja auch kein Wunder bei den Informationen, die wir gesammelt haben. Ich bin in der Nacht ein paar Mal aufgewacht und durchs Zimmer gelaufen. Zwischendurch habe ich an meinem Artikel geschrieben. Nachts habe ich immer die besten Einfälle.«

»Wenn du müde bist, stell den Sitz zurück und versuche, dich zu entspannen«, schlug Turkey vor.

»Du bist ein Schatz«, meinte ich gerührt. »Ich verspreche dir, dich nie wieder zu ärgern.«

»Versprich nichts, was du nicht halten kannst, Grappa«, lachte er. »Kein Mensch kann seine Persönlichkeit verbiegen.«

»Wie du meinst«, gähnte ich und stellte den Sitz zurück.

Als wir in Bierstadt ankamen, hatte es aufgehört zu regnen. Turkey fuhr auf den Parkplatz des Verlagshauses. Ich packte meine Reisetasche, den Laptop, und wir trabten hoch.

Peter Jansen erwartete uns bereits. »Wir haben jede Menge Anrufe von Fernseh- und Radiosendern«, berichtete er. »Plötzlich ist die Geschichte auch für die anderen wieder heiß. Frau Ambrosius hat uns ein Schreiben ihres Anwalts angekündigt.«

»Jetzt schon?« wunderte ich mich. »Was läßt die sich erst einfallen, wenn wir morgen ihren Namen nennen und ihr Bild bringen?«

»Dann schwingt sie sich auf ihren Besen und verhext unser Verlagshaus«, prophezeite Jansen. »Die Juristen haben übrigens zugestimmt. Wir können den vollen Namen der Frau nennen. Ein wenig Risiko ist zwar dabei, daß wir irgendwann Schmerzensgeld zahlen müssen – doch die gestiegene Auflage macht das wieder wett. Bist du gewillt, mit der Arbeit zu beginnen?«

»Erst wenn ich Kaffee kriege.«

»Alles schon da«, grinste Jansen. »Drei frische Mandelhörnchen liegen bereits auf deinem Schreibtisch. Noch weitere Wünsche, die Dame?«

Ich warf ihm einen Handkuß zu und zog mich in mein Zimmer zurück. Tatsächlich – Jansen hatte für frischen Kaffee und mein Lieblingsgebäck gesorgt. Genüßlich ließ ich meine Zunge über die Schokolade gleiten, in die die Enden der Hörnchen getaucht worden waren. Viel zu viele Kalorien, dachte ich, aber welche Freuden hatte ich noch im Leben? Die Männer und der Sex waren ja endgültig für mich erledigt. Mir blieben noch trockener Wein und gutes Essen.

Als ich ein Gebäckstück vertilgt hatte, begann ich mit meinem Werk:

Eigentlich sieht der kleine Ort Oude Pekela im Nordosten Hollands aus wie eine Sommerfrische. Kanäle durchziehen den Stadtkern, kleine Boote dümpeln an den Ufern, Möwen schreien in der Luft, und ein frischer Wind durchfegt die sauberen Straßen mit den schmucken Einfamilienhäusern. Idylle pur. Doch wer sich länger in Oude Pekela aufhält, merkt, daß die Menschen Angst haben. Fremde werden mißtrauisch beäugt, Kinder ermahnt, mit niemandem zu sprechen, Autokennzeichen notiert. Oude Pekela haftet ein Makel an – in der Umgebung wird der Ort nur das »Teufelsdorf« genannt. Der Grund: Vor acht Jahren haben Satanisten rund 60 Kinder des Dorfes zwischen vier und zehn Jahren in Schwarzen Messen gequält und sexuell mißbraucht. Die meisten Kinder leben längst in anderen Orten, doch die Angst ist geblieben, daß die Teufelsanbeter wiederkehren und sich rächen könnten.

Ich schilderte die Vorfälle von damals, ersparte den Lesern allzu detaillierte Beschreibungen. Die Opferung des Babys verschwieg ich allerdings nicht. Dann kam ich zum Kern der Sache:

Bedrohlich erhebt sich das Teufelshaus vor dem Horizont. Hier wurden nach Aussagen der Kinder die satanischen Rituale begangen – hier lebte zu dieser Zeit Else Ambrosius. Das 46jährige Ex-Model arbeitete als Prostituierte am Stadtrand von Oude Pekela. Die Frau wurde zwar festgenommen, doch eine Beteiligung an den Verbrechen war ihr nicht nachzuweisen. Die Frau verließ den Ort vor sechs Jahren und zog nach Bierstadt – heute wohnt sie im Haus des Schönheitschirurgen Dr. Oktavio Grid, dessen Frau ihr bekannt war. Grid wurde kürzlich bestialisch ermordet – unsere Zeitung berichtete – seine Frau Eva gestand die Tat. Doch nicht erst jetzt gibt es erhebliche Zweifel an der Schuld der Witwe. Recherchen des Tageblattes haben ergeben, daß Else Ambrosius satanische Psychotricks und Hypnose beherrscht. So könnte es sein, daß

Eva Grid eine Tat gestand, die sie nie begangen hat und für die andere verantwortlich sind.

Ich erwähnte noch einmal die Aussage der toten Loki Detema und schloß den Artikel mit der Frage:

Welche Rolle der mit Else Ambrosius und Eva Grid bekannte Körpertherapeut Jaap Vermeulen in der mörderischen Geschichte spielt, ist noch unklar. Fest steht nur, daß er einen großen Einfluß auf Eva Grid ausübt. Die Witwe des Schönheitschirurgen hat Seminare besucht, die Vermeulen auf einem Bauernhof in der Nähe von Bierstadt veranstaltet. Die Sonderkommission der Polizei hat nun auf Anregung des Tageblattes ihre Ermittlungen auf satanische Umtriebe ausgedehnt.

Eine halbe Stunde später lagen die Bilder vor uns auf dem Tisch. Jansen, der Fotograf und ich brüteten über den Abzügen.

»Großes Lob für euch beide«, strahlte Jansen. »Runde Story, tolle Bilder. Ihr seid ein gutes Team. Pater Joseph hat seine vierzig Zeilen auch schon abgeliefert. Für einen Geistlichen hat er einen verblüffend griffigen Stil. Und jetzt auf in den Kampf! Die Andruckauflage wird bereits heute abend in den Bierstädter Kneipen verkauft. Ich habe 10.000 Exemplare mehr drucken lassen als üblich. Mal schauen, was die Satansbrüder auf der Pfanne haben! Schließ dich heute abend in deiner Wohnung ein, Grappa! Ich möchte nicht, daß du bei einer Schwarzen Messe die Hauptattraktion bist.«

»Da hat Grappa kaum Chancen«, mischte sich Turkey ein, »die schänden doch nur Jungfrauen.«

Baißers Rache

Todmüde schleppte ich mich an diesem Abend nach Hause. Nur noch schlafen – dachte ich. Pustekuchen! Noch kaum im Flur meiner Wohnung, hörte ich das Telefon. Ich ließ den Hörer liegen, der Anrufbeantworter sprang an, piepste, und eine Stimme sagte: »Bitte ruf mich an, Grappa. Es ist wirklich wichtig.«

Kodil schien Probleme zu haben. So gepreßt hatte ich

ihn noch nie sprechen gehört. Ich spulte des Band des Gerätes zurück. Kodil hatte in regelmäßigen Abständen versucht, mich zu erreichen.

Ich seufzte, ging zum Kühlschrank und griff die Flasche Riesling. Der Korken ploppte, und ich genoß das erste Glas auf die Schnelle. Dann entledigte ich mich meiner Kleider, kuschelte mich in einen Bademantel und machte es mir auf dem Sofa bequem.

Das Telefon stand vor mir auf dem Tisch. Ich wählte Niks Nummer.

»Hallo«, sagte ich cool, als er sich meldete. »Was liegt an?«

»Du mußt mir helfen.« Er sprach gehetzt. »Baißer hat heute ein Disziplinarverfahren gegen mich in Gang gesetzt.«

»Ach ja?« meinte ich uninteressiert. »Was hast du denn ausgefressen?«

»Natürlich nichts.« Kodils Stimme war lauter geworden. »Oder vielleicht doch. Ich habe gegen die Regeln verstoßen, weil ich zu eng mit dir zusammengearbeitet und vertrauliche Informationen an dich weitergegeben habe.«

»Ich dachte, das Thema hätten wir hinter uns. Und welche Infos sollen das gewesen sein?« Mein Interesse stieg.

»Informationen über die Vernehmung von Eva Grid, den Namen des Ortes, an dem die Ambrosius zuletzt gelebt hat und ... und ich habe dafür gesorgt, daß die holländische Polizei dir behilflich war.«

»Und woher weiß Baißer das alles?«

»Er hat uns nachspioniert. Zeit genug hatte er. Er war einige Zeit nicht im Dienst. Sein Urlaub ging gestern zu Ende.« Nik lachte bitter auf.

»Er kann dir doch überhaupt nichts wollen. Ich werde keinem ein Wort sagen. Du weißt doch, daß Journalisten ihre Informanten nicht zu nennen brauchen.« Ich verstand nicht, daß er so down war.

»Das ist noch nicht alles«, fuhr Nik fort. »Kommissar Bliss aus Oude Pekela hat gestern versucht, mich zu erreichen. Ihr wart gerade Richtung Bierstadt gestartet. Ich war in einer Besprechung. Baißer nahm den Anruf entgegen und verwickelte Bliss in ein Gespräch. Bliss nannte deinen Namen und erwähnte, daß er euch auf meinen Wunsch hin behilflich gewesen war. Baißer zählte dann zwei und zwei zusammen.«

»Mist.« Ich überlegte. Doch es fiel mir nichts ein.

»Jetzt kommt es darauf an, wie meine Vorgesetzten reagieren. Die Leitung der Sonderkommission wird mir aber wohl entzogen werden. Mein Chef hat schon so was angedeutet. Danach kann ich mit einer Beurlaubung vom Dienst rechnen – so lange, bis die Vorwürfe geklärt sind. Baißer hat mich in seinem Brief als ›Sicherheitsrisiko‹ bezeichnet.«

»Tut mir wirklich leid«, murmelte ich. »Baißer ist ein Schwein. Warte doch erst mal ab – es kommt vielleicht doch nicht so schlimm. Und wenn doch – irgendwann zahlen wir es ihm heim. Ich denke mir was Nettes für ihn aus, ja?«

»Grappa, du bist umwerfend.« Nik lachte bitter auf. »Meine Karriere ist auf jeden Fall erst mal ruiniert. Presse und Polizei sind geborene Gegner – so wird das bei uns gesehen. Ich habe gegen Regeln verstoßen. Baißer ist nur der Denunziant. Die Schuld liegt bei mir.«

Spuren und Narben

Niks Befürchtungen wurden wahr. Man schickte ihn bis zur Klärung der Vorwürfe in Zwangsurlaub. Baißer übernahm wieder die Leitung der Sonderkommission. »Die werden schon sehen, was sie davon haben«, prophezeite ich. »Die Ermittlungen werden ihn intellektuell überfordern.«

»Der Kerl hat mich auch noch hämisch angegrinst«, klagte Nik. Er war zum Frühstück in meine Wohnung gekommen. Die Uhr zeigte zehn, die Suspendierung war gerade mal zwei Stunden alt. Dafür hielt sich Kodil ganz gut.

»Wenigstens dein Appetit hat nicht gelitten«, bemerkte ich. »Soll ich dir noch ein zweites Spiegelei braten?«

»Das wäre klasse«, mampfte er. »Ich hab heute früh nur eine Tasse Pulverkaffee in mich hineingeschüttet. Gibst du mir noch einen Toast?«

»Du kannst gern hierbleiben«, bot ich an. Nik bestrich die Brotscheibe zärtlich mit Butter. Ich dachte plötzlich an die Frau, für die er abends gekocht hatte, legte den Gedanken aber wieder beiseite.

»Ich muß los. In der Redaktion wird heute im wahrsten Sinne des Wortes der Teufel los sein. Wie fandest du eigentlich meinen Artikel?«

»Ziemlich gruselig«, meinte Kodil, »aber spannend. Sowas wollen die Leute lesen. Fragt sich nur, was Ambrosius und Vermeulen dazu sagen. Habt ihr den Artikel juristisch abklopfen lassen?«

»Klar. Ich hoffe, daß die Typen nun endlich aus ihren Löchern kommen.«

»Reicht dir der Anschlag auf dein Auto und der Mordaufruf gegen dich noch nicht?«

»So können die mich nicht kriegen«, antwortete ich und griff nach dem Mantel. »Ich mache weiter. Als nächstes ist Vermeulen dran. Es muß einen Grund geben, daß er noch nirgendwo in Erscheinung getreten ist. Er kann keine weiße Weste haben – das spüre ich. Ich bin dann weg.«

Draußen empfing mich penetranter Nieselregen. Rein ins Auto und ab zur Redaktion. Ich war den Weg so oft gefahren, daß ich ihn im Schlaf hätte fahren können. Eine schwarze Katze kreuzte von links die Fahrbahn. Fast hätte ich sie erwischt. Ich dachte an den Teufel und seine Boten.

Als ich das Verlagshaus erreichte, gab mir der Pförtner einen Zettel mit einer Telefonnummer. »Sie sollen den Herrn sofort anrufen«, sagte er.

Auf der Treppe, die zu meinem Büro führte, begegnete ich Jansen. »Gibt es was Neues?« fragte ich.

»Hallo, Grappa«, begrüßte er mich, »heute ist ein Tag wie jeder andere – nur die Telefone explodieren. Die Story hat eingeschlagen wie eine Bombe. Frau Ambrosius hat sich schon gemeldet – sie kündigt eine Klage wegen übler Nachrede, Rufmord und Beleidigung an, Vermeulen will Schadenersatz von uns haben, da vermutlich niemand mehr seine Körpertherapie-Kurse besuchen wird, weil wir ihn in Verbindung mit Luzifer gebracht haben. Ach ja – das Wichtigste: Eva Grid hat ihr Mordgeständnis zurückgezogen!«

»Das ist ja super!« rief ich aus. »Dann müssen die Bullen wieder an die Sache ran und können sich nicht darauf ausruhen, daß sie eine Täterin haben. Weißt du mehr?«

»Nicht viel. Ich habe heute früh mit dem zuständigen Staatsanwalt telefoniert.«

»Kommt sie frei?« fragte ich.

»Nur, wenn man den Verdacht gegen sie fallen läßt. Sie hat zwar widerrufen, aber deshalb ist sie noch lange nicht unschuldig. Der Staatsanwalt scheint der Witwe keinen Glauben mehr zu schenken – besonders, seit dem er etwas von Hypnose gehört hat.«

»Ein Interview mit Eva Grid stünde unserem Blatt gut zu Gesicht.«

»Allerdings, Grappa. Was kommt als nächstes?«

»Ich muß mich um Vermeulen kümmern. Und einen Herrn anrufen, dessen Nummer mir der Pförtner gegeben hat.«

»Sei vorsichtig«, bat Jansen. Ich nickte und verschwand in meinem Büro.

»Diehl«, meldete sich eine Männerstimme.

»Hier Grappa vom *Tageblatt*. Ich sollte Sie anrufen.«

»Ach ja, Frau Grappa. Ich bin Arzt in der Klinik für Plastische Chirurgie. Mein Name ist Dr. Johannes Diehl.«

»Die Klinik, die früher Dr. Grid gehörte?«

»Ja. Ich habe Ihren Artikel gelesen und das Phantombild des Mannes gesehen, der damals in Holland in die Sache verwickelt war.«

»Kennen Sie ihn etwa?« In mir stieg Jubel auf.

»Ich weiß nicht, wie er heißt«, antwortete Diehl, »aber das Gesicht kenne ich. Er ist in unserer Klinik operiert worden. Vor fünf oder sechs Jahren. Großes Facelift, Nasen- und Augenbrauenkorrektur, Haaransatzverlegung und Entfernung des Buckelfetts an der Wangenpartie.«

»Sie haben dem Mann auf dem Phantombild ein neues Gesicht verpaßt?«

»Ja. Die Operation hat Dr. Grid selbst ausgeführt.«

»Wie heißt der Mann, und wie sieht er heute aus?«

»Keine Ahnung«, entgegnete Diehl.

»Wieso? Es muß doch Operationsakten geben!«

»Bei uns ist vor kurzer Zeit eingebrochen worden. Die Täter haben anschließend Feuer gelegt. In dem Raum, in dem die Hängeregistratur mit den älteren Vorgängen liegt. Es ist fast alles verbrannt.«

»Mist!« entfuhr es mir. »Die anderen waren schneller. Gibt es denn überhaupt keine Spuren mehr? Immerhin haben Sie das Gesicht des Mannes in Erinnerung behalten!«

»Das Ergebnis der Operation kenne ich aber leider nicht«, bedauerte Diehl. »Ich habe den Mann nur gesehen, als er zu uns zur Beratung kam. Den Rest hat der Chef selbst erledigt.«

»Der Mann hat wahrscheinlich ein Baby getötet und andere Kinder mißbraucht!« rief ich aus. »Überlegen Sie doch noch mal!«

»Ich weiß ja, daß die Sache wichtig für Sie ist«, sagte Diehl. »Deshalb habe ich ja auch sofort angerufen, obwohl ich damit gegen die ärztliche Schweigepflicht verstoße.«

»Ich danke Ihnen, Dr. Diehl. Kann ich bei Ihnen vorbeikommen? Ich möchte Ihnen das Foto eines Mannes zeigen, von dem ich glaube, daß er der frühere Patient von Grid war. Vielleicht können Sie als Experte irgendwelche Narben entdecken.«

»Gern. Ich habe in einer Stunde Mittagspause. Treffen wir uns in der Caféteria im Klinikgebäude?«

Ich sagte zu, überprüfte die Nummer, die mir Diehl gegeben hatte, mit dem Anschluß der Klinik. Beide stimmten überein. Auch einen Arzt namens Dr. Johannes Diehl gab es in dem Krankenhaus. Der Mann schien echt zu sein.

Diehl war ein gutaussehender Mann mittleren Alters. Im weißen Kittel sah er bestimmt noch besser aus als in dem mittelblauen Anzug, den er jetzt trug.

»Guten Tag. Ich habe nicht viel Zeit«, meinte er und blickte sich gehetzt um. »Haben Sie das Foto?«

»Warum sind Sie so nervös?« wollte ich wissen.

»Ich muß dauernd an den Einbruch denken. Die Polizei hat noch keine Spur gefunden. Was ist, wenn diese Leute rausbekommen, daß ich Ihnen ...«

»Keine Angst«, unterbrach ich seine Befürchtungen. »Niemand erfährt etwas. Ihr Name spielt keine Rolle. Hier – ich habe beide Bilder mitgebracht. Könnte der Mann auf diesem Bild identisch sein mit dieser Phantomzeichnung hier?«

Gespannt wartete ich, während Dr. Diehl mit zusammengezogenen Augenbrauen die Bilder betrachtete.

Als die Kellnerin die bestellten Tassen Kaffee auf den Tisch stellte, drehte Diehl die Fotos um. Der Mann schien flatternde Nervenstränge zu haben. Von dem würde ich mir kein Facelift verpassen lassen, dachte ich, dem rutscht das Messer sonstwohin.

»Schwer zu sagen«, sagte Diehl leise, »die Schädelform des Mannes ist nicht gut zu erkennen. Um Narben zu entdecken, ist das Foto zu ungenau.«

»Aber ausgeschlossen ist es nicht, daß es sich um ein und dieselbe Person handelt?«

»Ganz ausgeschlossen ist es nicht. Aber damit können Sie wohl wenig anfangen?«

»So ist es. Aber – trotzdem vielen Dank. Ich weiß auf jeden Fall, daß Grid den Mann operiert hat, den Interpol jahrelang gesucht hat.«

»Wer ist der Mann auf diesem Foto?« Diehl deutete auf das Porträt von Vermeulen, das Turkey auf dem Birkenhof geschossen hatte.

»Das ist der Therapeut, der in meinem Bericht erwähnt wird. Ich glaube, daß er der Kopf einer satanischen Bruderschaft ist, die in Bierstadt und Umgebung ihr Unwesen treibt.«

Fingerabdrücke

»Vermeulen hat seine eigene OP-Akte geklaut«, teilte ich Peter Jansen mit, »nachdem er sich ein neues Gesicht gekauft hat. Grid muß herausbekommen haben, daß er einem Kindermörder geholfen hat. Vielleicht wollte er auspacken. Und deshalb mußte er sterben.«

»Eine kühne Theorie«, gab Jansen zu bedenken, »für die du keine Beweise hast. Wir müßten an die gestohlene Akte herankommen.«

»Er hat sie bestimmt vernichtet«, mutmaßte ich. »Warum, zum Teufel, bin ich nicht früher auf die Idee gekommen, in Grids Schönheitsschmiede nach Fakten zu suchen?«

»Lamentieren hilft jetzt nichts«, stellte Jansen kategorisch fest. »Du solltest dich um Eva Grid kümmern, wenn sie entlassen wird. Der Haftrichter hat die U-Haft tatsächlich außer Vollzug gesetzt. Und wir bringen eine Zusammenfassung der Leserreaktionen auf unseren Artikel. Ich kümmere mich selbst darum. Wir haben also jede Menge zu tun. Stimmt es eigentlich, daß dein Polizistenfreund aus dem Rennen ist? Der Staatsanwalt hat mir sowas geflüstert.«

»So könnte man es nennen«, sagte ich trocken. »Zu enger Kontakt mit der Presse. Er ist suspendiert worden.«

»Der Arme!« heuchelte Jansen. »Es war schon für viele Männer gefährlich, sich mit dir einzulassen. Wie trägt er's?«

»Er wird's schon überleben«, meinte ich. »Jetzt kann er mir wenigstens bei den Recherchen behilflich sein, ohne sich an hirnrissige Vorschriften halten zu müssen. Ich muß versuchen, mehr über Vermeulen herauszukriegen. Aber zuerst rufe ich Lasky an.«

»Wer ist das denn schon wieder?«

»Eva Grids Anwalt. Er wird die Uhrzeit wissen, zu der sie rauskommt.«

»Dann viel Glück!«

Jansen verließ mein Zimmer. Ich wählte Laskys Nummer. Er weigerte sich, mir zu sagen, wann seine Mandantin aus der U-Haft entlassen würde. Sie habe kein Interesse daran, von einer Journalistin belästigt zu werden. Ich schenkte mir den Hinweis darauf, daß die Witwe mir irgendwann mal verdammt dankbar sein würde.

Als ich am frühen Nachmittag meine Wohnung betrat, war Nik noch immer da. Er saß, flankiert von meinen Katzen, auf dem Sofa und hörte Musik. Ich schlich mich von hinten an und legte die Arme auf seine Schultern.

Er riß die Kopfhörer herunter. »Du bist schon da?« fragte er überrascht. »Habt ihr Journalisten eigentlich keine geregelte Arbeitszeit?«

»Wir sind immer im Dienst«, sagte ich und zog die Stiefel aus, »wie Priester oder Psychiater. Ich hab heute was Interessantes rausgekriegt. Vermeulen hat sich vermutlich von Grid ein neues Gesicht verpassen lassen.« Ich erzählte von Diehls Anruf.

Kodil pfiff durch die Zähne. »Das ist ein toller Hinweis«, sagte er. »Schade, daß wir nicht wissen, wo die OP-Akte abgeblieben ist.«

»Eins verstehe ich trotzdem nicht.« Ich war ins Grübeln gekommen. »Nehmen wir an, daß Vermeulen tatsächlich der Kindermörder aus Oude Pekela ist. Bis heute weiß niemand, wie der Mann heißt. Es existiert nur eine Phantomzeichnung von ihm, die aufgrund von Kinderaussagen angefertigt worden ist. Das tote Baby ist nie gefunden worden – sogar die Polizei ist nicht sicher, daß es diesen scheußlichen Mord tatsächlich gegeben hat. Warum also sollte sich Vermeulen operieren lassen? Nach acht Jahren würde ihn ohnehin niemand mehr erkennen. Er hatte Zeit genug, alle Spuren zu verwischen.«

»Das konnte er damals doch noch nicht wissen«, widersprach Nik. »Er mußte sich eine neue Identität aufbauen. Stell dir vor: Du hast ein Verbrechen begangen. Keiner kennt deinen Namen, doch es existiert ein Bild von dir. Den Namen kannst du behalten, doch das Gesicht muß geändert werden. Schließlich gibt es Fingerabdrücke von dir, die dich zweifelsfrei enttarnen würden.«

»Welche Fingerabdrücke?«

»Die des flüchtigen Mannes. Ich habe kurz vor meiner Suspendierung den Interpol-Computer befragt. Man hat die Abdrücke in dem Wagen gefunden, mit dem der Mann die Kinder zu den Schwarzen Messen gefahren hat. Im Inneren des Autos wimmelte es von Spuren.«

»Super!« rief ich aus. »Dann mußt du Vermeulens Abdrücke mit denen aus dem Computer vergleichen!«

»Ich? Du vergißt, daß ich suspendiert bin! Außerdem hat noch niemand Vermeulen erkennungsdienstlich behandelt.«

»Sollen wir Baißer den Tip mit der Gesichtsoperation geben?« fragte ich.

»Wenn du das tust, bin ich fertig mit dir!« Nik war zornig.

»Nik! Es geht doch um die Sache. Kannst du denn nicht einmal deinen Haß auf den Mann hinten anstellen?«

»Nein, das kann ich nicht«, sagte er heftig.

»Okay«, resignierte ich, »irgendwann wirst du wieder im Dienst sein. Solange mache ich allein weiter. Eva Grid hat ihr Geständnis übrigens zurückgezogen. Sie wird entlassen. Ich weiß leider nicht genau, wann.«

»Kein Problem.« Nik wählte eine Nummer.

»Hier Hauptkommissar Kodil«, hörte ich ihn sagen. »Können Sie mir sagen, wann Frau Eva Grid entlassen wird? Es geht um Polizeischutzmaßnahmen.«

Die Stimme am anderen Ende der Leitung sagte etwas. Kodil bedankte sich.

»Morgen um zehn«, berichtete er. »Der Anstaltsleiter muß es ja schließlich wissen.«

»Danke! Kommst du morgen mit? Ich muß mit der Grid reden.«

»Klar. Ich habe schließlich genug Zeit.«

Den Rest des Abends verbrachten wir in ungewohnter Harmonie. Wir schmiedeten die verrücktesten Pläne, wie wir die Satansbrut in die Wüste schicken würden.

Gegen Mitternacht stand Nik stumm am Fenster und starrte hinaus.

Ich ging zu ihm und legte die Hand auf seine Wange.

»Was war das eigentlich neulich abends für eine Frau, die dich besucht hat?«

Er lachte. »Ich wußte, daß du doch noch fragen würdest.«

»Bekomme ich denn auch eine Antwort?«

»Sie war eine Kollegin. Verheiratet, zwei Kinder.«

»Tatsächlich? Und was hast du für sie gekocht?«

»Ich hatte eine Quiche Lorraine vorbereitet, doch der Hefeteig ist nicht aufgegangen. Und dann sind mir noch die Zwiebeln verbrannt. Dein Anruf hat mich völlig aus der Bahn geworfen.«

»Armer Schatz«, sagte ich sanft, »das kommt davon, wenn du für fremde Frauen kochst. War der Wein wenigstens okay?«

»Nein. Der Edelzwicker hat nach Korken geschmeckt.«

»Und der Nachtisch?«

»Ihr Mann hat sie abgeholt«, grinste Nik. »Vor dem Dessert. Du warst ganz schön sauer, oder?«

»Ach was«, log ich, »ich bin niemals eifersüchtig. Da stehe ich nun wirklich drüber. In meinem Alter vergeudet man keine Zeit mit unnützen Gefühlsausbrüchen.«

Eva packt aus

Eva Grid trat kurz nach zehn mit einem kleinen Koffer in der Hand durch das Tor der Justizvollzugsanstalt für Frauen. Sie ging aufrecht, ihre Schritte waren energisch, ihre Gesichtsfarbe erstaunlich gesund. Sie verharrte eine Weile, sah sich um und atmete tief durch.

Nik und ich hatten in der Nähe des Eingangs geparkt.

»Hallo, Frau Grid.« Ich war auf sie zugegangen.

Eva Grid schaute mich mit neutraler Miene an. »Frau Grappa«, sagte sie dann, »sind Sie meinetwegen hier?«

»Sicher. Ich freue mich, daß Sie das Geständnis widerrufen haben. Ich habe Sie nie für die Mörderin Ihres Mannes gehalten.«

»Das weiß ich«, entgegnete sie, »ich habe Ihre Artikel gelesen.«

»Und? Was halten Sie von meiner Theorie?«

»Ich weiß nicht so recht. Ich habe Else immer für meine beste Freundin gehalten.«

»Lassen Sie uns woanders hingehen«, schlug ich vor, »dann können wir uns besser unterhalten.«

Sie nickte. Ich griff nach Eva Grids kleinem Koffer, um ihn im Kofferraum meines Autos zu verstauen. In demselben Augenblick fuhr ein Wagen vor. Bremsen quietschten. Ortwin Baißer kam auf uns zu.

»Was machen Sie denn hier?« blaffte er mich an.

»Ich hole Frau Grid ab«, entgegnete ich milde. »Was dagegen?«

»Allerdings.«

Baißer wandte sich an Eva. »Guten Tag, Frau Grid. Ich bin hier, weil ich doch noch ein paar Fragen an Sie habe. Kommen Sie bitte!«

»Moment!« griff ich ein. »Frau Grid hat bereits einen Termin. Mit mir.«

Eva Gridwar verunsichert. Sie schaute mich hilflos an.

»Sie müssen gegenüber der Polizei nicht aussagen«, hörte ich die Stimme von Nik. »Niemand kann Sie zwingen, ohne Ihren Anwalt etwas zu sagen. Können wir jetzt fahren?«

Baißer schaute Nik mit wutverzerrtem Gesicht an. »Halten Sie sich da raus, Kollege!« brüllte er. »Sie sind vom Dienst suspendiert.«

»Eben«, sagte Nik trocken, »deshalb kann ich machen, was ich will. Frau Grappa und ich haben eine Verabredung mit Frau Grid. Ich wäre Ihnen dankbar, wenn Sie sich endlich verpissen würden, Sie Großmaul!«

Baißer rang nach Luft. Ich packte Eva Grid am Arm und schob sie zu meinem Auto. Sie stieg ein, Nik klemmte sich auf den hinteren Sitz. Ich startete den Japaner. »Das war knapp«, kommentierte ich.

»Wohin fahren wir?« wollte Frau Grid wissen.

»Kein Ahnung«, sagte ich, »erst mal weg von hier.«

»Ich möchte nach Hause!« sagte sie. »Dort können wir uns auch unterhalten.«

»Finden Sie, daß das eine gute Idee ist?« zweifelte ich.

»Else Ambrosius könnte dort sein.«

»Es ist mein Haus!«

»Wie Sie wollen!« Ich änderte die Fahrtrichtung. Nach zehn Minuten kam die Grid'sche Villa ins Blickfeld.

Eva stieg aus, wartete, bis Nik und ich neben ihr standen. Zu dritt steuerten wir auf die Eingangstür zu. Eva schloß auf. Wir befanden uns im Flur.

Eva setzte den Koffer auf dem gefliesten Boden ab. Radiomusik klang an mein Ohr. Ich beobachtete, wie Eva einen Raum betrat.

»Komm!« sagte ich zu Nik. Wir schlichen hinterher, um nichts zu verpassen.

»Hallo, Else«, hörten wir Eva sagen. »Ich bin entlassen worden!«

»Eva, Liebes!« flötete Else Ambrosius. »Ich hatte wirklich keine Ahnung ...«

Sie näherte sich Eva und wollte sie in den Arm nehmen. Diese wehrte ab. »Laß das. Ich möchte, daß du sofort deine Sachen packst und das Haus verläßt!«

»Aber warum?« schrie Else auf. »Ich habe meine Wohnung gekündigt. Wo soll ich denn hin?«

»Das ist mir egal. Versuch es doch bei Jaap.«

Else wollte Eva antworten, doch dann fiel ihr Blick auf uns.

»Das haben dir diese Leute da eingeredet«, rief sie außer sich vor Wut, »diese Schmierenjournalistin und ihr Polizist. Glaubst du etwa die gemeinen Lügen, die über mich in der Zeitung stehen?«

»Gehst du, oder muß ich erst die Polizei holen?« Eva Grid war fest entschlossen.

»Wie du willst«, zischte die Ambrosius. »Du wirst schon sehen, wie weit du ohne mich kommst.« Ihr Gesicht hatte jede Verbindlichkeit verloren. »Wenn du glaubst, mir und Jaap den Mord an deinem Mann anhängen zu können, dann bist du schief gewickelt. Diese Journalistin da hat zwar viel wirres Zeug geschrieben, doch keinen einzigen Beweis geliefert. Wir sprechen uns noch. Und nimm dich in acht – du weißt schon vor wem.«

Sie warf mir einen haßerfüllten Blick zu, dem ich locker

standhielt. »Ich rufe Ihnen ein Taxi«, sagte ich sanft. »Oder soll ich Herrn Vermeulen bitten, Sie abzuholen?«

Sie schenkte sich die Antwort.

Zehn Minuten später hatte Else Ambrosius das Haus verlassen. Eva atmete auf. »Möchten Sie Kaffee?« fragte sie.

»Gern«, antwortete ich. Eva bat Nik und mich im Wohnzimmer Platz zu nehmen. Kurze Zeit später kam sie mit einer Kanne Kaffee zurück.

»Ich dachte nicht, daß es so einfach sein würde«, meinte Eva Grid. »Im Gefängnis habe ich mir die Szene immer und immer wieder vorgestellt. Gut, daß Sie beide dabei waren. Sonst hätte ich es womöglich nicht geschafft. Sie war immerhin meine beste Freundin.«

»Diese Frau und Vermeulen haben dafür gesorgt, daß Sie wochenlang im Gefängnis saßen«, wandte ich ein.

»Mag sein. Aber es war zum Teil auch meine Schuld. Ich habe so oft davon geträumt, meinen Mann zu töten, daß es zwischen der Fiktion und der Realität für mich irgendwann keinen Unterschied mehr gab.«

»Strafrechtlich ist das schon von Belang«, sagte Nik. »Warum haben Sie den Mord gestanden?«

»Ich sah die Bilder deutlich vor mir«, antwortete Eva. »Ich hatte ein Messer in der Hand und stach zu. Gleichzeitig war alles wie ... in einem dichten Nebel. Im Gefängnis habe ich mit einer Psychologin darüber gesprochen. Sie meinte, daß ich mich an die Tat anders erinnern würde, wenn ich sie begangen hätte. Das viele Blut zum Beispiel – nichts davon war in meiner Erinnerung. Ich habe Schreie gehört. Oktavios Schreie. Sie waren weit weg. Doch die Verstümmelung – dazu wäre ich nie fähig gewesen. Irgendwann habe ich dann Ihren Artikel gelesen. Darin schilderte eine ehemalige Patientin meines Mannes, wie sie zusammen mit Else und Jaap die Tat begangen hat. Und ich konnte mich plötzlich daran erinnern, die Frau in der Mordnacht gesehen zu haben. Da wußte ich, daß ich mir die Sache nur eingebildet hatte.«

»Warum haben Sie so lange gewartet, bis Sie das Geständnis widerrufen haben?«

»Weil ich immer wieder Zweifel bekam. Warum sollte mir Else so etwas antun? Ich war nie böse zu ihr, habe sie aufgenommen und geliebt. Was sollte sie für einen Grund haben, mich lebenslang ins Gefängnis zu schikken?«

»Geldgier«, schlug ich als Motiv vor. »Denken Sie an das Testament Ihres Mannes. Wenn Sie an seinem Tod schuld gewesen wären, hätte sie schalten und walten können, wie es ihr beliebt.«

»Ich habe nie verstanden, warum er dieses Testament gemacht hat«, seufzte Eva. »Immerhin haben wir uns ja mal geliebt. Else wurde vermutlich durch Oktavio geradezu herausgefordert, mir Böses anzutun.«

»Vielleicht hatten die Teufelsanbeter auch bei der Abfassung seines Letzten Willens die Finger im Spiel«, spekulierte ich.

»Welche Rolle spielt eigentlich Vermeulen?« mischte sich Nik ein. »Es kam mir immer so vor, daß er harmloser ist als Else.«

»Das täuscht«, widersprach Eva. »Er zieht die Fäden im Hintergrund. Else hat ihn mir damals vorgestellt – als ihren intimen Freund und Therapeuten. Daß mehr dahinter steckt, habe ich nicht gewußt.«

»Hatten Sie ein Verhältnis mit Vermeulen?« Ich dachte an die Fummel-Szene in der Todesnacht, die mir Loki Detema geschildert hatte.

»Ich weiß es nicht.«

»Wie bitte?« Ich glaubte, meinen Ohren nicht zu trauen.

»Vermeulen hat mich häufig hypnotisiert. Es ist möglich, daß es dabei zu sexuellen Kontakten gekommen ist. Manchmal – wenn er mich wieder zurückholte – war mir, als wäre da etwas gewesen. Mein Körper war ... ich weiß nicht, wie ich Ihnen das beschreiben soll.«

Ich sagte nichts. Meine Phantasie reichte aus, um mir vorstellen zu können, was in den Therapiestunden geschehen war.

»Gab es auch Teufelsanbetungen? Und Schwarze Messen?«

Eva senkte den Kopf. »Alles diente ursprünglich der Selbstbefreiung. Dazu gehörte natürlich auch sexuelle Freiheit. Zunächst fand alles nur innerhalb der Körpertherapie-Seminare statt. Wir wählten uns einen Sexualpartner aus oder wurden von jemandem ausgewählt. Vermeulen filmte die Szenen. Später wurde die Sache ... mit Sprüchen und Dekorationen verbrämt.«

»Also haben Sie auch an Schwarzen Messen teilgenommen?« Nik ließ nicht locker.

»So etwas ähnliches.« Eva wollte nicht richtig mit der Sprache heraus.

»Wir meinen Anbetungen von Dämonen, Tötung von Tieren und natürlich Sex in allen möglichen Variationen. Dazu irgendwelchen verbalen Abrakadabra. Also reden Sie schon!« sagte ich hart. »Wir wollen diesen Leuten endlich das Handwerk legen. Das können wir nur, wenn Sie endlich auspacken!«

Nik warf mir einen warnenden Blick zu. Ich tat so, als übersähe ich ihn.

»Ich habe nur einmal an einem solchen Treffen teilgenommen«, erzählte Frau Grid, »vor etwa einem Jahr. Es war der Geburtstag von Aleister Crowley, dem Großmeister des Ordens. Es war schrecklich.« Sie verstummte und griff mit zitternden Händen nach ihrer Tasse.

»Lassen Sie sich Zeit.« Nik spielte den Verständnisvollen.

»Die Gruppe hatte sich wochenlang auf das Ereignis vorbereitet«, nahm die Witwe den Faden wieder auf, »bei Regen sollte die Feier in der großen Halle des Birkenhofes stattfinden, bei gutem Wetter im Birkenwäldchen direkt nebenan. Wir lernten die Gebete auswendig, nähten die Kutten und Kapuzen und fertigten große Holzkreuze an, die an dem Abend verbrannt werden sollten. Alles schien ein großer Spaß zu werden.«

»Klingt wie die Vorbereitung auf eine Premiere der Bierstädter Freilichtbühne«, murmelte ich.

»Bis Mitternacht waren die Kreuze aufgerichtet worden. Alle waren vermummt. Um Punkt zwölf ließ sich der Hohepriester eine schwarze Katze bringen und schlitzte ihr den Bauch auf. Das Blut lief über den nackten Körper der Frau, die auf einem Tisch lag. Wir murmelten unsere Verse, und der Priester schlief mit ihr. Dabei stieß er laute Beschwörungen aus.«

»Wer war die Frau?«

»Ich weiß nicht. Ihr Gesicht war durch eine Kapuze verdeckt.«

»Und weiter?« fragte ich.

»Die anderen Männer nahmen sich die Frau danach. Es war grauenhaft. Zwischendurch hatte jemand die Holzkreuze angezündet. Ihr Feuer erhellte die Nacht. Auf dem Altar war alles voller Blut. Da bin ich einfach weggelaufen.«

»Wohin?«

»Nach Hause. Es war niemand da. Ich war froh, denn Oktavio sollte mich nicht in dem Zustand sehen, in dem ich war. Er hatte mich immer vor Vermeulen und seinem Hokuspokus gewarnt. Am anderen Morgen kam Else. Sie hatte bemerkt, daß ich weggelaufen war, und beruhigte mich. Alles sei doch nur ein großes Spiel für Erwachsene, ein bißchen Budenzauber. Nichts Strafbares.«

»Da hat sie sogar recht«, meinte Nik. »Die Frau auf dem Altar hat vermutlich freiwillig mitgemacht, die Teilnehmer ebenfalls, und die Tötung der Katze ist ein kleiner Verstoß gegen das Tierschutzgesetz. Da kräht kein Hahn nach.«

»Wann hat dieser Crowley eigentlich genau Geburtstag?« Mir war ein Gedanke gekommen.

Niemand wußte die Antwort – auch Eva Grid nicht.

»Pater Joseph hat mir ein Buch über Satanismus geliehen«, fiel mir wieder ein. »Da müßte es drin stehen. Leider liegt es in der Redaktion.«

Ich ließ mir das Telefon zeigen und rief im Büro an. Turkey hatte den Schmöker schnell gefunden, und kurze Zeit später hatte ich die Antwort. Aleister Crowleys Geburtstag war der 12. Oktober 1875!

»Das ist in drei Tagen«, stellte Nik fest.

»Prima!« jubelte ich.

»Was haben Sie vor?« fragte Eva Grid.

»Ich mag Spiele für Erwachsene. Ich werde dabei sein.«

»Wir werden dabei sein«, korrigierte Nik. »Falls die Geburtstagsparty überhaupt steigt.«

»Der Tag ist ein heiliges Datum für die Gruppe«, sagte Eva Grid, »die Messe findet jedes Jahr statt. So hat es mir Else jedenfalls erzählt.«

»Wir brauchen drei Kostüme«, stellte ich fest.

»Wieso drei?«

»Du, ich und Turkey. Schließlich brauche ich Fotos für meinen Artikel. Unter dem Fummel läßt sich eine versteckte Kamera gut plazieren. Können Sie uns die Kostüme beschreiben?«

Eva Grid konnte. Schließlich hatte sie vor gut einem Jahr selbst zu Nadel und Faden gegriffen, um das richtige Outfit für die Party zu haben.

»Sie sollten zum Polizeipräsidium kommen und endlich eine detaillierte Aussage machen«, schlug Nik vor, als wir uns verabschiedeten. »Immerhin können Sie sich wieder an die Mordnacht erinnern.«

»Wer wird mir noch glauben?« fragte die Witwe. »Ich war nicht ganz bei mir.«

Auch ich hatte ziemliche Zweifel. »Jeder gute Anwalt zerpflückt die Aussage im Handumdrehen. Wir brauchen noch mehr Beweise, um das saubere Paar aus dem Verkehr zu ziehen.«

»Ich werde nichts tun, bevor Else und Jaap nicht verhaftet sind«, sagte Eva bestimmt. »Ich habe Angst vor den beiden – schreckliche Angst.«

In drei Teufels Namen

»Dafür kann ich die Verantwortung nicht übernehmen!« Peter Jansen war nicht begeistert von dem Plan. »Was ist, wenn die Satansbrüder euch enttarnen? Dann wird dir statt der Katze der Bauch aufgeschlitzt. Oder du wirst auf dem Altar vergewaltigt!«

»Uns passiert schon nichts«, versuchte ich ihn zu beruhigen. »Turkey ist auch hellauf begeistert von dem

Plan. Eine echte Schwarze Messe! Und das *Tageblatt* ist live dabei.«

Jansen lief wie ein Tiger im Käfig in seinem Zimmer auf und ab, das Gesicht schmerzlich verzogen. Dann raufte er sich die Haare. Da wußte ich, daß er ja sagen würde. Ich hatte seine Körpersprache im Laufe der Jahre zu deuten gelernt. Er war zu sehr Journalist, um eine solche Chance verstreichen zu lassen. Ich hätte es außerdem sowieso gemacht – auch ohne sein Okay.

»Also gut«, kam es irgendwann, »du machst ja doch, was du willst. In drei Tagen geht's los, sagst du? Was sagt dein Polizeifreund zu der Sache?«

»Nik wird dabei sein«, antwortete ich. »Er hat gerade Urlaub.«

In diesem Moment steckte Turkey seinen Kopf durch die Tür. »Und?« fragte er.

»Er hat's genehmigt. Hast du den Film?« fragte ich.

»Einen hochempfindlichen Schwarzweißfilm und eine kleine, leichte Kamera. Trägt kaum auf. Ich werde heute nacht mal im Stadtpark üben. Tschüs!« Weg war er wieder.

»Ich komme in Teufels Küche, wenn euch was passiert«, lamentierte Jansen.

»Schönes Bonmot«, grinste ich. »Hast du eigentlich mal drauf geachtet, wie oft das Wort ›Teufel‹ in unserer Umgangssprache vorkommt? Der Teufel ist nicht nur in unseren Seelen, sondern auch in unserem Alltag allgegenwärtig. Jetzt erst weiß ich, was Pater Joseph mit dem Satz gemeint hat: Der Teufel existiert nur in der Gesellschaft Gottes. Der ewige Kampf zwischen Gut und Böse, den wir alle fast täglich ausfechten. Solche Feinheiten sind mir früher gar nicht aufgefallen. Welcher ist eigentlich dein Lieblingsteufel?«

»Das bist natürlich du, Grappa! Außerdem – du brauchst mich nicht mit deinen linguistischen und philosophischen Beobachtungen einzulullen«, meckerte Jansen. »Die Sache ist und bleibt wackelig. Wenn ich nach der Messe nichts von dir höre, schicke ich euch eine Hundertschaft hinterher. In drei Teufels Namen!«

Zufrieden verließ ich Jansens Zimmer. Die Sache lief gut. Für den 12. Oktober hatte das Wetteramt Trockenheit und leichte, herbstliche Kühle vorausgesagt. Die Messe würde also unter freiem Himmel stattfinden. Wir mußten uns nur noch um Mitternacht unauffällig unter die Satanisten im Birkenwald einreihen.

Baißer wird bleich

»Wo ist Frau Grid?« Hauptkommissar Ortwin Baißer war am späten Nachmittag unangemeldet in meinem Büro aufgetaucht. Ein Benehmen, das mich nicht gerade entzückte. Wer mich dienstlich besuchen will, braucht nämlich einen Termin.

»Haben Sie etwas gefragt?« meinte ich frostig.

»Allerdings.« Baißer hatte Mühe, die Fassung zu behalten. »Was haben Sie mit Frau Grid gemacht?«

»Ist sie denn nicht zu Hause?« Ich begann, Bleistifte zu spitzen. Langsam steckte ich die Holzstäbe in das Gerät, drehte sie und sah zu, wie hauchdünne Holzspiralen auf die Schreibtischauflage fielen.

»Ist sie nicht«, polterte der Hauptkommissar. Sein graues Gesicht hatte vor Wut eine gesunde Farbe angenommen. »Hat sie gesagt, wo sie hin wollte?«

»Mir nicht«, antwortete ich leise, ohne meine Tätigkeit zu unterbrechen.

»Für Herrn Kodil hat die Sache schlimme Konsequenzen«, fuhr Baißer fort. »Er war bei der Vernehmung der Frau dabei. Trotz Suspendierung. Ich werde dafür sorgen, daß er ...«

»Lieber Herr Baißer«, unterbrach ich ihn, »Herr Kodil und ich haben mit Frau Grid nett geplaudert. Journalisten führen keine Vernehmungen durch. Dafür bekommen wir auch mehr Informationen als durchgeknallte Bullen mit Karriereknick. Damit meine ich Sie, Herr Baißer. Ich wünsche Ihnen noch einen schönen Tag!«

Ich hatte inzwischen die fünf Bleistifte auf dem Tisch auf Vordermann gebracht. Die Uhr sagte mir, daß ich in einer halben Stunde mit Turkey und Nik verabredet war. Wir wollten die geplante Aktion besprechen.

Doch Baißer machte keine Anstalten aus meinem Zimmer zu verschwinden. »Frauen wie Sie wurden im Mittelalter als Hexen verbrannt.«

Überrascht schaute ich Baißer an. Welche Sprüche würden noch kommen? Der Dialog wurde spannend.

»Tut mir leid für Sie«, sagte ich mild. »Wenn Sie Frauen verbrennen wollen, leben Sie in der falschen Zeit. Welche Gewaltphantasien existieren denn noch so in Ihrem Kopf? Erzählen Sie doch mal!« Ich lehnte mich in meinem Stuhl zurück, nahm eine betont lässige Haltung ein und lächelte maliziös. »Los doch! Nur keine Hemmungen!«

Baißer schwieg.

»Frauen verbrennen, Kollegen bespitzeln. Vielleicht auch Menschen mit dem Auto überfahren?«

Der Hauptkommissar erbleichte. »Was meinen Sie damit?« fragte er heiser. Sein Blick flackerte.

»Denken Sie doch mal nach, Herr Baißer«, schlug ich vor. »Vielleicht nehmen Sie dabei eine Flasche Schnaps zu Hilfe.«

»Miststück!« zischte er. »Sie haben hinter mir her spioniert.«

»Das brauchte ich gar nicht«, sagte ich. »Ich kenne jemanden, der dabei gewesen ist, damals. Sozusagen der einzige Zeuge.«

Seiner Mimik entnahm ich, daß er langsam begriff. Jetzt hatte ich keine Probleme mehr, ihn loszuwerden.

Als er weg war, dachte ich nach. Eva Grid war also untergetaucht. Sie muß sich in Sicherheit gebracht haben, schoß es mir durch den Kopf. Hoffentlich!

Guter Junge!

Die Tage bis zu Aleister Crowleys Wiegenfest vergingen wie im Flug. Turkey hatte nächtliches Fotografieren ohne Blitz geübt, ich hatte schwarzen Stoff gekauft, um daraus Kutten und spitze Kapuzen zu nähen.

»Hoffentlich hat die Teufelsbrut ihre Mode nicht geändert«, wünschte ich. »Nicht, daß in diesem Herbst hellblau angesagt ist.«

Nik lachte. Der Urlaub bekam ihm gut. Er war ausgeglichen und heiter. Wir saßen in meiner Wohnung. Ich hatte mir eine elektrische Nähmaschine geliehen, Maß genommen und den Stoff zugeschnitten.

»Das sieht ja richtig profimäßig aus«, wunderte sich Nik. »Ich wußte gar nicht, daß du nähen kannst.«

»Ich beherrsche alle weiblichen Kulturtechniken«, gab ich an. »Fischernetze knüpfen, Körbe flechten, Gefäße töpfern und Teufelskostüme nähen. Wenn du willst, versehe ich deine Kapuze mit einem flotten Hohlsaum oder sticke dir ein güldenes Pentagramm hinein. Wie wär's?«

»Dauert zu lange«, winkte er ab. »Außerdem möchte ich nicht mit dem Hohepriester verwechselt werden.«

»Wäre doch schön für dich.« Ich warf Kodil einen schrägen Blick zu. »Dann darfst du als erster die Frau auf dem Altar vögeln. Und viele Leute gucken dir dabei zu. Würde dich das nicht anturnen?«

»Ist mir schon klar, daß der Satanismus von Leuten erfunden worden ist, die einen Skurrilfick wollen. Ich brauche kein Abrakadabra dabei. Außerdem will ich das Gesicht der Frau sehen, wenn ich es mit ihr treibe. Das macht mich wirklich an.«

»Guter Junge«, lobte ich. »Möchtest du deine Kutte mal überziehen? Ich will unten den Saum abstecken.«

Nik grinste. »Aber gern.« Er öffnete Gürtel und Reißverschluß, die Jeans fiel zu Boden.

Ich schaute irritiert.

»Komm, Grappa«, flüsterte er in mein Ohr. »Jetzt zeig ich dir mal, was ich für ein Satansbraten sein kann. Willst du?«

Begegnung mit dem roten Mann

Wir fuhren weit vor Mitternacht zum Birkenhof, um die Lage zu peilen. Auf dem sonst so stillen Hof herrschte hektische Betriebsamkeit. Wagen standen kreuz und quer geparkt, der gepflasterte Innenhof war mit Girlanden geschmückt. Es dämmerte schon kräftig, doch der Birkenhof war hell erleuchtet.

»Das sieht nach einem Dorffest mit Blasmusik und Pfefferpotthastessen aus. Gleich kommen noch die Schützengilde und der Sauerländische Gebirgsverein.« Ich reichte Nik das Fernglas. »Schau mal!«

Wir saßen noch im Auto, das in ziemlichem Abstand geparkt stand.

»Du hast recht«, bestätigte Nik, »alles scheint ganz harmlos zu sein. Da – Vermeulen ist aufgetaucht. Er gibt Anweisungen. Hinter ihm steht die Ambrosius. Ein sauberes Pärchen!«

»Hoffentlich haben die keine Lunte gerochen«, meldete sich Turkey zu Wort. »Wer weiß, daß wir hier sind?«

Ich überlegte. »Fünf Leute. Wir drei, Jansen und Eva Grid.«

»Hält die dicht?«

»Davon gehe ich aus«, antwortete Nik. »Sie hat uns schließlich von der Schwarzen Messe zu Ehren Crowleys erzählt.«

»Hoffentlich«, murmelte ich. Ein ungutes Gefühl beschlich mich.

»Da!« Nik hatte die Szenerie im Blick behalten. Er reichte mir das Glas. Ich sah, wie mehrere Männer große Holzkreuze über den Hof in den angrenzenden Birkenwald trugen.

»Also doch«, sagte ich zufrieden. »Dort, wo sie die Kreuze hinschleppen, findet die Messe statt. Laßt uns näher ranfahren!«

Nik startete den Wagen. Es regnete nicht, die Luft war nur ein wenig kühl. Je näher wir dem Wald kamen, um so holpriger wurde der Weg. Schließlich hörte er ganz auf.

Nik wendete das Auto. So konnten wir im Bedarfsfall besser flüchten.

»Der Wald ist nicht sehr groß«, stellte Kodil fest, »wir schleichen uns durchs Gebüsch, wenn es soweit ist. Mit den Taschenlampen müßte es trotz der Dunkelheit ganz gut gehen. Der Boden ist ziemlich eben. Und jetzt entspannt euch. Wir haben noch ein paar Stunden Zeit.«

Die Wartezeit war nicht besonders angenehm. Die Kühle der kommenden Nacht zog durch die geöffneten Fenster ins Auto. Mich fröstelte.

Endlich war es Viertel vor zwölf.

»Es geht los!« Nik deutete auf Lichter, die durch den Wald schimmerten. »Zieht die Kostüme an!«

Kodil gab Befehle wie ein Feldherr. Wir sprangen aus dem Wagen und warfen die Kutten über. In die Innenseiten der Gewänder hatte ich große Taschen genäht, so daß wir die Taschenlampen ohne Probleme verstauen konnten. In Turkeys Hemd war außerdem ein Loch geschnitten, damit er das Objektiv der Kamera durchstecken konnte.

»Verdammt dunkel!« flüsterte ich. Beklommenheit kam in mir auf, gemischt mit ein bißchen Angst vor dem, was wir sehen würden.

»Fertig?« fragte Nik.

Wir nickten stumm. »Dann los«, befahl er, »jeder behält den anderen im Auge. Ich führe die Gruppe an, keine überflüssigen Gespräche während des Einsatzes. Die Kapuzen nicht verlieren und erst dann überziehen, wenn wir am Operationsort angekommen sind. Noch Fragen?«

»Non, mon général«, witzelte ich.

Nik lief voran, Turkey und ich hinterher.

Wer, wie ich, üblicherweise auf ebenen Asphaltstraßen herumstöckelt, hat Schwierigkeiten mit natürlichem Gelände. Einige Male wäre ich fast gefallen, meine Haare verfingen sich in Zweigen, und die Kutte schleifte über den Boden.

Ich blickte hoch. Die Lichter kamen immer näher. Gleich mußten wir am Ziel sein. Die ersten Stimmen waren zu hören.

Nik wies uns mit einer Handbewegung an stehenzubleiben. Vor uns befand sich eine Gruppe von Leuten, die Rücken zu uns gekehrt. Sie trugen die gleiche Art Kopfbedeckung, die ich zu Hause genäht hatte.

»Die Kapuzen!« flüsterte Kodil. »Und jetzt reiht euch unauffällig in die Gruppe ein.«

Ich stülpte mir den Spitzhut über und schlich näher. Schließlich stand ich hinter zwei schwarz gewandeten Gestalten. Der erste Teil ist geschafft, dachte ich. Behutsam versuchte ich, mir den Weg nach vorn zu bahnen. Schließlich wollte ich etwas sehen.

Die Satansbrüder waren so freundlich, mich durchzulassen. Jetzt hatte ich freien Blick auf die Lichtung.

In dem Rund war ein schwerer Tisch in Form eines Altars aufgestellt, der mit schwarzen Tüchern bedeckt war. Ich erkannte einige aufgemalte Symbole: das Pentagramm, die Zahl 666 und das Logo der *Fraternitas saturni*.

»Dies ist das Geheimnis des Heiligen Grals, der das heilige Gefäß unserer Frau ist, des Scharlachweibes, der Hure Babylon, der Mutter der Greuel, die auf unserem Herrn Baphomet reitet. Du sollst dein Blut, das dein Leben ist, laufen lassen in die Schale ihrer Unzucht.«

Die Stimme, die den Spruch getan hatte, war die von Else Ambrosius. Sie war mit einem scharlachroten Gewand bekleidet. Zwei halbnackte Männer standen hinter ihr, brennende Fackeln in den Händen. Sie trugen nur Lendenschurze, ihre Haut war eingeölt, die Augen durch schmale Karnevalsmasken verborgen.

So ein Schwachsinn, dachte ich. Ich kam mir vor wie in einer billigen Hollywood-Inszenierung.

»Hohepriesterin Roxanne, tu, was du willst«, murmelte die Menge. »Tu, was du willst! Tu, was du willst!«

Else-Roxanne wandte sich zur Seite und gab ein Handzeichen. Die Teufelsanbeter bildeten eine Gasse. Zwei Männer, diesmal in den üblichen Kutten, führten eine Frau in die Mitte. Sie trug ein dünnes, langes Gewand. Ihr Gesicht war frei. Es war Eva Grid!

Unwillkürlich trat ich einen Schritt nach vorn und kam so mit dem Fuß in das Rund. Der Teufelsbruder neben mir drückte mich zurück. Mein Herz klopfte. Ich blickte mich um. Wo waren Nik und Turkey? Nichts zu sehen. Alle hier sahen gleich aus.

Roxanne deutete auf den Altar. Die Männer führten Eva Grid hin, hoben sie hoch und legten sie zurecht. Ihr blondes Haar schimmerte im Licht der brennenden Fakkeln. Sie wehrte sich nicht.

Die Männer breiteten die Arme des Opfers aus und öffneten das Gewand. Eva war nackt. Sie rührte sich noch immer nicht.

Ich muß was tun, dachte ich, aber was?

Die Leute murmelten noch immer ihr dämliches »Tu, was du willst.« Plötzlich gingen die Kreuze in Flammen auf. Sie waren mit trockenem Reisig umbunden, das in wenigen Sekunden lichterloh brannte. Ein großer Mann tauchte in der Mitte des Kreises auf. Er war ebenfalls rot gekleidet, sein Mantel war mit goldenen Zeichen bestickt. Der Kopf war unter einem roten Spitzhut verborgen. Das mußte Vermeulen sein!

»Bruder Baphomet«, änderten die Teuflinge ihr Gemurmel, »tu, was du willst! Tu, was du willst!«

»Kur! Mummu Tiamet! Baad Angarru! Ia! Ia! Ia! Zi Azkag! Kutulu zi Kur!« brüllte der Rote plötzlich.

Die anderen heulten auf und warfen sich auf den Boden. Ich tat es ihnen nach.

»Wir beten dich an, Bruder Baphomet! Kur! Masschu! Mummu Tiamet! Ia! Ia!« gellte es durch die Nacht.

Von einem Moment auf den anderen stand der rote Mann ganz in meiner Nähe. Er deutete auf meinen Nachbarn. Der sagte laut: »Yog-Sothot! Tiamet! Baad Angarru! Ia! Ia!«

Der Rote rückte ein Stückchen nach rechts und stand jetzt genau vor mir. Ich war mit einem Spruch an der Reihe. Nur leider kannte ich keinen passenden.

»Hadschi Halef Omar Ben Hadschi Abul Abas Ibn Hadschi Dawud al Gossarah!« hörte ich mich rufen.

Der Mann in der roten Kutte erstarrte.

Er winkte die beiden halbnackten Männer heran und flüsterte einem von ihnen etwas ins Ohr. Er kam auf mich zu und riß mir den Spitzhut vom Kopf.

»Frau Grappa!« hörte ich Roxanne-Else spitz schreien. Die Teufelsanbeter starrten mich an. Niemand sagte etwas. Langsam wurde mir mulmig.

»Vermeulen«, sprach ich in die Nacht, »Sie können Ihren Fummel ruhig ausziehen. Ich habe Sie auch so erkannt.«

Der Rote drehte sich um und winkte einen dritten Mann heran. Die beiden Lendenschurztypen hatten je einen meiner Arme gepackt – an Flucht war nicht zu denken.

»Hallo, Frau Grappa«, sagte der dritte Mann. Er hob die Hand und zog die Kapuze herunter. Vor mir stand Jaap Vermeulen!

»Aber ich dachte ... Wer sind Sie denn?« stotterte ich und deutete auf den Roten. Durch die Schlitze in der Kopfbedeckung konnte ich das Blitzen zweier Augen erkennen – mehr nicht. Der Hohepriester ließ mich stehen und flüsterte Else Ambrosius etwas zu. Sie nickte.

»Alle Brüder und Schwestern nehmen ihre Kapuzen ab«, befahl sie, »wir müssen überprüfen, ob sich noch weitere Spione unter uns befinden!« Männer mit Fackeln traten näher und beleuchteten die Szene.

Nach und nach gehorchten alle und enthüllten ihre Gesichter. Else ließ die Augen durch die Reihen gleiten. Irgendwann blieben sie an einem bestimmen Gesicht hängen. »Hauptkommissar Kodil«, rief sie. »Es wundert mich nicht, Sie auch hier zu sehen. Bringt den Spion zu mir.«

»Renn weg!« schrie ich.

Leider folgte Nik meinem Rat nicht. Widerstandslos ließ er sich nach vorn führen. Auf dem Altar lag noch immer Eva Grid – bewegungslos.

»Was haben Sie mit ihr gemacht?« fragte Nik und deutete mit dem Kinn Richtung Opferstätte.

»Überhaupt nichts«, lachte Else, »das verdammte Luder läßt sich gern von allen ficken. Sie steht drauf!«

»Und warum rührt sie sich nicht?« schrie ich sie an.

»Du hast hier nicht rumzubrüllen«, giftete sie und schlug mir ins Gesicht.

»Verdammte Schlampe. Das zahle ich dir heim!« kreischte ich.

Einer der Männer, die mich noch immer hielten, boxte mir in die Magengrube. Mir wurde übel.

»Bitte, Grappa«, flehte Nik, »halt den Mund.«

»Liebe Brüder und Schwestern!« Else Ambrosius hatte sich den Teufelsjüngern zugewandt. »Wir müssen unsere Feier leider abbrechen. Zwei Spione haben sich in unsere Reihen eingeschlichen. Das spielt aber keine Rolle. Wir haben nichts Ungesetzliches getan. In diesem Lande herrscht Glaubensfreiheit. Gehen Sie jetzt bitte nach Hause. Über unser nächstes Treffen werden Sie wie immer durch einen kurzen Anruf informiert. Ich muß mich jetzt um die Begrenzung des Schadens bemühen.«

Nik und ich wurden unsanft durch den Wald geschleift. Endlich kam das Haus in Sicht. Turkey haben sie nicht erwischt, dachte ich triumphierend, er wird die Polizei alarmieren. Und wenn er's nicht tut, denkt Jansen sicher dran.

In der rustikalen Halle des Birkenhofes wartete Jaap Vermeulen auf uns. Er war wieder in Zivil und sah aus wie der gute alte Onkel Therapeut. Vertrauen einflößend und heiter.

»Ich dachte immer, Sie wären hier der Vorturner«, begann ich mit meiner Rede. »Wer ist der Kerl in Rot?«

»Bruder Baphomet«, grinste der Holländer.

Blut lief aus meiner Nase. In meinem Magen grummelte es nur leicht – die Jungs hatten nicht allzu fest zugehauen.

»Bindet die beiden an die Holzbalken«, befahl Vermeulen den Männern, die noch immer in ihren knappen Höschen steckten.

»Zieht euch mal 'ne ordentliche Hose an«, empfahl ich, »sonst verkühlt ihr euch euren teuflischen Arsch.«

»Sie riskieren aber eine kesse Lippe«, tadelte Vermeulen.

Minuten später umklammerten Nik und ich zwei grobe Eichenbalken, die die Decke des Bauernhauses abstützen sollten. Nicht nur die Hände hatte man uns rückwärts gefesselt, eine Kordel umschlang auch unsere Beine. Auskeilen war also nicht möglich.

»Was haben Sie mit uns vor?« Nik stellte diese der Situation angebrachte Frage.

»Du hast mir schon immer gut gefallen«, schnurrte Else Ambrosius und trat auf Nik zu. »Sag mir, auf was du stehst, und ich besorge es dir. Willst du?«

Ich glaubte, meinen Ohren nicht zu trauen. Sekunden später zweifelte ich zusätzlich noch an meiner Sehkraft: Else faßte mit den Händen unter Niks schwarze Kutte und fummelte an ihm herum. Kodil hatte die Augen geschlossen und stöhnte.

»Na also, es regt sich doch schon was da unten!« gurrte sie.

»Laß das, Else!« befahl Vermeulen. »Du kannst wohl nie genug kriegen?«

Else gehorchte und ließ von Nik ab. Sie sah mich mit einem satanischen Grinsen an.

»Wer weiß, daß Sie hier sind?« fragte Vermeulen.

»Meine Kollegen sind im Bilde«, antwortete Nik. »Das, was Sie jetzt gerade mit uns machen, ist Freiheitsberaubung. Dazu kommt Bedrohung eines Polizeibeamten.«

»Und das, was Sie zwei gemacht haben, heißt Hausfriedensbruch.«

»Stimmt nicht«, belehrte ihn Nik. »Wir haben uns in einem Wald, der sich in städtischem Besitz befindet, an einer öffentlich zugänglichen Party beteiligt. Ins Haus haben erst Sie uns geschleppt.«

»Schön, daß Sie das so sehen«, meinte Vermeulen. »Dann scheint ja alles in schönster Ordnung zu sein.« Er strich sich zufrieden über den Bauch.

»Wir wollen den roten Mann«, forderte ich. »Sagen Sie uns, wer sich hinter der Maske verbirgt.«

»Maria! Bitte!« ermahnte mich Nik. »Wir müssen das Beste aus dieser Situation machen.«

»Jawohl, Herr Hauptkommissar«, blaffte ich. »Und was ist mit Eva? Die beiden hier haben sie entführt und vermutlich unter Drogen gesetzt. Ist dir das völlig egal?«

»Frau Grid liegt in ihrem Zimmer und schläft friedlich«, behauptete Vermeulen. »Ich kann mir nicht vorstellen, daß sie uns anzeigt.«

»Dann ist ja alles in schönster Ordnung. Wie wär's, wenn Sie uns jetzt losbinden?« schlug Nik vor.

Vermeulen überlegte. Dann trat er zu uns hin, löste erst Niks Fesseln, und schließlich befreite er mich.

In diesem Augenblick pochte es draußen an die Tür. »Öffnen Sie! Hier ist die Polizei!«

Else blickte Vermeulen in Panik an, doch der behielt die Ruhe. Sekunden später erschallten laute Stimmen und kurze Kommandos. Polizisten stürmten vermummt und mit Maschinenpistolen im Anschlag in die Bauernstube.

»An die Wand!« schnauzte jemand. Wir nahmen die Arme hoch und legten sie mit geöffneten Handflächen gegen das Fachwerk.

»Die beiden sind okay«, hörte ich die Stimme von Hauptkommissar Ortwin Baißer. »Alles klar, Kollege?« fragte er Nik. Er war überraschend freundlich und schien ernsthaft an unserem Befinden interessiert zu sein.

»Wer hat Sie alarmiert?« wollte ich wissen.

»Der Fotograf«, antwortete er kurz.

»Der rote Mann«, fiel mir wieder ein, »er ist bestimmt noch im Haus. Oben sind die Therapie- und Gästeräume. Frau Grid ist auch hier – vollgepumpt mit irgendwelchen Mitteln.«

Baißer befahl zwei Männern, mit ihm zu kommen. Nik lief hinterher, stürzte an Baißer vorbei die Treppe hoch. Ich schloß mich dem Quartett an.

Die Treppe war steil und führte in eine dunkle Etage. Plötzlich sah ich etwas Rotes aufblitzen. »Vorsicht!« schrie ich.

Über die Holzbrüstung schaute der rote Mann, noch immer in voller Montur. In der Hand hatte er eine Waffe. »Zurück!« brüllte er.

Nik und Baißer verharrten ein paar Sekunden. »Dich krieg ich«, schrie Nik und stürzte nach vorn.

Was dann geschah, kann ich nur noch ahnen, denn alles ging blitzschnell. Baißer warf sich vor Nik, ein Schuß knallte, und alle vier Männer fielen rückwärts die Treppe hinunter. Dort lagen sie zu meinen Füßen. Ich blickte nach oben: Der rote Mann war weg!

»Bist du verletzt?« fragte ich in plötzlicher Panik.

»Ich nicht«, antwortete Nik. Er blickte zu Baißer, der sich die Schulter hielt.

»Nicht so schlimm«, lächelte er mit schmerzverzerrtem Gesicht. Ich sah, daß sich auf Baißers Hemd ein roter Fleck gebildet hatte.

Nik war wieder einigermaßen gefaßt. Er nahm das Funkgerät des Verletzten und orderte einen Notarzt. Dann erteilte er einige knappe Befehle. Mit der Waffe in der Hand stieg Kodil erneut die Treppe hoch. Ich wollte hinterher. »Du bleibst hier!« befahl er mir.

Wenig später war er schon wieder da. Der Hohepriester der *Fraternitas saturni* hatte sich aus dem Staub gemacht.

»Im ersten Stock gibt es außen eine Feuerleiter. Die muß er benutzt haben«, erklärte Kodil. »Ich werde den Wald durchsuchen lassen.« Dann wandte er sich an Baißer. »Tut mir leid, Herr Kollege. Eigentlich hätte ich den Schuß abbekommen müssen.«

Baißer sagte nichts.

Der Notarztwagen trudelte ein. Baißer ging aufrecht zu ihm hin. Draußen beobachtete ich, wie Else Ambrosius und Jaap Vermeulen in die grüne Minna verfrachtet wurden. Eva Grid lag auf einer Trage, die in den Ambulanzwagen geschoben wurde. Das harte Licht der Scheinwerfer gab der Szene Spielfilmcharakter: Großreinemachen nach dem Showdown.

Turkey war inzwischen auch angekommen.

»Danke, Bruder«, sagte ich. »Wie ist es dir gelungen zu flüchten?«

»Als du mit deinem ›Hadschi Halef Omar‹ anfingst, wußte ich, was passieren würde«, erzählte er. »Ich bin durch den Wald zum Auto gestolpert, und ab ging's.«

»Hast du Fotos gemacht?«

»Klar, Chefin. Sie werden alle morgen auf deinem Schreibtisch liegen.«

»Klasse«, lobte ich, »ich liebe Profis. Leider ist die Sache doch noch böse ausgegangen. Der Hohepriester hat Baißer erwischt und ist danach getürmt.«

»Wieso? Vermeulen ist doch eben abtransportiert worden!«

»Das schon. Vermeulen ist aber nicht der Oberteufel der Bruderschaft. Ich lag leider völlig daneben. Wir müssen weitersuchen. Mach doch noch ein paar Bilder von der Polizeiaktion und den Aufräumungsarbeiten. Ich muß nach Hause. Wo steht mein Auto?« Turkey zeigte es mir. Zehn Minuten später waren wir abzugsbereit.

»Baißer hat dir vermutlich das Leben gerettet«, sagte ich zu Nik.

»Er ist trotzdem ein Scheißkerl«, wertete Nik.

»Das ist er«, bestätigte ich. »Aber auch die Schlimmsten haben irgendwo gute Seiten.«

»Der nicht«, beharrte Kodil.

»Vielleicht war's auch nur ein Reflex, für den er nichts kann«, räumte ich ein.

Nik schwieg, bis wir meine Wohnung erreicht hatten. Als ich den Motor abgestellt hatte, fragte er: »Kann ich heute nacht bei dir bleiben?«

Ich hauchte ihm einen Kuß auf die Wange. »Gern, du Held.«

Bevor wir ins Bett fielen, mußte ich ihm aber noch eine Frage stellen: »Hast du's wirklich genossen, als Else unter deiner Kutte gefummelt hat?«

»Quatsch«, leugnete er, »mir war's eklig.«

»Und warum hat sie dann behauptet, daß sich bei dir etwas regt?«

»Sie hat sich getäuscht«, grinste er, »sie muß mit ihren Händen die Taschenlampe in meiner Kutte ertastet haben.«

Kein Bild vom roten Mann

»Die Schwarze Messe für sich genommen war eigentlich eine schlappe Nummer«, erzählte ich Peter Jansen, »keine geschlachteten Hühner oder Katzen. Nur dämliches Abrakadabra. Das einzig Besondere waren die Witwe Grid, die gebumst werden sollte, der getürmte Hohepriester und der Schuß auf den Hauptkommissar.«

»Das reicht für 150 Zeilen«, brummte Jansen. »Die Fotos können sich auf jeden Fall sehen lassen.«

Ich blätterte die Abzüge durch. Die brennenden Holzkreuze machten sich gut, ebenso die spitzköpfigen Gestalten, von denen nur Konturen zu erkennen waren. Auf einem Foto war auch Eva Grid zu erkennen – wie sie nackt auf dem Altar lag.

»Wo ist der rote Kerl?« wollte ich wissen.

»Ich stand zu weit hinten«, entschuldigte sich Turkey. »Gerade als ich eine Lücke entdeckt hatte, stellte sich einer der Zuschauer vor mich.«

»Mist!« entfuhr es mir.

»Wie hätte ich es denn machen sollen?« rief der Fotograf gekränkt aus. »Knips du mal durch ein Loch im Gewand. Du kannst nichts einstellen, sondern bist auf den Zufall angewiesen.«

»Reg dich doch nicht auf«, versuchte ich ihn zu beschwichtigen, »die Bilder sind doch klasse. Weiß eigentlich jemand, wie es Baißer geht?«

»Er ist über'n Berg«, antwortete Jansen. »Es gab schon eine Mitteilung des Polizeipräsidiums. Die Pressekonferenz ist auf 15 Uhr angesetzt.«

»Okay. Ich verziehe mich jetzt in mein Zimmer und haue in die Tasten. Hat die Sekretärin Kaffee gekocht?«

»Das mußt du ab jetzt selbst machen«, grinste Jansen, »die Sekretärinnen haben beim Betriebsrat nachgefragt, ob sie für die Redakteure Kaffee kochen müssen. Der hat ihnen gesagt, daß sowas im Berufsbild nicht vorgesehen ist. Koch doch bitte für mich eine Tasse mit, Grappa!«

Magere Beweise und wenig Fakten

Ich war baß erstaunt, daß Nik Kodil neben dem Staatsanwalt im Besprechungszimmer des Polizeipräsidiums saß. Er zwinkerte mir zu, als ich – Turkey im Gefolge – den Raum betrat. Aus seiner Anwesenheit schloß ich, daß Nik wieder in Amt und Würden war.

Der Staatsanwalt gab einen kurzen Bericht vom Verlauf der Nacht auf dem Birkenhof. Die Kolleginnen und Kollegen der Konkurrenzmedien notierten eifrig.

»Es ist also durchaus möglich«, schloß der Staatsanwalt seinen Vortrag, »daß der Mord an Dr. Grid und das anschließende Geständnis seiner Frau – sie hat es ja bekanntlich zurückgezogen – mit den Vorgängen auf dem Birkenhof zu tun haben. Eine Zeitung hatte ja bereits berichtet, daß die Haushälterin der Familie Grid zu einer Gruppe von Leuten gehört, die merkwürdigen religiösen Gepflogenheiten nachgehen. Gegen einen unbekannten Mann, vermutlich der Kopf der Bande, ermitteln wir wegen versuchten Mordes zum Nachteil des Kriminalhauptkommissars Baißer. Jetzt stellen Sie Ihre Fragen, bitte!«

Ich ließ den Kollegen den Vortritt. Dann meldete ich mich auch. »Es gibt einen Fall, der sich vor rund acht Jahren in Holland abgespielt hat. Satanismus und sexueller Mißbrauch von Kindern zu rituellen Zwecken. Und vermutlich Mord an einem Baby. Der Haupttäter ist damals geflohen, aber in der Akte existieren Fingerabdrücke. Wissen Sie inzwischen, wem diese Abdrücke gehören?«

Der Staatsanwalt schaute irritiert. Er hatte es mal wieder versäumt, seinen Horizont durch die Lektüre des *Bierstädter Tageblattes* zu erweitern.

Kodil beugte sich zu ihm hin und flüsterte ihm etwas ins Ohr.

»Es gibt tatsächlich Verbindungen zu dem ungeklärten Fall von damals. Hauptkommissar Kodil hat sich näher mit dem Fall befaßt«, sagte der Staatsermittler, »er wird Ihnen diese Frage gern beantworten.«

»Sie haben sich nach den Fingerabdrücken erkundigt, Frau Grappa. Ich habe sie mit denen des festgenommenen Jaap Vermeulen vergleichen lassen. Leider gibt es hier keine Übereinstimmungen«, berichtete Nik förmlich.

Mist, dachte ich. Und laut: »Sie wissen, daß Vermeulen über seine Patientin Eva Grid Kontakt zu dem ermordeten Schönheitschirurgen Oktavio Grid hatte. Halten Sie es für möglich, daß Vermeulen seine Fingerabdrücke hat ändern lassen? Durch eine Operation?«

»Das habe ich in Betracht gezogen, Frau Grappa. Es gibt keine Hinweise darauf, daß sich der Beschuldigte irgendwelchen kosmetischen Operationen unterzogen hat.«

»Haben Sie Hinweise auf die Identität des geflüchteten Kopfs der Bande?« Diese Frage stellte der Kollege des regionalen Fernsehsenders.

»Nein«, antwortete der Staatsanwalt lapidar.

Wenig später war alles gesagt und gefragt, die Fotografen machten ihre Bilder, und der Raum leerte sich.

»Seit wann bist du wieder im Dienst?« fragte ich Nik. Ich hatte meine Sachen schnell gepackt und im Flur vor seinem Zimmer auf ihn gewartet.

»Heute früh kam der Anruf«, berichtete er, »ich war gerade in meiner Bude angekommen. Baißer liegt im Krankenhaus. Sie mußten mich also wieder holen, weil sonst niemand die Einzelheiten des Falles kennt.«

»Hat es ihn schlimm erwischt?«

»Es geht. Sie haben ihm die Kugel rausgeholt. Solche Typen haben eben immer Glück.« Es klang bitter.

»Wirst du ihn besuchen?«

»Warum sollte ich?«

»Du weißt schon, warum ich gefragt habe. Aber lassen wir das. In welche Richtung wirst du ermitteln?«

»Die Sache ist total verfahren«, meinte Nik. »Wegen der Schwarzen Messe können wir ihnen nichts anhängen. Freiheitsberaubung könnte klappen, wenn Eva Grid bei ihrer Anzeige bleibt und es sich nicht wieder mal anders überlegt. Ich werde Vermeulen und Else heute noch vernehmen, um die Identität des Hohepriesters herauszukriegen. Wenn wir den haben, stehen wir besser da.«

»Meinst du, die sagen etwas?«

»Ich rechne nicht damit.«

»Und der Mord an Grid?«

»Keine Chance. Eine Augenzeugin ist tot, und wie ein Richter die Angaben von Eva Grid bewertet, steht in den Sternen. Zur Zeit jedenfalls will sie mal wieder nicht aussagen – aus Angst vor Rache. Das sind leider die Fakten.«

»Es muß doch möglich sein, den Typen das Handwerk zu legen!« rief ich aus.

»Es gibt noch eine Chance«, berichtete Nik, »erinnerst du dich, daß der Hohepriester die Holzbrüstung in der oberen Etage angefaßt hat? Die Spurensicherung hat Fingerabdrücke genommen. Wenn wir Glück haben, stimmen sie mit denen in der Akte aus Oude Pekela überein. Dann wüßten wir wenigstens, daß der rote Mann und der Kindermörder aus Holland ein und dieselbe Person sind. Und ich hätte einen Grund, Vermeulen und Ambrosius festzusetzen.«

»Wann erfährst du das Ergebnis?«

»Noch heute. Ich rufe dich an.«

Ein Postfach und eine gute Idee

SATANISCHER HOHEPRIESTER LAESST FRAU ENTFÜHREN – WER IST DER ROTE MANN? titelte ich am Abend. In der Unterzeile hieß es: *Tageblatt-Team sprengt Schwarze Messe – Opfergaben für einen Ziegenbock.*

Ich hatte eine ganze Seite zu füllen, was mir ziemlich leicht fiel. Jeder Journalist kann über Nichts mindestens 40 Zeilen verfassen, ohne daß es dem Leser auffällt. Bei dem, was ich in den letzten 48 Stunden erlebt hatte, waren rund 200 Zeilen kein Problem. Der Tenor des Artikels war eine Mischung aus beißendem Spott und aufgemotzten Fakten, die die Phantasie der Zeitungskunden anregen würden. Ein bißchen reißerischer Boulevardton war auch dabei – ich schrieb ja schließlich nicht über ein Treffen von Finanzbeamten, die sich mit den neuesten Änderungen des Einkommensteuergesetzes vertraut machen wollten.

Jansen las mein Werk gegen, gab dem Layout den letzten Schliff, und ab ging's per Leitung in die Bezirksredaktion.

Ich wollte gerade die Redaktion Richtung Heimat verlassen, als sich Nik meldete. Es war kurz vor 22 Uhr.

»Bingo!« rief er aus. »Die Fingerabdrücke stimmen überein. Der rote Mann und der Kindermörder aus Holland sind ein und dieselbe Person.«

»Ich hab's gewußt! Leider ist mein Artikel schon im Druck, aber morgen ist ja auch noch ein Tag. Was haben die Verhöre von Vermeulen und Else ergeben?«

»Sie behaupten, daß Eva Grid sich freiwillig für die Schwarze Messe zur Verfügung gestellt hat. Es sei nicht das erste Mal gewesen, daß sie Bruder Baphomet zu Willen gewesen sei.«

»Hast du die beiden mit Evas Aussage zum Mord an ihrem Mann konfrontiert?«

»Das läßt die beiden völlig kalt. Halluzinationen einer medikamentensüchtigen, labilen Frau. Der Anruf bei Frau Grids Hausarzt bestätigt das sogar. Sie bekommt seit Monaten Psychopharmaka.«

»Mist! Wo sind Vermeulen und Else jetzt?« Meine Laune befand sich auf dem Tiefpunkt.

»Wieder auf freiem Fuß. Die Staatsanwaltschaft hat sich geweigert, Haftbefehl zu beantragen. Kann ich sogar nachvollziehen. Die Schwarze Messe fällt unter Religionsfreiheit oder Brauchtumspflege. Der Staatsanwalt meinte, daß er im rheinischen Karneval jedes Jahr Hunderttausende von Bürgern festnehmen müßte.« Niks Stimme war pure Resignation.

»Der spinnt wohl!« rief ich empört aus. »Der ideologische Hintergrund zwischen Schwarzen Messen und Rosenmontagsumzügen ist ja wohl nicht derselbe.«

»Die Polizei ist der Staatsanwaltschaft untergeordnet. Nicht wir beantragen Haftbefehle.«

»Und der Hohepriester? Kann man die beiden nicht in Beugehaft nehmen, bis sie den Namen des Mannes genannt haben? Immerhin wird er von Interpol gesucht!«

»Angeblich kennen Vermeulen und Else nur einen Decknamen und ein Postfach, über den der Kontakt gelaufen ist. Beschreiben können sie ihn nicht, da er immer eine Maske getragen habe. Du siehst, daß die beiden allenfalls als Zeugen in Frage kommen – nicht aber als Beschuldigte.«

»Lächerlich!«

»Sicher. Doch ich kann ihnen nicht das Gegenteil beweisen. Noch nicht. Wir müssen den Hohepriester selbst zur Strecke bringen.«

»Hast du das Postfach überprüfen lassen?«

»Ja. Es existiert. Das Codewort lautet: Tu, was du willst.«

»Aleister Crowleys Gesetz.« Ich überlegte. Es mußte doch eine Möglichkeit geben, die Teufelsbrut auszuknokken! »Meinst du, der rote Kerl benutzt das Postfach wieder?« fragte ich.

»Nein. Die Mühe kannst du dir sparen. Vermeulen und Ambrosius haben ihn längst informiert.«

»Kannst du ihre Telefone nicht abhören lassen?«

»Keine Chance. Dazu brauche ich eine richterliche Genehmigung, und die kriege ich nicht.«

»Versuche es trotzdem! Warum eine gute Idee durch Legalität verderben?«

»Grappa! Wenn ich das tue, komme ich in Teufels Küche!« meinte Nik im Brustton der Entrüstung.

»Das wär's doch! Genau da wollen wir doch hin.«

Beichtgeheimnis

Jaap Vermeulen machte sich noch in der Nacht mit unbekanntem Ziel davon. Aber Else blieb. Die Haushälterin mietete sich in einem kleinen Hotel in der Nähe des Bierstädter Hauptbahnhofs ein, in dem ein reges Kommen und Gehen herrschte. Instinktiv spürte ich, daß Else Ambrosius den Kontakt zu dem roten Mann suchen würde. Das Postfach war verbrannt – einfach zu heiß, um darüber in Verbindung zu bleiben.

Meinem Charme und zwei Hundertern war es zu verdanken, daß der Mann aus der Telefonvermittlung des Hotels für mich die Nummern notierte, die Else tagsüber anrief. Ich überprüfte sie, doch etwas Aufregendes war nicht dabei.

Am dritten Tag sah ich, wie die Frau eilig das Hotel

verließ. Sie mußte etwas Besonderes vorhaben, denn sie hatte sich extra aufgerüscht: Perfekt geschminkt mit blutrotem Mund und dunkel umrandeten Augen. Else strebte geradewegs zum Bahnhof und bestieg ein Taxi. Ich fuhr in respektvollem Abstand hinterher.

Else ließ sich in einer Straße absetzen, die parallel zur Fußgängerzone lag.

»Die macht bestimmt nur Einkäufe«, dachte ich enttäuscht. Ich beschloß, mir die Beobachtung zu schenken, sobald Else die erste Nobelboutique betreten sollte.

Doch es kam anders. Ich parkte mein Auto verkehrsbehindernd vor einer Einfahrt und rannte hinter ihr her. Else ging mit schnellen Schritten zu einer Kirche, die ich nur zu gut kannte; Pater Joseph, der katholische Exorzist, praktizierte hier. Else sah sich verstohlen um, bevor sie die Kirche betrat. In mir keimte ein ungeheurer Verdacht. Mir fiel Pater Josephs Spruch wieder ein. »Wenn du den Teufel suchst, mußt du dich in die Nähe Gottes begeben«, hatte er sinngemäß gesagt.

Halbdunkle Kühle und ein leichter Geruch nach Weihrauch umfing mich, als ich durch das Kirchenportal getreten war. Schnell sah ich mich um – von Else kein Spur.

Die Kirche war gotisch und hatte zwei Seitenschiffe. Ich lief nach vorn Richtung Altar. Dann fiel mir ein Schild auf: *Bitte Ruhe! Beichtgelegenheit.*

Das war's! Else mußte in dem Holzgestell verschwunden sein, in dem Priester die Vergebung aller Sünden garantieren – gegen verbale Reue und nach zehn bis dreißig gemurmelten Vaterunsern. Ich kannte dieses Ritual aus meiner Jugend, Unterwerfungen sind mir seitdem verhaßt.

Eine Säule aus Sandstein half mir, mich zu verbergen. Ich brauchte nicht lange zu warten. Else Ambrosius hatte tatsächlich gebeichtet oder zumindest so getan. Mit gesenktem Kopf erhob sie sich aus der knienden Haltung und ging zum Ausgang. Sie hatte mich nicht bemerkt.

Wenig später öffnete sich die Tür des Beichtstuhls und Pater Joseph trat heraus. Er hatte sein Gesicht in sorgenvolle Falten gelegt.

»Hallo, Pater«, sprach ich ihn an.

»Frau Grappa!« rief er aus. »Das ist aber eine Überraschung. Sind Sie gekommen, um Ihre Sünden zu beichten?«

»Nein«, lächelte ich. »Da ist den letzten Jahren soviel aufgelaufen, daß ich's nicht mehr zusammenkriegen würde.«

»Gott vergißt nichts«, behauptete er, »und er verzeiht fast alles.«

»Ich habe davon gehört. Aber deshalb bin ich nicht hier. Wer war Ihre letzte Kundin? Die Frau, die gerade gegangen ist?«

»Das weiß ich nicht«, sagte der Pater. »Sie wissen doch, daß die Beichte eine anonyme Angelegenheit ist. Namen spielen keine Rolle, Gott kennt die Schafe seiner Herde.«

»Und was hat Sie Ihnen erzählt?«

»Sie machen sich über mich lustig«, empörte sich der Geistliche. »Sie kennen doch die katholischen Rituale und wissen, daß das Beichtgeheimnis heilig ist.«

»Die Frau heißt Else Ambrosius und ist Hohepriesterin bei der *Fraternitas saturni«,* klärte ich ihn auf. »Sie wird dort Schwester Roxanne genannt. Erinnern Sie sich an meinen Artikel über den Babymord in Holland? Sie ist auch in diese Sache verwickelt.«

»Um Gottes willen!« rief Pater Joseph aus. Er sah ziemlich erschrocken aus.

»Also – was wollte sie?« wiederholte ich.

»Ich darf es Ihnen trotzdem nicht sagen!« Es klang verzweifelt.

»Noch nicht mal eine Andeutung?«

Pater Joseph ging ein paar Schritte auf und ab und prüfte sein priesterliches Gewissen. »Sie befindet sich in großer seelischer Not«, kam es aus seinem Mund. »Ihre Lage scheint aussichtslos zu sein. Sie hat den Eindruck, daß sie von allen verlassen ist – auch von Gott, dem Allmächtigen.«

»Wie rührend«, meinte ich ironisch. »Vor ein paar Tagen noch hat sie quietschvergnügt eine Schwarze Messe gefeiert. Wo soll den plötzlich Reue herkommen?«

»Gottes Wege sind unergründlich«, schwadronierte Pater Joseph, »doch ewig währet sein Himmelreich.«

»Amen!« vervollständigte ich den Satz. Ich hatte genug von dem Gesülze. »Sie haben einen Flecken auf Ihrem Kostüm«, behauptete ich und trat ganz nah an ihn heran. Mit der Hand bürstete ich etwas Unsichtbares von seiner Schulter. Ich kam ihm dabei sehr nah. Seine Augen lauerten, in den Mundwinkeln hatte sich Speichel angesammelt, und quer zum Haaransatz verlief eine kaum sichtbare Narbe. Die Gesichtsoperation! Er muß es sein, dachte ich. Es paßte alles so gut zusammen.

»So – jetzt können Sie dem Herrn wieder unter die Augen treten«, lächelte ich. »Auf Wiedersehen, Pater. Es war eine Freude, mit Ihnen zu reden.«

Nachdenklich ging ich zu meinem Auto. Hoffentlich hat er nichts bemerkt, dachte ich. Ich war nicht gerade freundlich zu ihm gewesen. Als ich vor dem Steuer meines Wagens saß, bemerkte ich, daß mein Herz bis zum Hals schlug. Meine Hand zitterte, als ich den Schlüssel ins Zündschloß steckte.

Eine perfekte Tarnung, schoß es mir durch den Kopf. Der Weg von der Gottesanbetung bis zum Teufelskult ist nicht so weit, wie man eigentlich glauben sollte. Nur ein kleiner Steg von Ufer zu Ufer.

Unterwegs stoppte ich an einer Telefonzelle. Nik war nicht da, sagte mir die Stimme seines Kollegen, er sei zu Hauptkommissar Baißer ins Krankenhaus gefahren. Der habe ihn unbedingt sprechen wollen.

Ich wendete und fuhr Richtung Unfallklinik.

Schuld und Vergebung

Als ich das Zimmer, in dem Baißer lag, gefunden hatte, blieb ich zunächst unschlüssig vor der Tür stehen. Sollte ich einfach reingehen? Sachte öffnete ich die Tür einen Spalt und hielt mein Ohr an die Öffnung.

»Tut mir leid, Junge«, hörte ich Baißer mit schwacher Stimme sagen. »Hab deinen Blick nie vergessen, damals.«

»Sie sollten nicht reden, Kollege!« Nik hatte einen rauhen Ton.

Ich öffnete die Tür ein bißchen mehr, um einen besseren Bildausschnitt zu bekommen. Nik saß vor Baißers Lager. Der Verletzte hatte seine Hand in Kodils Unterarm gekrallt und hielt ihn fest. Überall waren Schläuche.

»Nein, bleib hier«, flüsterte Baißer. »Ich hab die Sache verdrängt. Jahrelang nicht dran gedacht. Doch dein Blick hat sich in mein Gehirn gefressen.«

»Ich will nichts hören«, brauste Nik auf. Ich beobachtete, wie er sich erhob.

»Sag, daß du mir verzeihst!« forderte Baißer.

»Es ist so lange her«, wich Nik aus. Dann entdeckte er mich. Er drückte mich auf den Flur zurück.

»Was willst du hier?« schnauzte er mich an. Ich bemerkte, daß Tränen über seine Wangen liefen.

»Ich muß dich sprechen.«

»Jeder will mich heute sprechen. Könnt ihr mich nicht alle mal in Ruhe lassen?«

»Bitte, Nik. Reg dich nicht auf. Willst du ein Papiertaschentuch?«

»Nein«, sagte er unfreundlich. »Wieso weiß Baißer Bescheid?«

»Ich hab's mal angedeutet«, gab ich zu.

»Was hast du?« Er war außer sich.

»Baißer hat was von Frauen wie mir erzählt, die früher zu Recht als Hexen verbrannt worden seien. Da hab ich eine Bemerkung über seine Geheimnisse gemacht. Tut mir leid.«

Nik machte eine wegwerfende Handbewegung, die sagen sollte, daß sowieso alles egal sei.

»Warum wollte er dich sprechen?« wollte ich wissen.

»Er merkt wohl, daß es mit ihm zu Ende geht. Da will er reinen Tisch machen.«

»Das tut mir leid. Es hieß doch, er sei über den Berg.«

»Die Wunde hat sich entzündet, und er hat ein schwaches Herz.«

Eine Weile gingen wir schweigend nebeneinander. Der Weg zum Parkplatz der Unfallklinik führte durch einen schön angelegten Garten. Goldgelbes und rostbraunes Laub bedeckte Pfade und Rasen.

»Der Schuß, der ihn getroffen hat, galt dir«, erinnerte ich Nik.

»Na und?« regte sich Kodil auf. »Ich hab ihn nicht gebeten, sich vor mich zu werfen.«

»Ich weiß«, sagte ich mild. »Er hat es bestimmt nicht bewußt getan. Um dich zu schützen. Es war eine Art Reflex, schätze ich.«

»So sehe ich das auch. Er ist ein Scheißkerl.«

»Du hast recht«, stimmte ich zu, »das ist er. Ein verdammter Scheißkerl.«

»Er hat meine Eltern getötet und auch mein Leben kaputt gemacht. Ich kann ihm nicht vergeben.«

»Das verstehe ich. Vielleicht kannst du's später mal.«

Wir waren bei Niks Dienstwagen angekommen. »Warum wolltest du mich eigentlich sprechen?« fragte Kodil.

»Ich weiß, wer der Hohepriester der *Fraternitas saturn*i ist.«

Kirchgang

Es war Sonntag. Ich beobachtete die Kirche, in der Pater Joseph in wenigen Minuten antreten mußte, um das Hochamt zu zelebrieren. Diese Heilige Messe war die wichtigste des Tages. Männer, Frauen und Kinder trudelten nach und nach ein, um Gott anzubeten.

Auch für mich war der sonntägliche Kirchgang einmal Pflicht gewesen. Die Bänke in der kleinen Kirche waren hart und glänzend, die Lieder traurig und wunderschön, die Gläubigen mehr oder weniger andächtig.

Als Jugendliche nutzte ich das Hochamt zu philosophischen Betrachtungen im Hinblick auf die Gattung ›Homo sapiens‹. Da war der Chefarzt gewesen, der mit Gattin und Tochter anrauschte und dem eine vordere Bank reserviert war, weil er die Kirche mit Spenden unterstützte. Oder die Nachbarin, die werktags auf ihre Arme gestützt im Fenster lag und alles mitbekam, was in der Nachbarschaft geschah. Die mich anschwärzte, als ich mit 17 den ersten Freund mit nach Hause schleppte, während meine Eltern übers Wochenende weggefahren waren.

Der Chefarzt hatte an einem Ostersonntag wütend die Kirche verlassen, als ich es gewagt hatte, mich auf seine reservierte Bank zu knien. Er war unfähig, Gott außerhalb seiner Bank zu preisen. Und die Nachbarin war irgendwann einsam gestorben, verlassen – auch von ihrem Sohn, den sie abgöttisch geliebt hatte – und der mir während meiner Jugendzeit als Vorbild eines guten Kindes vorgehalten worden war.

Katholische Religion hatte für mich immer Unterdrükkung, Lebensfeindlichkeit, Bigotterie und Heuchelei bedeutet. Aber auch Trost, geheimnisvolle Rituale und moralische Werte, die versuchten, den Menschen aus einem Leben von Schlechtigkeit, dunklen Trieben, Eigennutz und Bösartigkeit zu befreien.

Endlich schloß sich die schwere Kirchentür. Die Orgel dröhnte ihr erstes Kirchenlied. Es schwoll an wie eine Brandung, bedrohlich und innig zugleich.

Ich wandte mich ab und schlenderte zum Pfarrhaus, das sich im Schatten des Kirchturms duckte. Mein Herz pochte. Ich drückte die Klingel. Nach einer Weile wurde die Tür geöffnet.

»Ich habe einen Termin bei Pater Joseph«, erklärte ich der Haushälterin. »Ich bin etwas zu früh. Der Pater sagt, ich soll hier auf ihn warten, bis die Messe zu Ende ist. Darf ich eintreten?«

»Kommen Sie!« Sie führte mich bereitwillig ins Wohnzimmer. Die Frau kannte mich von meinen anderen Besuchen und schöpfte keinen Verdacht. Es war einfacher, als ich gedacht hatte. »Setzen Sie sich doch«, forderte sie mich auf, »darf ich Ihnen etwas anbieten?«

»Nein danke, sehr freundlich«, entgegnete ich. Ihre Arglosigkeit ließ ein schlechtes Gewissen in mir hochsteigen. »Aber – ich habe doch noch eine Bitte«, legte ich nach, »darf ich wohl mal ins Bad? Ich muß mir dringend die Hände waschen.«

Sekunden später stand ich in Pater Josephs Badezimmer.

»Warten Sie«, sagte die Haushälterin, »ich bringe Ihnen ein frisches Handtuch. Wir haben leider keine Gästetoilette.«

Ich wartete und sah mich um. Alles ganz normal. Zahnputzglas, Bürste, Pasta, Seife, Rasierpinsel und Hautcreme.

Sie brachte ein Gästehandtuch und schloß die Tür hinter sich. Ich holte einen Plastikbeutel aus meiner Handtasche, stülpte sie so über das Zahnputzglas, daß ich selbst keine Spuren hinterließ, und steckte es ein. Dann wusch ich mir die Hände und ging ins Wohnzimmer zurück.

Das Zahnputzglas schien ein Loch in meine Tasche zu brennen. Die Kirchenglocken begannen mit ihrem Bimbam.

»Die Glocken läuten schon«, sagte die Haushälterin. Sie stand plötzlich hinter mir. Ich hatte sie nicht kommen sehen. »Der Pater muß in ein paar Minuten da sein. Alle wollen ihm nach der Messe noch die Hand schütteln und zwei, drei Worte an ihn richten. Seine Gemeindeglieder lieben ihn.«

»Ich gehe ihm entgegen«, behauptete ich und stürmte aus dem Zimmer. Ob sie mir überrascht nachsah, wußte ich nicht, denn ich drehte mich nicht mehr um. Rein ins Auto, und nichts wie weg.

Es würde bestimmt nicht lange dauern, bis der Pater entdeckte, daß ich das Zahnputzglas und damit seine Fingerabdrücke geklaut hatte.

Vor meinem Haus wartete Nik. »Wir waren verabredet«, beklagte er sich. »Ich habe eine halbe Stunde dumm im Auto gesessen.«

»Tut mir leid. Ich hatte noch was Wichtiges zu erledigen. Laß uns raufgehen.«

Oben angelangt erzählte ich ihm von meinem Kurzbesuch im Pfarrhaus.

»Du bist komplett verrückt«, regte er sich auf, »spätestens jetzt weiß er, daß du ihm auf die Spur gekommen bist.«

»Du hast selbst gesagt, daß Verdächtigungen allein nicht ausreichen«, verteidigte ich mich. »Jetzt besorge ich dir etwas Handfestes, und du meckerst trotzdem. Nun kannst du die Abdrücke vergleichen lassen.«

»Heute? Es ist Sonntag!«

»Das weiß ich. Aber es wird doch eine Möglichkeit geben ... Oder arbeitet die Polizei sonntags nicht?«

»Natürlich«, sagte Nik ärgerlich, »wenn Gefahr im Verzuge ist oder Festnahmen anstehen.«

»Genau das trifft doch zu!«

Er seufzte. »Okay. Ich muß telefonieren.«

Drei Stunden später wußten wir, daß die Fingerabdrücke auf dem Zahnputzglas des Paters mit denen des flüchtigen Mannes aus der Oude-Pekela-Akte und des Hohepriesters in der roten Kutte identisch waren. Nik informierte den Staatsanwalt, der einen Haftbefehl wegen Verdachts des Kindesmißbrauchs, der Körperverletzung, der Freiheitsberaubung und des Mordes erließ.

Als die Kripobeamten Pater Joseph im Pfarrhaus abholen wollten, war er nicht mehr da. Seine Haushälterin berichtete, der Pfarrer habe unmittelbar nach der Heiligen Messe zwei Koffer gepackt und sei mit dem Linienbus weggefahren. Vielleicht habe sein plötzliches Verschwinden etwas mit dem Besuch einer rothaarigen Journalistin am Morgen zu tun. Als Pater Joseph von diesem Besuch erfahren habe, sei er sehr nervös geworden.

Ein Glas und sein Inhalt

KATHOLISCHER PATER ALS TEUFELSPRIESTER ENTLARVT: HAFTBEFEHL WEGEN MORDES UND KINDESMISSBRAUCHS hieß es in der Montagsausgabe des Tageblattes. Und: *Operation verhalf Pater J. zu einem neuen Gesicht – Verdächtiger auf der Flucht – Polizei vermutet Zusammenhang mit Mord an Arzt Dr. Oktavio Grid.*

Else Ambrosius wurde erneut verhört. Ohne Ergebnis.

Nik Kodil raufte sich die Haare. »Hoffentlich bringt die

Hausdurchsuchung bei Pater Joseph wenigstens ein Ergebnis!«

Wir mußten noch eine halbe Stunde in Niks Dienstzimmer warten, bis die Beamten zurückkamen. Ihre Ausbeute war besser als befürchtet.

»Diese Akte haben wir hinter einer Bücherwand entdeckt«, berichtete ein Kripomann. Nik schlug sie auf, ich schaute über seine Schulter.

»Die OP-Akte!« rief ich aus.

Dr. Oktavio Grid hatte seinen Patienten vor und nach der Operation fotografiert. Der frühere Pater Joseph sah dem Phantombild aus Oude Pekela tatsächlich ähnlich. Joseph Hermas – so hieß der Pater mit bürgerlichem Namen, und so wurde er auch in der Akte geführt.

»Im Keller haben wir eine Unmenge von Büchern, Gefäßen, Pulvern und getrockneten Pflanzen und Tierteile gefunden«, erzählte der Beamte weiter. »Wir haben einen Kombi holen müssen, um alles einzupacken. Das hier jedoch schien mir so interessant, daß ich es Ihnen mitgebracht habe, Hauptkommissar. Kein schöner Anblick – ich sag's Ihnen gleich.«

Er drehte sich zu einem großen länglichen Behälter, der – durch ein Tuch verhüllt – hinter ihm auf dem Besprechungstisch stand. »Was ist mit der Dame?« fragte er und warf mir einen Blick zu.

»Nehmen Sie keine Rücksicht auf mich«, sagte ich. »Ich bin hart im Nehmen.«

»Laß mich erst mal gucken, Maria«, meinte Kodil. »Ich sag dir dann Bescheid, was es ist.«

»Macht doch nicht so ein Theater!« Ich wurde ärgerlich.

»Wie du meinst«, resignierte Kodil. »Also dann. Runter mit dem Lappen.«

Das Tuch fiel. Vor uns stand ein Glasbehälter, der mit einer Flüssigkeit gefüllt war. In dem Behälter schwamm der abgetrennte Kopf eines winzigen schwarzen Babys.

»Oh, Gott!« Ich übergab mich ins Waschbecken.

Rache an den Feinden

Die Fahndung nach Joseph Hermas, katholischer Pater, lief seit dem grausigen Fund im Keller des Pfarrhauses auf Hochtouren. Hermas hatte es jahrzehntelang verstanden, ein nach außen hin gottgefälliges Leben zu führen. Er hatte tatsächlich Theologie studiert, war dann in den Benediktinerorden eingetreten und zum Priester geweiht worden. Vor fünfzehn Jahren hatte er das Kloster plötzlich verlassen. Doch da die »Mutter Kirche« keines seiner geweihten Schäfchen im Nassen stehen läßt, war Pater Joseph zunächst als Kaplan in eine Diaspora-Gemeinde im protestantischen Holland geschickt worden, bevor er in Bierstadt Gottes Loblied anstimmte.

Die Amtskirche hielt sich ziemlich bedeckt in der Affäre und gab nur die notwendigsten Informationen heraus.

Ich hatte den Lesern des *Tageblattes* nur eine entschärfte Fassung der Funde im Keller serviert. Was zu viel war, war zu viel.

Natürlich wurde der Birkenhof observiert, auch das Haus Grid ließen die Ermittlungsbehörden nicht aus den Augen.

»Wo könnte sich der Bursche herumtreiben?« fragte Peter Jansen. Er, Turkey und ich saßen zwei Tage nach der Enttarnung des Paters in der Redaktion zusammen und hielten Kriegsrat. Wir drei mochten keine Geschichten, bei denen das Ende fehlte.

»Wir könnten die Haushälterin noch mal ausquetschen«, schlug Turkey vor.

»Vergiß es«, sagte Jansen.

»Freunde in Holland? Ob's da noch welche gibt, die ihm helfen würden?« fiel mir ein.

»Keine Chance«, widersprach Jansen, »Interpol hat die Polizeiwachen alarmiert. Da geht er bestimmt nicht hin.«

»Ins Ausland? Südamerika?« steuerte Turkey eine weitere Fluchtvariante bei.

»Von welchem Geld?« fragte ich.

»Er muß Geld haben«, behauptete Jansen. »Davon geht die Polizei auch aus. Also – fassen wir zusammen, was wir wissen: Joseph Hermas muß fliehen. Er packt zwei Koffer. Das Priestergewand läßt er da, trägt also stinknormale Sachen. Er hat kein Taxi benutzt, sondern den Bus. An den Flughäfen ist er nicht aufgetaucht ...«

» ... vielleicht mit falschen Papieren«, wandte ich ein.

»Wäre möglich. Glaub ich aber nicht, denn er hatte nicht viel Zeit, seine Flucht zu planen.«

»Stimmt«, gab ich zu, »also ist er noch in der Nähe. Fragt sich nur, warum?«

»Weil er noch eine Rechnung offen hat«, antwortete Jansen.

»Mit wem?«

»Mit dir, Grappa! Du hast ihm den Spaß gehörig verdorben und ihm seine bürgerliche Existenzgrundlage kaputt gemacht, die er sich mühsam aufgebaut hat. Wenn ich die Bücher über Satanismus richtig gelesen habe, dann existiert da die Forderung nach ›grausamer Rache‹ an allen Feinden.«

»Und was soll ich eurer Meinung nach tun?«

»Paß auf dich auf. Und sprich mit deinem Freund von der Kripo mal über Polizeischutz.«

Lockvogel oder Opfer

»Vermeulen und Else Ambrosius haben den Mord an Grid gestanden«, überraschte mich Nik am selben Abend. Er war in meine Wohnung gekommen, um mich zu »beschützen«.

»Vermeulen ist doch getürmt!«

»Er tauchte plötzlich wieder auf. Beide kamen vor zwei Stunden vereint ins Polizeipräsidium und legten ein Geständnis ab.«

»Einfach so? Ich kann's nicht fassen!« Es kam doch noch Schwung in die Sache.

»Sie präsentierten mir diesen Brief!«

Ich griff nach dem Papier, das mir Kodil reichte. Es war

die Kopie eines maschinengeschriebenen Textes.

Liebe Schwester Roxanne, lieber Bruder Gregorius! las ich. *Ich bin euer Herr und Großmeister, die Inkarnation von Bruder Baphomet, dem Dämonen der gerechten, erleuchteten, vollkommenen, magischen und rituellen Loge Fraternitas saturni, Träger des 33. Grades. Ihr müßt gehorchen und könnt so eine Schwester und ein Bruder des höheren Lichtes werden. Liebe ist das Gesetz, Liebe unter Willen, mitleidlose Liebe. Das Gesetz der Liebe kennt keine Nachsicht gegenüber eigenen Schwächen.*

Ihr habt die magische Bruderkette gesprengt und steht nicht mehr unter dem Schutz des magischen Logendämons. Ihr habt eure Aufgabe auf dem Weg zum Saturn nicht vollendet. Gestehet eure Schwäche ein, beweist eure Treue und Disziplin. Sagt, welche Tat ihr begangen habt. Dann wird Baphomet auf seine Rache verzichten.

»Die beiden schlotterten geradezu vor Angst«, berichtete Nik. »Keine Verhörmethode hat bei den beiden gegriffen, und dann knicken sie wegen dieses lausigen Briefes ein. Kaum zu glauben.«

»Wo ist der Brief abgeschickt worden?« fragte ich.

»Er wurde in Elses Hotel abgegeben. Sie hat ihn gelesen und Vermeulen angerufen. Er hatte sich irgendwo auf dem Lande verkrochen. Jansen hat recht – der Teufel ist noch in der Nähe. Ich glaube jetzt auch, daß du in Gefahr bist. Wir müssen uns etwas zu deinem Schutz überlegen.«

»Darüber reden wir gleich«, schlug ich vor. »Ich öffne erst mal ein Fläschchen Chianti. Das Geständnis der beiden verlangt eine kleine interne Feier. Möchtest du einen Happen essen? Aber ich sage gleich, daß ich nicht viel im Haus habe!«

»Ich bin mit allem zufrieden, was du mir auftischst«, lächelte Nik. »Wenn die ganze Sache vorüber ist, werde ich fürstliche Essen für uns kreieren. Noch nicht mal zum Kochen komme ich mehr. Ich bin die Fast-Food-Scheiße und den Kantinenfraß inzwischen leid.«

In der Küche plünderte ich den Kühlschrank und das Vorratsregal. Viel war nicht mehr da – lediglich an Katzenfutter herrschte kein Mangel. Grüne und schwarze

Oliven waren noch vorhanden, eine Dose rote Bohnen und ein bißchen Thunfisch. Ich komponierte aus allem einen Salat, rührte eine Vinaigrette mit Balsamessig, Olivenöl, Salz, Zucker, Oregano und frischem Pfeffer an, warf noch fein geschnittene Zwiebelringe darüber – fertig! Sechs Scheiben Baguette und Knoblauchbutter aufs Tablett und ins Eßzimmer geschafft.

»Auf uns!« Nik prostete mir mit dem ersten Glas Chianti zu.

Ich könnte mich an ihn gewöhnen, dachte ich, auch wenn's manchmal nicht ganz einfach ist mit ihm. Er war schon ein attraktives Stück männliches Fleisch.

»Und jetzt bist du dran«, sagte ich. »Wie haben die beiden es gemacht?«

»Eigentlich kennst du die Geschichte schon.« Nik kostete das Brot mit Knoblauchbutter und verdrehte vor Wonne die Augen. »Es hat sich so abgespielt, wie es Loki Detema beschrieben hat. Eva Grid lag unten im Wohnzimmer, und die beiden haben Grid auf dem Bett fertig gemacht. Die Detema soll ihm tatsächlich den Rest gegeben haben – Vermeulen hat ihr die Hand geführt.«

»Wer hat ihm die Hoden abgeschnitten und warum?«

»Das war Else. Doch sie wußte nicht, wohin damit. Also hat sie die Teile im Gefrierfach zwischengelagert. Die Hoden sollten bei einem satanischen Ritual verwandt werden.«

»Igitt!« Ich schauderte. »Wußten die beiden, daß Grid dem Pater ein neues Gesicht verpaßt hat?«

»Na klar. Der Doktor wollte auspacken, als er merkte, daß seine Frau in die Fänge von Teufelsanbetern geraten war. Da haben sie ihn kalt gemacht und seine Frau dazu gekriegt, den Mord zu gestehen.«

»Wo sind die beiden jetzt?«

»In U-Haft. Es war kein Problem, einen Haftbefehl wegen gemeinschaftlichen Mordes zu bekommen.«

Nik hatte ordentlich zugeschlagen, der Tisch war abgegrast, die Flasche fast leer. Ich räumte die Reste ab und holte eine neue Flasche Wein.

»Wie geht es eigentlich Baißer?« fragte ich, während

Kodil den Alkohol entkorkte.
»Besser. Er kommt durch.«
»Also war alles falscher Alarm?«
»Das nicht. Sein Herz funktioniert nicht richtig. Er wird wohl seinen Dienst quittieren müssen.«
»Warst du mal wieder bei ihm?«
»Nein. Aber ich habe mich nach ihm erkundigt. Können wir das Thema jetzt lassen?«
»Sei locker, Baby!« sagte ich forsch. »Du solltest ihm endlich verzeihen. Das Leben ist so, wie es ist.«
Nik grummelte vor sich hin und schenkte sich die Antwort.
»Tu es deinetwegen«, schlug ich vor, »du befreist dich von einem starken Druck. Außerdem sollte jeder Mensch ab und zu eine gute Tat tun.«
»Wo hast du das denn her?«
»Hab ich bei den Pfadfindern gelernt.«
»Und warum hältst du dich selbst nicht daran?« grinste Nik.
»Ich versuch's ja«, behauptete ich, »doch irgendwie ergibt es sich nie. Glaubst du, daß ich ein schlechter Mensch bin?«
»Nicht direkt«, kam prompt die Antwort, »mich stört deine rustikale Art jedenfalls nicht. Da kommt wenigstens keine Langeweile auf.«
»Du bist ein Schatz!« Ich prostete ihm zu.
Der *Vin Nobile de Montepulciano* hatte es in sich. Fast braun lümmelte er sich in dem dickbäuchigen Weinglas und wartete auf seine gepflegte Vernichtung. Wir verließen den Tisch und setzten uns auf dem Sofa nieder. Meine Katzen schauten nur einmal kurz hoch, reckten sich und schliefen weiter. Sie waren inzwischen in einem biblischen Alter und ließen sich durch fast nichts mehr aus der Ruhe bringen.
»Er wird sich an dich halten«, sagte Kodil plötzlich, »er will dich vernichten. Um das zu verhindern, gibt es zwei Möglichkeiten.«
»Ach ja?« Ich war ganz Ohr.
»Nummer eins: Polizeischutz rund um die Uhr.«

»Wie lange? Zwei Wochen, zwei Jahre oder den Rest meines Lebens?«

»Ich merke schon, daß dir diese Möglichkeit nicht schmeckt«, schloß Nik messerscharf. »Bleibt also Nummer zwei: du bist der Lockvogel! Doch das Ding hat einen gewaltigen Haken.«

»Ich weiß. Ich könnte dabei drauf gehen.«

»So ist es.«

»Wird aber nicht passieren«, behauptete ich. »Immerhin habe ich ja dich an meiner Seite.«

»Schön, daß du so viel Vertrauen in mich hast«, flüsterte Nik in mein Ohr. Eine Gänsehaut lief meinen Rücken hinunter.

»Was also sollen wir tun?«

»Ich überlege mir etwas«, gurrte er. Den Rest des Abends waren Bruder Baphomet und seine Untertanen kein Thema mehr.

Einladung zum Essen

Eine Woche nach meinem Artikel über das Geständnis im Mordfall Grid wurde es langsam wieder ruhiger in der Stadt. Wir hatten unseren Lesern auch eine Menge zugemutet. Wochenlang hatten wir sie jeden Morgen mit einem Gemisch von Blut, Mord, Gewalt, Sex und Teufelsreligion in den Tag geschickt. Langsam hatte ich auch die Nase voll von dem Thema.

Alle Versuche, mit Pater Joseph alias Baphomet ins Gespräch zu kommen, waren fehlgeschlagen. Ich hatte ihm in der Zeitung angeboten, Kontakt über das Postfach aufzunehmen, mit mir zu telefonieren oder übers Internet zu kommunizieren. Nichts geschah. Baphomet blieb unsichtbar. Aber es würde erst zu Ende sein, wenn Baphomet hinter Schloß und Riegel säße.

Ich hatte mich wieder dem journalistischen Alltagskram zugewandt – Pressekonferenzen, Ratssitzungen, Fabrikeröffnungen, Mini-Skandälchen und bunte Reportagen, die die schönen Seiten des Lebens gefällig beleuchten. Meine aufgewühlte Seele begann zu gesunden.

Bis zu dem Tag, als mich die Erinnerung in Form eines Anrufes von Eva Grid einholte. »Ich werde mir im Ausland ein neues Leben aufbauen«, erzählte sie. »Die Villa ist bereits verkauft. Ich wollte mich vorher noch einmal bei Ihnen bedanken. Sie haben wirklich viel für mich getan, Frau Grappa.«

»Gern geschehen«, brummte ich uninteressiert. »Ich wünsche Ihnen alles Gute.«

»Bitte, Frau Grappa!« Eva Grids Stimme flehte. »Lassen Sie uns nicht so ... unpersönlich auseinandergehen. Ich weiß, daß Sie sich oft über meine Labilität geärgert haben. Mit Recht. Ich möchte mich persönlich bei Ihnen bedanken. Darf ich Sie zum Essen einladen?«

»Bitte nicht«, sagte ich. »Ich bin gerade dabei, die ganze Sache zu vergessen. Ich trage Ihnen nichts nach – wirklich nicht.«

»Bitte, Frau Grappa!« Jetzt schluchzte sie. »Mir liegt so viel daran.«

Wirre Gedanken schossen durch meinen Kopf. Ich glaubte ihr kein Wort von Reue und Dankbarkeit. Da mußte etwas anderes dahinterstecken, und ich ahnte, was es war: Sie stand in Verbindung zu Pater Joseph.

»Wenn Sie unbedingt wollen«, sagte ich freundlich. »Wann und wo?«

»Bei mir? Heute abend. Ich kenne einen tollen Feinkostladen, der ins Haus liefert.«

»Nein, nicht bei Ihnen. Wie wäre es mit dem Spielbank-Restaurant? Die Küche soll ganz hervorragend sein.«

Sie zögerte. »Ich weiß nicht, ob ich da so schnell noch einen Tisch bekomme ...«

»Vielleicht morgen? Heute abend kann ich sowieso nicht. Ich habe in einer halben Stunde noch einen Termin.«

»Gut«, stimmte Eva Grid zu. »Morgen also, im Restaurant der Spielbank. Ist 20 Uhr eine gute Zeit für Sie?«

»Die beste Zeit! Ich freue mich, Frau Grid. Ich werde pünktlich sein.« Nachdenklich legte ich den Hörer auf. Dann nahm ich ihn erneut in die Hand.

»Wieso ausgerechnet die Spielbank?« fragte Kodil. »Bei den vielen Leuten, die da herumstreifen, ist es fast unmöglich, jemanden zu entdecken.«

»Mir fiel gerade nichts Besseres ein«, bekannte ich. »Soll ich den Termin absagen?«

»Nein, bloß nicht. Dann schöpft Baphomet Verdacht. Ich werde die Sache so gut wie möglich organisieren. Leider kann ich dich jetzt nicht mehr abholen. Kannst du allein nach Hause fahren?«

»Klar. Ich bin ja schon groß.«

Ich räumte meinen Schreibtisch auf, lüftete noch einmal und löschte das Licht. Hoffentlich ist bald alles vorbei, dachte ich. Es ging mir langsam auf die Nerven, auf jeden Schatten, der sich mir näherte, hysterisch zu reagieren.

Ich schloß die Redaktionstür ab. Auf der Treppe traf ich die Putzfrau. Sie hatte ihren Schlüssel vergessen und bat mich in gebrochenem Deutsch, die Tür noch mal zu öffnen. Als ich den Schlüssel ins Schloß gesteckt und umgedreht hatte, erhielt ich einen kräftigen Stoß in den Rücken.

Ich schlug lang auf dem Flur hin, hörte, wie die Tür ins Schloß fiel. Schnell rappelte ich mich hoch.

Die Putzfrau war ein Mann. Er zog langsam das Kopftuch herunter und ließ es auf den Boden fallen. Mir fiel auf, daß die Kittelschürze wild geblümt war. Fast hätte ich gelacht.

»Lassen Sie uns in Ihr Büro gehen«, schlug Pater Joseph vor.

»Ich habe Feierabend.«

»Ich bitte Sie sehr darum.« Der Ton des Priesters war hart und gefährlich.

»Warum sollte ich das tun?« Zeit gewinnen, dachte ich.

»Weil ich Ihnen sonst dieses Messer in den Bauch ramme.« Die lange Klinge blitzte in dem Licht der Flurbeleuchtung.

»Was wollen Sie?« stellte ich die überflüssige Frage aller Überfallenen.

»Ein Ende machen!« Er kicherte irre. Seine Hand hielt noch immer das Messer.

Gehorsam ging ich zu meinem Büro. Ich hatte gerade die Tür geöffnet, als das Telefon klingelte. Meine Rettung, schoß es mir durch den Kopf.

»Manche Leute glauben, Journalisten sind Tag und Nacht im Dienst«, sagte ich und wollte schnell den Hörer abnehmen. Pater Joseph stach mit dem Messer kurz auf meine Hand ein. Es tat weh, Blut floß, doch der Hieb hatte nur die äußere Haut verletzt.

»Setzen Sie sich auf diesen Stuhl«, befahl er. Das Telefon klingelte noch immer. Der Ton durchschnitt die Spannung im Raum. Meine Nerven flatterten, mein Atem ging schnell, der Brustkorb war zu eng für das Schlagen meines Herzens. Das Klingeln verstummte.

»Wie kann ein Mann wie Sie nur so tief sinken?« begann ich, Zeit zu schinden.

»Der Teufel ist älter als Gott, er ist der wahre Herrscher der Welt.«

»So ein Blödsinn«, behauptete ich, »es gibt keine Teufel, und es gibt keinen Gott. Alles nur in fantastische Gestalten umgesetzte menschliche Projektionen. Satan hat genauso wenig Hörner und einen Bocksfuß wie Gottvater einen langen Bart hat und der Heilige Geist als Brieftaube durch die Welt flattert.«

»Sie sind eine Ketzerin«, erkannte der katholische Hohepriester messerscharf. »Gibt es denn nichts, an das Sie glauben?«

»An das Leben«, antwortete ich, »an die Selbstbestimmung des Menschen und an die Freiheit der Meinungsäußerung. Ihr teuflischer Slogan ›Tu, was du willst‹ ist ja auf den ersten Blick ganz nett, doch fanden die Kinder in Oude Pekela das auch?«

»Satan fordert Entscheidungen und Opfer«, schwadronierte Pater Joseph. »Die Kinder waren ihm anvertraut, nicht mir. Ich war nur ihr Lehrer und sein Werkzeug.«

»Ach was!« Jetzt war ich sauer. »Sie sind ein mieser Kinderficker und verbrämen Ihre Perversitäten mit lächerlichem Tamtam. Das ist die Wahrheit und sonst nichts.«

»Ich glaube, wir sollten unser Gespräch jetzt beenden.« Pater Joseph holte ein Seil aus dem Putzfrauenkittel. Mist, dachte ich, ich habe die Sache vermasselt. Wenn er mich fesselt, bin ich geliefert, dann kann er mich stückchenweise filetieren. Kein schöner Anblick für die Kollegen am anderen Morgen.

Wut übermannte mich. Ich sprang vom Stuhl, hob ihn hoch und warf ihn nach dem Pater. Er fluchte laut. Das Telefon begann wieder mit der Bimmelei. Ich schubste den Hörer vom Gerät und brüllte, so laut ich konnte: »Hilfe, Überfall!«

Das Messer traf meinen rechten Oberarm, ein höllischer Schmerz durchfuhr mich. Plötzlich drohte Panik meine Wut zu verdrängen. Irgendwo unter den vielen Zeitungen auf meinem Schreibtisch mußte die Papierschere liegen. Ich packte sie. Die Klinge war zwanzig Zentimeter lang und lag beim Ausschneiden von Zeitungsartikeln gut und kräftig in der Hand. Ich hielt dem Geistlichen das Teil entgegen.

»Sie haben jetzt die Wahl«, schrie ich, »entweder wir stechen so lange aufeinander ein, bis wir beide tot sind, oder Sie verpissen sich. Der Anrufer eben hat mitbekommen, daß hier gerade was passiert. Die Polizei ist bestimmt schon alarmiert. Also?«

Pater Josephs Blick flackerte. Mein rechter Arm schmerzte, ich spürte, wie das warme Blut über die Hand auf den Boden tropfte. Mir war flau. Nur nicht umkippen, nahm ich mir vor, sonst kriegt er dich doch noch.

»Was ist?« bluffte ich.

»Sie sind eine Hexe!« schrie er. Noch machte er keine Anstalten zu verschwinden.

»Klar, ich bin eine Hexe«, gab ich zu. »Mein Name ist Kau-Kau. Ich reite jeden Morgen auf meinem Besen zur Redaktionskonferenz. Zur Sonnenwende vergnüge ich mich auf dem Blocksberg und vögle mit Herrn Beelzebub.«

Pater Joseph drehte sich um und lief wie von Dämonen gehetzt davon. Ich hörte, wie die Redaktionstür ins Schloß fiel. Es war ein Schnappverschluß, nur von innen zu öffnen. Das wär's, dachte ich. Dann klappte ich zusammen.

Es ist zu Ende!

Joseph Hermas war auf dem Parkplatz des Verlagshauses Nik Kodil und seinen Männern in die Arme gelaufen. Er ließ sich ohne Widerstand festnehmen. Die Story um Schönheitskult, Sex und Satanismus war zu Ende.

Die Polizei hatte die Tür zur Redaktion aufgebrochen und mich im Flur gefunden. Die Papierschere hatte ich noch immer in der Hand gehabt.

»Wer hat eigentlich die Polizei gerufen?« fragte ich müde. Ich lag mit verbundenem Arm auf meinem Sofa und ließ mich von Nik verwöhnen.

»Das war Turkey«, erklärte Kodil, »er wollte sagen, daß er morgen später zur Arbeit kommt. Zahnarzttermin. Ein toller Zufall, was?«

»Kann man wohl sagen. Was passiert mit Pater Joseph?«

»Der wird wohl sein Leben lang gesiebte Luft atmen. Wenn nicht im Knast, dann in der Psychiatrie. Er ist völlig durchgedreht. Bei der ersten Vernehmung faselte er wieder seine Dämonenliste herunter. Und er behauptet steif und fest, du seiest eine Hexe.«

»Schön wär's«, seufzte ich. »Dann würde ich jetzt mit den Fingern schnippen und mein Artikel wäre geschrieben. Bringst du mich gleich in die Redaktion?«

»Muß das sein?«

»Nik! Unsere Leser haben einen Anspruch auf den Rest der Geschichte. Eigentlich schade, daß Pater Joseph so sang- und klanglos im Knast oder in der Klapse verschwinden wird. Wenn er mit Feuer und Schwefelgestank in die Hölle gefahren wäre ... nicht auszudenken, was Turkey aus der Sache fotografisch gemacht hätte!«

»Gut, ich bringe dich gleich in dein Büro«, stimmte Nik zu. »Aber dann habe ich eine Überraschung für dich.«

»Bloß keine Überraschungen mehr!« stöhnte ich. »Noch

diesen einen Artikel ... und dann ist erst mal Schluß.«

»Genau das meine ich ja. Du bist so blaß um die Nase ... und ich dachte ... na ja, ich habe einfach gemeint, daß ein bißchen Luftveränderung nicht schaden könnte.« Kodil war plötzlich schüchtern.

»Ich bin ganz Ohr!« lächelte ich. »Raus mit der Sprache!«

»Also, ich habe hier eine Buchung für ein Hotel in Florenz. Zwei Wochen. Übernachtung mit Frühstück.«

»Für wie viele Personen?«

»Für zwei.«

»Du und ich?«

»Wäre schön, oder? Ich weiß doch, daß du Italien liebst.«

»Wir beide? Ganz allein in einem Hotelzimmer? In Florenz?«

»Wenn du nicht willst, dann ...« Nik wurde unsicher. Es stand ihm hervorragend.

»Etwa mit tollen Restaurants, irren Sehenswürdigkeiten und sensationellen Weingütern in der Nähe?«

»Ich kann auch noch umbuchen!«

»Halt endlich die Klappe, Nik« sagte ich und zog seinen Kopf zu mir herunter. »Wann fahren wir?«

Krimis von Horst Eckert

Bittere Delikatessen

ISBN 3-89425-059-3 DM 16,80

Feinkostkönig Fabian wird niedergestochen; die Bluttat ist für die Medien ein gefundenes Fressen. Kommissar Engel gerät unter Druck - getrieben von Publicitysucht, gefordert vom Chef, angefeindet von Kollegen, angezogen von einer schönen Verdächtigen.

»Ebenso unverzüglich wie unverhofft wird der Leser ... mitten in eine packende Geschichte hineingezogen.« (Weinheimer Nachrichten)

»... durch einen ganz eigenen originellen Blick auf die Ereignisse und Personen schafft Eckert es, den üblichen Krimi-Klischees zu entkommen.« (WAZ)

»Die Zutaten stimmen.« (Emsdettener Volkszeitung)

Annas Erbe

ISBN 3-89425-053-4 DM 16,80

»Eine spannende, geheinisumwitterte Geschichte, worin sich ein Mord vor 25 Jahren mit einem gerade frisch passierten verbindet, ein sympathischer, da mit manchen Macken behafteter Held (junger Oberkommissar), bitterböse Quasi-Enthüllungen über Filz, Korruption und Sittenpolizei, ein bißchen Liebe - und eine gekonnte Schreibe. ... ein vielversprechendes Debüt.« (Überblick)

»... ein harter, düsterer Großstadt-Krimi, packend und stringent erzählt, also: beste Unterhaltung.« (Dresdner)

»Die Spannung hat den richtigen Atem, und auch die Szenen wirken plastisch, fast vertraut.« (Westdeutsche Zeitung)

Krimis von Dorothee Becker

Mord verjährt nicht

ISBN 3-89425-056-9 DM 14,80

Veronika Wenger hilft ihrem Freund Donald Dack bei der Suche nach dem verschwundenen Theo de la Cour und lernt dessen Familienmitglieder kennen: das Familienoberhaupt Prof. Dr. med. Josef W. de la Cour, seine zweite Frau Grete, die spießige Tochter Ilse und die Punkie Svetlana, die mit ihrem schwulen Stiefbruder Theo das Schicksal teilt, nicht akzeptiert zu werden. Als in einer Essener Tiefgarage ein Anschlag auf sie verübt wird, ahnt Veronika Wenger, daß sie sich auf eine gefährliche Spurensuche eingelassen hat, die zu einer schrecklichen Gewißheit führt ...

»Die Figuren ... bieten einen gelungenen Querschnitt der Stadtgesellschaft.« (Gießener Anzeiger)

Der rankende Tod

ISBN 3-89425-040-2 DM 14,80

Clemens Heder stirbt auf dem Gleis der S-Bahn. Für Kommissar Schafstall gibt es am Selbstmord des Jaguar-Fahrers nicht viel herumzudeuteln. Clemens' Ex-Frau Veronika, die Ich-Erzählerin, gerät in die Rolle der Ermittlerin. Was trieb den lebenslustigen Nichtsnutz in den Selbstmord? Clemens besaß mehr Geld als ihm guttat. Aber sind Geld und reichlich Frauengeschichten Gründe zum Sterben? Die Heders hatten schon kurz vorher das Ableben eines Familienmitglieds zu beklagen.

»Die Handlung gefällt durch weitgehenden Verzicht auf rohe Gewalt, durch sympathische Figuren und durch immer neue überraschende Wendungen.« (Lexikon der Kriminalliteratur)